# 籠子裡的愛麗絲

# ALEX

Pierre Lemaitre

皮耶・勒梅特——著　李建興——譯

本書乃虛構作品。人名、角色、企業、組織、地點與事件皆為作者想像產物或虛擬運用。與不論存歿的真實個人、事件或地點若有任何相似之處純屬巧合。

謹獻給 Pascaline
還有我與 Gérald 的友誼

# 英文版譯註

法國的司法體系與英美兩國有基本上的差異。不同於當事人主義，警方負責調查，而法院的角色是扮演檢方與被告之間的公正裁判者，在法國的職權進行主義中，法院系統與警方合作調查，指定一名獨立的預審法官（juge d'instruction）負責詢問證人，偵訊嫌犯，管理警方調查的所有層面。若有足夠證據，全案移交給檢察官（procureur），由公設檢察官決定是否提起公訴。預審法官在實質審理中不扮演角色，也禁止裁定涉及同一名被告的後續案件。

法國有兩種國家警力：國家警察（舊稱保安局 sûreté），是在各大城市與城鎮區擁有司法管轄權的民間警力，以及國家憲兵（gendarmerie nationale），屬法國軍隊的分支，負責公共安全與巡邏人口不到兩萬人的小鎮。因為國家憲兵很少有資源進行複雜的調查，國家警察有常設類似於英國刑事偵緝組ＣＩＤ的地方犯罪調查機構（司法警察 police judiciaire），也監督武裝反應小組（ＲＡＩＤ）。

# 詞彙

Commissaire divisionnaire——總警司（英國）／警察局長（美國），兼具行政與調查角色。

Commandant——總督察或總探長。

Maréchal des logis chef（憲兵）——大致相當於警官Staff Sergeant的階級。

Brigadier（憲兵）——大致相當於巡佐Sergeant的階級。

ＲＡＩＤ（研究Recherche、協助Assistance、介入Intervention、制伏Dissuasion）——法國警察的特殊任務戰術小組。

Brigade criminelle——相當於刑事組與重案組，專門處理殺人、綁架與暗殺並向司法警察局負責，相當於英國的ＣＩＤ。

Procureur——類似英國的皇家檢察官，其對法官的稱謂可能是「大人」，或「庭上」。

Juge d'instruction——「調查法官」的角色有些類似美國的檢察官，稱謂是monsieur le juge。

Identité judiciare——國家警察的法醫部門。

Le Parquet——地方檢察署。

Périphérique——環繞巴黎市中心的環狀線快速道路，連接舊城區的各個城門，例如Porte d'Italie、Porte d'Orleans。

# 第一部

# 1

愛麗絲宛如置身第七層天堂。她已經試戴假髮與接髮一個多小時了，猶豫，離開，回來，再試戴。她在這裡可能耗上一整個下午。

她三四年前純粹湊巧在史特拉斯堡大道上發現了這家小店。其實她沒在找什麼，但是出於好奇走進去，驚訝地看見自己變成紅髮女，脫胎換骨的樣子，她當場買下了那頂假髮。

愛麗絲幾乎戴什麼都行，因爲她眞的很漂亮。不是一直都這樣的；轉變發生在她青少女時期。之前她是個相當瘦弱、醜陋的小女孩。但是當她終於開花，就像潮汐，像快轉的電腦變形程式；短短幾個月內，愛麗絲變成了迷人的小女人。或許因爲當時每個人——尤其愛麗絲自己——都已經放棄了她會變漂亮的希望，她也從來不認爲自己漂亮。即使是現在。

例如，她從來沒想到她能戴紅假髮。那是個啓示。她無法相信自己現在的外貌多麼不同。假髮似乎很膚淺，但她一戴上的瞬間，感覺自己的整個人生都改變了。

結果她很少再戴第一頂假髮。她一回到家，就發現它看起來很俗氣、廉價。她扔掉了。不是丟進垃圾桶，而是丟進梳妝台的最底層抽屜。偶爾她會把它拿出來，試戴，看著鏡中的自己。雖然確實很難看，擺明是「庸俗的尼龍嚇人假髮」那種東西，愛麗絲在鏡中看到的東西燃起一股她想要相信的希望。於是她回到史特拉斯堡大道那家店徘徊，尋找有點超過護士所需，但是看起來逼真得驚人的高雅優質假髮。她下定決心嘗試。

起初並不容易；至今亦然，這需要勇氣。對愛麗絲這種害羞、缺乏安全感的女孩，光是鼓起勇氣就要花上半天。畫上適當的妝，找出完美的衣服，搭配的鞋子和提包（呃，搜索衣櫃找出可能搭配的東西，因爲她沒錢每次都買新衣……）。但是到了變身成別人上街的時刻。不盡然，但是很接近。雖然算不上驚世駭俗，但能殺時間，尤其對現實生活失望的時候。

愛麗絲偏愛有強烈主張的假髮，彷彿在說「我知道你在想什麼」或「我不只臉蛋漂亮還是個數學天才」的假髮。今天她戴的假髮說「你在臉書上找不到我這種人」。

當她拿起一頂稱作「都市震撼」的假髮時，她瞄向商店櫥窗外，看到了那個男人。他站在街道遠端假裝等人之類的。這是她兩小時內第三次看見他了。他在跟蹤她。現在她發現肯定如此。她第一個念頭是「爲什麼是我？」，彷彿男人跟蹤除了她之外的其他女人，她反而能夠理解。彷彿她並非一向受到男人注目，不論在公車上、在街上、在商店裡。其實愛麗絲總是吸引各年齡層男性的注意。這是三十歲的好處之一。不過每次被男性注意時，她還是會感到驚訝。「外面有許多比我漂亮得多的女人。」愛麗絲總是缺乏安全感，總是苦於自我懷疑。從她小時候就是這樣。到了青春期時她有嚴重的口吃。即使現在，她緊張時還是會結巴。

她不認得那個男人；以前從未見過他——像那種體型，她會記得。況且，五十歲的男人跟蹤三十歲的女人似乎很怪……並非她有年齡歧視，絕對沒有，她只是驚訝。

愛麗絲低頭看著假髮，假裝猶豫，然後走到店內能看清楚街上的另一邊。從他衣服的剪裁，看得出來他曾經是某種運動員，重量級的。她撫摸著一頂灰金色假髮，努力回想第一次是什麼時候見到他。她記得在地鐵上看過他；四目交會了片刻——足以讓她注意到他對她露出的微笑，顯然意圖表示善意與好感。她困擾的是他眼神中的執迷。還有他的嘴唇，薄得幾乎不存在。她本能地起疑，彷彿不知怎地所有薄唇的人都在隱瞞著什麼，某種沒說的祕密，可怕的罪惡。還有他高聳圓凸的額頭。不巧，她沒多少時間觀察他的眼睛。愛麗絲認爲眼睛從不說謊，她用眼睛來判斷人。明顯地，在地鐵上有那樣的人，她不想久留。

她謹愼地、幾乎偷偷地轉身背對著他，在包包裡翻找iPod。她播放〈Nobody's Child〉，同時回想昨天或前天是否看過他在她的大樓外徘徊。記憶很模糊，她無法確定；如果她回頭去看，記憶或許會更清楚，但她不想鼓勵他。她確定的是在地鐵看到他的兩小時後，她走到史特拉斯堡大道上，一回頭又發現了他。她突發奇想，決定回到店裡試戴中等長度有劉海的紅褐色假髮，她轉身，發現他站遠了一點，他靜立著假裝在看櫥窗裡的東西……然而在女裝店，他怎麼假裝也沒用……

愛麗絲放下假髮。她的雙手毫無理由地發抖。她想太多了。也許這傢伙喜歡她；跟蹤她，自以爲有機會——他在街上很難吸引到她。愛麗絲搖搖頭彷彿想要下定決心，當她再看向外面的街道，男子已經不見了。她向左右兩邊俯身觀望，但是沒人，他走了。她感到的解脫似乎有點不合比例。「我只是想太多了。」她又想，呼吸開始恢復正常。在店門口，她忍不住停步再看看街上。感覺像是他不見了令她擔心。

愛麗絲看看錶，仰望天空。天氣溫和，至少還有一個小時才會天黑。她不想回家。她必須去採購糧食。她努力回想冰箱裡還有什麼。她採購雜貨向來有點草率。她總是把精力專注在工作、舒適感（愛麗絲有點偏執強迫症），還有——即使她不願意承認——衣服與鞋子上。加上包包和假髮。她希望她的感情生活會有不同結果；那算是敏感話題。她的情史是一場災難。她希望，她等待，最後她放棄。最近，她盡量不去想它。但她很小心不讓遺憾轉變成速食餐點和看電視過夜，小心不發胖，不自暴自棄。雖然單身，她很少感覺孤單。她有很多重要計畫讓她保持忙碌。她的感情生活或許糟糕，但這就是人生。而且她讓自己保持單身比較輕鬆。雖然寂寞，愛麗絲努力過正常的生活，享受微小的愉悅。想到可以自我放縱令人安慰，就像其他人一樣，她也有權自我放縱。例如今晚，她就決定招待自己到沃吉拉街的Mont-Tonnerre餐廳吃晚餐。

她有點太早到。這是她第二次來。上次是一週前，員工顯然記得獨自用餐的紅髮美女。今晚他們把她當熟客迎接，侍者搶著服務她，笨拙地和這位漂亮顧客調情。她向他們微笑，輕鬆地迷倒他們。她要了同一張桌子，背對陽台，面向室內；她點了同樣的半瓶亞爾薩斯冰酒。她嘆氣。愛麗絲熱愛美食，愛到她必須小心。她的體重總是不穩定，但她學會了怎麼控制。有時候她會胖上十或十五公斤，變得幾乎讓人認不出來，但是過兩個月她又回到原始體重。這是幾年前她無法逃脫的循環。

她拿出書來，並且多討了一根叉子把書撐開，以便吃飯時閱讀。坐在她對面的是上週在此看過的淡褐髮男子。他和朋友共進晚餐。目前只有兩人，但他們的言談顯示很快會有其他人加入。她一踏進餐廳他就看到她了。她假裝沒發現他在注視著她。即使其餘朋友來了，展開關於工作、女孩、女人的無窮談笑，輪流述說自我吹噓的故事，他仍然可以整晚盯著她。同時，他會偷瞄她。他不難看——四十歲，或許四十五歲——而且顯然和年輕人一樣帥；他有點喝多了，所以苦著一張臉。他的臉激起了愛麗絲內心一些感觸。

她喝掉咖啡，並且——算是她的讓步——在離開時看了他一眼；她做得很技巧。短暫的一瞥，愛麗絲做得很完美。看見他眼中的渴望，有一瞬間她感覺腹中刺痛了一下，哀傷的提示。在這種時候，愛麗絲從不表現出她的感受，當然對自己也是。她的人生是一連串凍結的畫面，裝在放映機裡的一捲影片——她不可能倒帶來修改她的故事，或是找出新的字眼。下次來這裡晚餐，她或許會留晚一點，她離開時他可能會在門外等她——誰曉得呢？愛麗絲知道。愛麗絲太熟悉這種事怎麼進行了。老是同樣的情節。她和男人的短暫邂逅從未演變成愛情故事；影片的這一段她看過太多次，她都記得。情況就是這樣。

這時已經天黑，夜晚溫暖。有輛公車剛要駛離。她加快腳步，司機從照後鏡看到她，便停車等了她一下，她趕上公車，但是正要上車時她改變主意，決定走點路。她向無奈聳肩的司機示意，彷彿在說，唉，**人生就是這樣**。他還是打開了車門。

「我後面沒有車了喔。我是今晚最後一班……」

愛麗絲微笑，揮手謝謝他。沒關係。她可以走完剩下的路。她會走法吉耶街再轉到拉布魯斯特街。

她住在范夫城門附近已經三個月了。她經常搬家。之前，她住在克里南庫城門附近，再之前是在商業街。大多數人討厭搬家，但這對愛麗絲是種需要。她很喜歡。或許和戴假髮的理由一樣，感覺像是她改變了人生。這是不斷重複的主題。總有一天她會改變她的人生。

在她前方不遠處，有輛白色廂型車停在人行道上。為了通行，愛麗絲必須擠過廂型車和大樓之間。她察覺有人，是男人；她沒時間轉身。拳頭擊中她的肩胛骨之間，讓她無法呼吸。她失去平衡，向前撲倒，額頭猛撞在廂型車上發出一聲悶響；她丟下身上所有東西，焦急地揮舞雙手想找東西抓住——但是什麼也沒摸到。男子揪住她的頭髮，但假髮脫落在他手中。他咒罵，她沒聽清楚是什麼字眼，然後他一手猛扯她的真髮，另一手用足以打暈蠻牛的力氣拳擊她的腹部。愛麗絲沒時間慘叫；她彎下腰嘔吐。男子一定非常強壯，因為他能像翻一張紙似的把她翻過來面對他。他的手摸向她腰際，拉著她向他貼緊，同時把一團面紙塞進她嘴裡，直抵她的喉嚨。是他：她在地鐵、在街上、在商店外看到的男人。是他。有一瞬間他們眼神交會。她想要掙扎，但他緊抓著她的雙手，她無計可施，他太強壯了，他推她倒下，她膝蓋彎曲，跌向廂型車地板上。他痛下殺手，猛踢她背後中央，讓愛麗絲跌進廂型車內，她的臉頰磨擦到地板。

他跟著她爬上車，猛力把她翻過來朝她臉上揮拳。他很用力地打她……這傢伙真的想傷害她，想要殺她——愛麗絲挨打時腦中只想到這點。她的頭顱撞擊著廂型車地板又反彈，她感覺後腦劇痛——那叫做枕骨，愛麗絲想，枕骨。但除了這個詞，她唯一的念頭就是，我不想死，不能像這樣，不是現在。她蜷縮成胚胎姿勢，嘴裡充滿嘔吐物，感覺雙手被猛扭到背後緊緊捆綁，然後是腳踝被綁。「我不想死，」愛麗絲想。廂型車的門大聲關上，引擎怒吼發動，車子尖叫著駛離人行道。「我不想死。」

愛麗絲暈眩卻又清楚發生在她身上的事。她在哭，被眼淚嗆到。爲什麼是我？爲什麼是我？

**我不想死。現在不行。**

# 2

當卡繆打電話來時，勒關分局長不給他任何選擇。

「我不在乎你的顧慮，卡繆，你眞的把我搞毛了。我這兒沒人了，我說眞的，所以我會派車給你，你非去不可！」

他暫停一下，然後，爲防萬一地補充說：「還有別再來煩我了。」

他掛斷。這是勒關的作風。衝動。通常卡繆不甩他。通常他知道怎麼應付分局長。

這次的差別是發生了綁架案。

卡繆一點也不想管。他的立場很清楚：他不願碰的案子很少，綁架是其中一種。自從艾琳死後就這樣。他老婆倒在街上，當時她懷孕八個月，被緊急送醫；然後她被綁架。後來她再也沒有活著出現。卡繆悲痛欲絕。狂亂還無法形容；他受創甚深。癱瘓了好幾天，人只是發呆。出現了妄想症狀，必須被隔離。他被精神病診所丟給療養家庭收容。他能活下來就是奇蹟了。沒人料想得到。當他請病假離開警局——刑事組——的幾個月期間，大家都懷疑他能否露面復職。當他終於回來時，怪的是他和艾琳死前沒兩樣，只是老了一點。此後，他只接過一些小案子：性犯罪，同事打架，鄰居謀殺。逝者已矣，事情已經過去。絕對不接綁架案。卡繆希望受害者死得透徹，是不會留下後遺症的屍體。

「饒了我吧，」勒闕告訴他很多次了——他已經盡量爲卡繆設想——「你不能迴避活人；這樣沒有未來。還不如去當殯葬業者。」

「可是……」卡繆說，「我們就是收屍的啊！」

他們認識二十年了，彼此都喜歡對方。勒闕像是放棄出外勤的卡繆。卡繆像是放棄追求權力的勒闕。兩人最明顯的差異是薪資等級和五十二磅的體重。此外，身高相差約十一吋。這麼說聽起來有點荒謬，當他們站在一起確實很像卡通人物。勒闕不太高，但卡繆明顯發育不良。他看世界的視角大約像十三歲小孩。這遺傳自他的母親，畫家慕德・范赫文。她的畫在海外有十幾家博物館收藏。她是個傑出畫家與活在煙霧中的老菸槍，光環恆久不退；很難想像她身邊沒有煙霧的樣子。卡繆有兩個特徵拜她之賜。畫家部分留給他傑出的繪畫天賦；菸槍那部分留給他先天性發育不良，意思是他的身高從未超過四呎十一吋。

他很少遇到比他矮的人；他這輩子都在仰望別人。他的身高不只是殘障的程度。在二十歲時簡直是可怕的羞辱，到三十歲是詛咒，但是從一開始顯然就是宿命。而且這種缺陷讓人偏愛使用冗長字彙。

有了艾琳，卡繆的身高變成一種力量。艾琳讓他內心堅強。卡繆從未感覺這麼……他尋思適當字眼。少了艾琳，他連話都不會說了。

反過來說，勒闕可以算是巨人。沒人知道他體重多少；他拒絕談論。有些人宣稱他至少有一百二十公斤，也有人說一百三十公斤，還有人認爲更多。那不重要：勒闕很胖，像隻臉頰豐腴的大象，但因爲他有閃爍著智慧的大眼睛——這點沒人能夠解釋，男人都不願意承認，但是大多數女性同意——分局長是很迷人的男人。自己想吧。

卡繆習慣了勒爾的脾氣；他不喜歡裝腔作勢的人。他們認識太久了。他冷靜地拿起電話回撥給分局長。

「聽著，尚，我會去，我會處理這個綁架案。但是莫瑞一回來你得叫他接手，因爲……」他呼吸一下，然後用充滿威脅的冷靜，清晰地念出每個音節：「我不會接這個案子！」

卡繆．范赫文從不叫嚷。或者說他幾乎不叫嚷。他是個有威嚴的人。他或許又矮又禿又瘦弱，但大家都知道這一點。卡繆像剃刀一樣。勒爾小心地不發一語。有惡意八卦說卡繆是他們同性戀關係中的一號。他們不拿這種事開玩笑。卡繆掛斷。

「操！」

他只需要這樣。反正又不是天天有綁架案；這裡不是墨西哥市。怎麼不發生在別的日子，他在辦別的案子或休假時，或別的地方，哪裡都好！卡繆一拳搥在桌上。但他動作放慢，因爲他是理性的人。他不喜歡發飆，即使是對別人。

時間不多。他站起來，抓了外套和帽子，兩步併作一步走下樓梯。卡繆的腳步很沉重。艾琳死前，他走路像是裝了彈簧。他老婆總是說：「你像鳥一樣跳躍。我都以爲你要飛起來了。」艾琳去世已經四年了。

車子停在他面前。卡繆爬上車。

「你叫什麼名字來著？」

「亞歷山大，老大——」

司機趕忙忍住。人人知道卡繆討厭被稱作「老大」。認爲聽起來像電視警匪劇。這是卡繆的作風：他非常呆板，總是消極被動。有時候他會分心。他總是有點古怪，但是年齡與鰥居讓他敏感易怒。內心深處，他有怨氣。艾琳說過：「達令，你爲什麼總是這麼生氣？」挺起四呎十一吋的身高，把反諷放到一旁，卡繆會說：「妳說得對。我是說……我有什麼好生氣的呢？」他性急又無趣，粗魯又多疑，初次見面的人很少摸得清楚卡繆。很難喜歡他。或許也因爲他算不上開朗。連卡繆都不太喜歡自己。

從三年前復職以來，卡繆就負責指導所有實習生，讓不願意當保母的外勤巡佐們如釋重負。自從他的搭檔解散之後，卡繆要的只是重建一個忠誠的團隊。

他看看亞歷山大。怎麼也不像叫亞歷山大的人，他足足高出卡繆四顆頭，這點就配得上亞歷山大這名字，但這算不上什麼英勇事蹟。他沒等卡繆下令就出發，至少顯示出他有點勇氣。

亞歷山大開車像個瘋子；看得出來他喜歡駕駛。GPS系統似乎趕不上他。亞歷山大想向探長證明他是個好駕駛——警笛大作，車子快速衝過街巷、交叉路口、大馬路；卡繆雙腳離地二十公分，右手緊抓著安全帶。十五分鐘內他們就到了犯罪現場。現在是晚上九點五十分。不算很晚，但巴黎已經顯得安詳，半睡半醒，不像有人被綁架的城市。「有個女人，」根據顯然處在震驚狀態下報警的目擊者說，「就在我眼前被綁架。」那個男士不敢相信。話說回來，這種事確實罕見。

「在這裡放我下車吧。」卡繆說。

卡繆下車，整理一下帽子；司機離去。他們在街尾，距封鎖線大約五十米。卡繆走過剩餘路程。有時間的話，他一向喜歡從遠處看問題——他喜歡這樣子工作。最初的觀察很重要，最好看清整個犯罪現場；因爲不知不覺間，你會陷入無數線索、細節之中，沒辦法抽身。這是他遠離等待著他的人群一百米的表面理由。眞正的理由是，他根本不想來。

當他走向閃爍著警示燈的警車時，他努力釐清著自己的感受。

他的心臟狂跳。

他感覺很糟。他寧可折壽十年也不想來。

但是無論走得多麼緩慢又勉強，他已經來了。

四年前的情形，在他住的街上，多少也像這樣。看起來有點像這條街。艾琳不在那兒。她預定幾天內就要生下兒子。她應該在婦產科才對。卡繆四處奔走，到處找她，當晚盡了一切努力找她……他像個瘋子似的，但是無能爲力。當他們找到她時，她已經死了。

卡繆的惡夢就從這種時刻開始。所以他的心臟跳到差點炸開，還有耳鳴。他的罪惡感，以爲已經休眠的罪惡感，甦醒了。他感到不舒服。腦中有個聲音大叫，快逃；另一個聲音說，留下來面對；他的胸口好悶。卡繆怕自己會暈倒。相反地，他移開一座路障踏入封鎖區。外勤警員從大老遠向他揮手招呼。連不是直接認識范赫文探長的人也認得出是他。這並不意外。即使他算不上傳奇人物，他們也知道他的身高。還有他的遭遇……

「喔，是你。」

「你好像很失望。」

驚慌之餘，路易開始不知所措。

「不，不，怎麼會呢。」

卡繆微笑。他一向擅長捉弄路易。

路易．馬里亞尼當他的助手很久了，他對他瞭若指掌。

起先，艾琳被謀殺，而卡繆精神崩潰後，路易會來診所看他。卡繆的話不多。原本只是嗜好的素描，忽然變成了他的主要活動，其實是唯一的活動。照片、繪畫和素描在卡繆原本習慣性簡樸的房間裡堆積如山。路易會清出空間陪他坐下，一個望著窗外樹木，另一個盯著自己的腳。他們在沉默中說了很多，但是算不上對話。他們只是不知該如何措辭。然後有一天，突如其來，卡繆說他寧可獨處，他不想把路易拖進他的哀悼中。「可憐的警察算不上是吸引人的同伴。」他說。分開讓雙方都很難過。但是時光飛逝。等病況改善時，已經太遲了。哀傷之後，只剩一片荒蕪。

他們已經很久沒有經常碰面了；他們會在會議、簡報之類的場合見面。路易沒怎麼變。如果他活到一百歲，還算是早逝呢——有的人就是娃娃臉。而他還是一樣短小精悍。卡繆曾對他說：「即使我穿上結婚禮服，在你身邊看起來還是像流浪漢。」路易很有錢，不能不提：超富有的。他的財富就像勒關的體重：沒人知道是多少，但大家都知道在持續增加中。路易的私人收入夠活四五輩子了。但他卻來當刑事組的警察。他念了很多不需要的學位，學識淵博到卡繆從未逮到他出錯。無可否認路易是個怪胎。

他微笑。卡繆像這樣毫無預警地現身，感覺眞奇怪。

「在那邊。」他說，往警方封鎖線歪頭。

卡繆匆忙跟著年輕助手走。雖然他已經不太年輕了。

「路易，你幾歲？」

路易轉身。

「三十四歲。幹嘛？」

「沒事。只是好奇。」

卡繆發現他們就在布岱爾博物館附近。他還清楚地記得戰勝怪獸的英雄〈弓箭手赫丘里斯〉的臉孔。卡繆從未試過雕塑——他的體型不適合，也已經好久沒畫圖了，但他還會畫素描。即使長期憂鬱症之後，他也停不下來。這是他人格的一部分；他手邊隨時都有鉛筆——這是他觀看世界的方式。

「你看過布岱爾博物館的〈弓箭手赫丘里斯〉嗎？」

「有啊，」路易困惑地說，「你確定不是在奧賽美術館嗎？」

「你還是一樣聰明得討人厭。」

路易微笑。在卡繆口中，這種挖苦的意思是「你知道我關心你」。這表示：「天啊，光陰似箭，我們認識多久了？」大多數時候，意思是：「自從我害死艾琳之後我們變疏遠了，不是嗎？」所以他們兩人在同一個犯罪現場眞詭異。卡繆忽然覺得必須解釋：

「我暫代莫瑞的班。勒闞沒人可派，所以把案子推給我。」

路易聳肩表示他了解，但他有所懷疑。范赫文探長「暫代」別人辦案實在不太可能。

「打電話給勒關，」卡繆繼續說，「我需要鑑識組馬上過來。時間很晚了，我們做不了太多事，但是總得試試。」

路易點頭掏出他的手機。他贊成卡繆。你可以用兩種方式看犯罪：從綁架者的觀點，或從被害者的。綁匪可能早已遠離，但是被害者可能住在附近，可能在自家附近被抓，他們兩個會這麼想不只是因爲艾琳的遭遇，這是統計數據。

法吉耶街。今晚他們被雕塑家包圍。他們緩慢移動，走在兩端都被封鎖的街道中央。卡繆抬頭看看大樓。所有燈都亮著；他們成了今晚的電視實境秀。

「我們有個目擊者，只有一人，」路易關掉手機說，「我們也知道用來綁架的車輛位置。鑑識科的人隨時會到。」

說著他們就來了。路障被推開，路易指著兩輛車之間的人行道空隙。四名鑑識人員，背著從廂型車搬出來的裝備。

「他在哪裡？」卡繆問。探長很緊張，很明顯他不想來。他的手機震動——是檢察官打來的。

「不，長官，從十五區打電話來報警的時候，已經來不及設置路障了。」

對檢察官這麼說算是敷衍，幾乎無禮的口氣。路易悄悄走開。他能理解卡繆的挫折感。如果被害人是小孩，應該已經透過媒體公開警告民眾了，但被害人是成年女性。他們必須自行處理。

「您要求的事情恐怕有困難，長官。」卡繆說。他的聲音幾乎低了八度，而且講得太慢。認識卡繆的人都認得出其中徵兆。

「請您理解，長官，在我們講話的同時有……」他抬頭看，「……大概一百個好奇民眾正從他們的窗口盯著。看守封鎖線的單位還必須告知另外兩三百人。但是如果您有辦法阻止消息走漏，我洗耳恭聽。」

路易暗自發笑。典型的范赫文。路易高興是因為這表示卡繆沒變。他這四年來老了很多，但他仍然徹底坦率。這在他長官們的眼中簡直是公然威脅。

「當然，檢察官大人。」

從語氣判斷，卡繆顯然不打算遵守剛才的承諾。他掛斷手機。這段對話顯然無助於改善他的心情。

「還有你的搭檔莫瑞跑哪裡去了？為什麼沒來？」

路易很驚訝。你的搭檔莫瑞。卡繆這麼說不公平，但路易了解。把這種案子交給范赫文這樣的人，他已經開始憂傷了……

「他在里昂，」路易冷靜地說，「參加歐洲研討會。後天才會回來。」

他們繼續走向目擊者，有個制服警員守著他。

「我操！」卡繆說。

路易沒說話。卡繆停步。

「抱歉，路易。」

但他沒有看著他說，而是看著自己的腳，又抬頭看看窗戶，看著那些全都伸長脖子往同一個方向看的民眾的腦袋，那個樣子好像準備出發去打仗的火車。路易想說什麼，但不知道該說什麼，況且，說了也沒用。卡繆決定好了。終於，他轉回來對路易說：

「我們何不假裝……」

路易用右手往後撥劉海。把頭髮往後撥的這個動作，宛如千言萬語。目前，用右手，表示好啊，OK，有何不可，就這麼辦。路易向站在卡繆背後的人點點頭。

他是大約四十歲的男子。他出來遛狗，狗兒蹲坐在他腳邊，看來有點像上帝在假日粗製濫造的產物。卡繆和小狗互看，馬上互相討厭。狗兒低吼，然後跑到主人腳邊嗚咽。不過人狗之間，還是狗主人看到卡繆站在他面前比較驚訝。他看看路易，很驚訝這矮子會是探長。

「范赫文探長，」卡繆說，「你要看證件還是直接相信我的話？」

路易在一旁看好戲。他知道接下來會怎樣。證人會說：

「不，不，沒問題……只是——」

「只是怎樣？」卡繆會插嘴。

證人會更加困窘。

「我沒想到，呃……只是……」

這時候，有兩種可能的情況。要不是卡繆繼續施壓，迫使對方退縮直到最後求饒——他可以很無情。就是他放棄。這次，卡繆放棄。他們辦的是綁架案，這很嚴重。

所以：目擊者出來遛狗，看見了女子被綁架。就在他眼前。

「正好九點，」卡繆說，「你確定時間嗎？」

目擊者就像大多數人——談論事情的時候，其實只是在說自己。

「當然。我得在九點半回家收看〈No Limit〉的撞車場面。所以我一向提前帶狗出來。」

他們開始具體描述嫌犯。

「其實，我只看到他側面。他個子很高，很粗壯，你懂的。」

他顯然認爲他有幫上忙。卡繆瞪著他，已經厭煩了。路易接手詢問。髮色？年齡？什麼衣服？沒看清楚，很難說，普通穿著。

「OK。那麼車輛呢？」路易盡量鼓勵他。

「白色廂型車。生意人開的那種，你知道的。」

「哪種生意人？」卡繆插嘴。

「呃……我不知道哪一種——就是生意人嘛。」

「怎麼說？」

卡繆很明顯想要吐槽他。男子呆站著，目瞪口呆。

「他們都有，不是嗎，生意人，」他咕噥著，「他們都有白色廂型車。」

「對，他們有，」卡繆說，「其實，他們通常會把名字、地址和電話號碼漆在車身上。免費廣告。所以你說的這個生意人，他在廂型車側面漆了什麼？」

「呃，怪就在這裡：廂型車身上什麼也沒有。至少我沒看見任何東西。」

卡繆拿出他的記事本。

「讓我記下來。所以，我們知道有個不明女子，被駕駛沒有明顯標記車子的不明生意人綁架了——我遺漏了什麼嗎？」

狗主人慌了。他的嘴唇發抖。他轉向路易：快點，幫幫我，拜託。

卡繆闔上記事本，轉過身去。路易接手。他們唯一的目擊者證詞沒什麼用，但他們必須湊合。卡繆旁聽著其餘的偵訊內容。車輛廠牌？（「可能是福特……我不太懂車。我很多年沒車了……」）不過被害人肯定是女性？（「沒錯，確定。」）對嫌犯的描述仍然模糊。（「他單獨一人，我確定；我沒看到其他人。」）只剩犯罪手法了。

「她大叫，她在掙扎……所以他打她肚子。他毫不留情。其實那時候我也大叫。我想嚇跑他，你懂的……」

每個細節都像一把刀插在卡繆的心臟，彷彿每個字都針對他。艾琳被綁架那天，有個店員看到她：情況完全一樣——他說不出什麼東西，幾乎什麼都沒看清楚。如出一轍。走著瞧吧。他轉回來。

「當時你站在哪裡？」

「那邊。」

路易看看現場。證人指著。

「帶我去。」

路易閉上眼睛。他知道范赫文在想什麼；他不會做這種事。證人在警察左右護送下，拖著小狗走過人行道然後停下。

「大概是這裡……」

他想一下，轉右轉左，拉下臉來。對，大概這裡。卡繆想要確認。

「這裡？不是更後面？」

「不，不。」證人得意地說。

路易的結論跟卡繆一樣。

「他還踢她。」男子說。

「我懂了，」卡繆說，「所以，當時你站在這裡，大約……多少？」他看看證人。「四十米外？」

是啊，證人接受這個估計。

「你看到四十米外有個女人被毆打喊叫，於是你放膽……大叫。」

他仰望著證人，對方迅速眨著眼彷彿被情緒壓倒了。

卡繆不發一語，嘆氣走開，臨走前再瞪了跟主人同樣膽怯的小狗一眼。顯然他想要斃了這一人一狗。

他感覺——內心搜尋適當字眼——有種壓力，有種……觸電感。因為艾琳。他轉身，看著無人的街道。最後，他感覺到震驚。他懂了。迄今，嚴格來說，他一直用方法論做自己的工作，有組織的方式，採取別人期待的主動。但只有現在，來到此地之後第一次，他發現就在這個地點，不到一小時前，有個女子慘叫、被毆打、拖進廂型車；此刻她正被囚禁在某處，滿心驚恐，可能被淩虐，每一秒都很重要，他卻無心工作，因爲他想要保持距離，保護自己，因爲他不想做自己的工作，他選擇的工作。艾琳死後他選擇繼續幹的工作。我可以去做別的事，他心想，但是我沒有。我身在此地只有一個理由：找到剛被綁架的女人。

卡繆感覺一陣暈眩。他伸出手扶著車子穩住；用另一隻手鬆開領帶。對這麼容易被災難壓垮的人，置身這種情況或許不太妙。路易剛走了過來。任何人都會問「你還好吧？」，但路易不同。他站在卡繆旁邊，望著遠方彷彿在耐心地、體諒地、焦慮地等待判決。

卡繆聳肩擺脫暈眩，轉向大約在三米外工作的鑑識人員。

「發現了什麼？」

他走向他們，清清喉嚨。大街上犯罪現場的問題，就是你必須先收集一切東西，再設法分辨哪些和你的案子有關。

兩名警員之中較高的一個抬頭說：

「兩根菸蒂，一枚硬幣……」他看看放在手提箱上的證物塑膠袋，「外幣，地鐵車票，如果把範圍擴大一點，還有一張用過的面紙和塑膠原子筆蓋。」

卡繆拿起裝地鐵票的塑膠袋，對著光線舉高。

「他顯然打了她一頓。」警員繼續說。

水溝裡有嘔吐物痕跡，他的同事正在用消毒湯匙收集。

路障處有騷動。一群制服警察剛剛出現。卡繆算算人頭，勒關派給他五個人。

路易知道他該做什麼。分成三隊。他得向他們簡報初步細節；他們必須搜索整個區域

——倒不是這麼三更半夜會有什麼收穫——並且放話：這是卡繆的基本常識。一名警員留下陪路易偵訊居民，要求最接近犯罪現場的旁觀民眾下來。

晚上十一點，萬人迷路易發現了這條街上唯一還有門房的大樓，她就住一樓——這年頭在巴黎很罕見。她被路易的高雅吸引，允許警察用她的崗哨當作偵訊室。

門房老太太看一眼探長的身高，感覺對他有一絲同情。那個男人的缺陷使他像是被遺棄的動物，這觸動了她。她用拳頭掩嘴——我的天，我的天啊。她一看到他就很同情他，她雙腿發軟，感到暈眩，一想起他來就感覺不舒服。她偷瞄探長，瞇起眼睛，彷彿他露出了傷口，她能感受他的痛苦。

她用耳語問路易：

「你要我拿個墊腳凳給你上司嗎？」

說得好像卡繆忽然縮小，好像必須做些什麼似的。

「不用，謝謝，」盡責的路易回答，閉上眼睛。「我們這樣就可以了，但是很感謝您，女士。」

路易向她露出迷人微笑。於是她又煮了一大鍋咖啡請每個人喝。

她在卡繆的杯子裡加了一匙巧克力粉。

隊員都在專心工作，卡繆在門房太太同情的目光下啜飲咖啡。路易在思考。那是他的習慣：路易是知識分子；他總是在思考。努力了解。

「為錢嗎……？」他小心地試探。

「性愛……」卡繆說，「或瘋狂……」

他們可以列舉人類的所有激情：想要摧毀、占有、叛逆、宰制的慾望。這些人他們見過很多。此時此地他們站在門房的崗哨裡……待命。

他們地毯式搜過整個區域，把居民叫下樓來，查看證人的證詞，道聽途說，各種意見，他們憑直覺按門鈴訪查，結果徒勞無功：耗掉了大半個夜晚。

而且迄今毫無進展。被綁架的女子顯然不住這附近，或至少不在綁架發生地的周邊。這附近似乎沒人認識她。他們對可能符合被害女子的描述有三種：來度假的、來出差的女人……

卡繆一點也不喜歡他聽到的話。

# 3

她被凍醒過來。還有瘀青好痛，因爲路程漫長又被捆綁，她不由自主地滾來滾去撞擊廂型車的側邊。然後，廂型車終於停了下來，男子打開車門，把她包進某種白色塑膠布裡，綁好、扛到肩上。被當成一件貨物眞可怕，發現自己的死活操縱在能把你扛在肩上的男人手中，同樣可怕。不難想像他能做出什麼事來。

他取出塞住她嘴巴的紙團，粗魯地把她放到地上，拖著布捲爬上石階。她的肋骨撞擊著每一階，也不可能保護自己的頭部。愛麗絲慘叫，但是男子繼續走。當她第二次撞到後腦時，她昏迷了。

無法得知那是多久以前。

現在，寂靜無聲，但她感到肩膀與雙臂上的嚴寒。她的雙腳凍僵了。封箱膠帶纏得太緊，阻斷了她的血液循環。她睜開眼睛，或嘗試睜眼，因爲她的左眼睜不開。她也無法張嘴。她的嘴巴被一段厚膠帶貼住。她不記得這事。一定是在她昏迷時貼的。

愛麗絲側躺在地上，雙手反綁，雙腳綁在一起。承受全身重量的腰部好痛。她慢慢恢復意識，像昏迷的病患；她全身疼痛宛如遭遇車禍。她努力辨別自己身在何處，扭腰設法轉過來仰臥。她肩膀發痛。左眼終於可以睜開，但是什麼也看不見。我瞎了一隻眼，愛麗絲驚慌地想。但幾秒鐘後，半睜的眼睛傳來了似乎是遙遠星球的模糊影像。

她吸吸鼻涕，排除雜念，努力冷靜思考。這裡是倉庫或儲藏室。廣大空曠的空間，光線從上方擴散出來。地面又硬又濕；有污穢積水的臭味。所以她才感覺冷：這裡很潮濕。

她想起的第一件事是有個男人貼著她。強烈刺鼻的氣味，動物汗水的味道。在恐怖的時刻，你想起的通常是瑣事：他扯掉我的頭髮；這是她想到的第一件事。她想像她的頭上禿了一大塊，整整一把頭髮掉落，她哭了起來。其實，讓她哭的不是這個念頭，而是發生的一切，疲憊，疼痛。還有恐懼。她哭了，嘴上貼著封箱膠帶讓哭泣變得困難。她噎到，開始咳嗽，但發現很難咳嗽而開始窒息；她眼裡含著淚水。她作嘔，感覺腸胃鼓脹。現在不可能嘔吐。她嘴裡充滿了被迫嚥回去的苦味。持續了好久。讓她感覺噁心。

愛麗絲掙扎著呼吸，想要了解，弄清楚怎麼回事。雖然情況危急，她努力讓自己冷靜些。冷靜未必足夠，但是少了它，你就死定了。愛麗絲嘗試放鬆全身，減緩心跳。嘗試了解她遭遇了什麼，她爲什麼在這裡，在做什麼。

快想。她很痛苦，但有別的事情困擾著她；她的膀胱快要爆炸了。她向來不擅長憋尿。不到二十秒她就決定放棄，緩慢地尿了自己一身。這樣失控不是挫敗，因爲她作了決定。如果她拒絕，她就會繼續受苦，或許翻滾蠕動幾個小時，到最後還是會走到這一步。從情況看來，她有更重大的事情得害怕：生理需求是不必要的阻礙。只是幾分鐘後，她更冷了，這一點她沒料到。愛麗絲在發抖，她再也分不清是因爲寒冷還是恐懼。兩個畫面浮上心頭：那個男子在地鐵車廂遠端對她微笑；還有在把她推進廂型車之前，他貼著她時臉上的表情。她著地時傷得很重。

忽然，在遠處，一道金屬門發出碰撞與回音。愛麗絲立刻停止哭泣，提高警覺，慌張，瀕臨崩潰。然後，她勉強撐起身子回復側躺閉上眼睛，繃緊身體準備挨拳，因爲她知道他會打她；所以他才綁架她。愛麗絲屏住呼吸。她聽見男子走近，腳步聲沉重又從容。最後他停在她面前。透過眼睫毛她看見他的鞋子，堅固、擦得雪亮的鞋子。男子沒說話。他默默聳立在她上方，佇立半晌彷彿在看她睡覺。最後，她決定睜開右邊正常的眼睛看著他。他雙手放在背後，低頭看著她。無法判斷他在想什麼，他只是像看東西一樣俯身看她。從下方看他，他的頭很驚人，濃密的黑眉毛陰影遮住了部分眼睛，但主要是他的額頭，比他臉孔的其餘部分都大；似乎不成比例。讓他顯得智障、原始、頑固。她絞盡腦汁找適當字眼。沒找到。

愛麗絲想說點什麼。但是貼著膠帶不可能。反正，唯一能說的話也是「拜託，我求求你……」她試著想像她如果被鬆綁可能向他說什麼，想些讓她聽起來不像在懇求的話，但她想不出來：沒有疑問，沒有要求，除了哀求什麼也沒有。毫無頭緒；愛麗絲的腦子凍僵了。還有疑惑的念頭：他綁架她，捆綁她，丟棄在這裡——他還會對她做什麼？

愛麗絲哭了；她忍不住。男子不發一語走開。他走到房間的遠端角落。一個揮手的動作，他掀開了一塊油布；無法分辨那底下是什麼東西。她又開始默禱：請別讓他殺我。

男子背對她，彎下腰，蹣跚後退，雙手拖著沉重的東西——箱子嗎？——刮著水泥地面發出噪音。他穿著深灰色棉褲和條紋運動衣，大而寬鬆，看來像是穿了很多年。後退幾公尺之後他停下，仰望天花板像在計算什麼，然後站起來，雙手扠腰，似乎在想怎麼進行最好。最後他轉身看著她。他走過來，蹲下，膝蓋靠近她的臉，伸手猛然割斷捆綁她腳踝的膠帶。接著他的胖手抓住她嘴角的膠帶粗暴地撕掉。愛麗絲痛得大叫。他只用單手就拉著她站起來。即使愛麗絲體重不重，但只用單手！一波暈眩流遍她全身——站起來讓血液衝向頭部，她踉蹌了一下。她身高勉強只到男子胸口。他用力抓住她肩膀把她轉過來。她來不及說話，手腕上的膠帶已經被他割開。

愛麗絲鼓起所有勇氣；她不假思索，只是說出想到的第一句話。

「拜託，我—求—求你……」

她幾乎不認得自己的聲音。而且她結巴，像個小孩，或青少年。

他們面對面站著。這是關鍵時刻。愛麗絲想到他可能怎麼對待她就恐懼得想死，當場希望他馬上殺了她。她最怕的是等待，她的想像力用可能遭遇的畫面填補了空缺。她閉上眼睛看到自己的身體，想像它彷彿不再是自己的一部分，一具像她剛才一樣躺著的人體：被肢解，血如泉湧，痛苦難當；就是她，又不像是她。她看到死去的自己倒臥。

寒冷，尿臭味，恥辱，恐懼——會發生什麼事，別讓他殺我，拜託別讓他殺我。

「脫衣服。」男子說。

他聲音低沉、冷靜。命令也很低沉、冷靜。愛麗絲張嘴，但來不及說半個字就挨了一記耳光讓她旋轉、失去平衡。又一記耳光，她癱倒在地上，頭部撞擊地面。男子緩緩走向她，抓住她的頭髮。一陣劇痛。他拉她起來。愛麗絲感覺她的頭髮像是要脫離頭皮了；她雙手抓著他的拳頭，想要撐住，不由自主地感覺力量回到了她的雙腿，她重新站起來。當他打她第三下耳光，仍然抓著她的頭髮，所以她的身體只晃了一下，頭轉了四分之一圈。好大的巨響。她痛得幾乎什麼感覺也沒有。

「我說脫衣服，」男子又說，「全部。」

他放開她。愛麗絲退後一步，頭暈眼花。她努力站穩卻跪倒，強忍餘痛。男子上前，俯身。他的胖臉、不成比例的大頭、灰色眼睛貼近她……

「聽懂沒有？」

等待回答時，他舉起手，張開手指。愛麗絲慌了。「好，」她反覆說，「好，好，好。」她立刻站起來，準備聽話以免再挨打。要快，讓他了解她願意照他的認何命令做，她剝掉她的T恤，脫掉胸罩，匆忙摸索著牛仔褲的鈕扣彷彿衣服突然著火——她要盡快裸體免得他又動手。愛麗絲又搖又扭，脫掉她所有衣物，迅速地一絲不掛，然後站好，雙手貼著身體，這時她才發現她失去了永遠無法恢復的東西。她徹底屈服——她快速脫衣接受了一切，同意了一切。在某種意義上，愛麗絲已經死了。她隱隱有所感觸，只是非常遙遠。她彷彿靈魂出竅。或許因此她有了勇氣問：

「你——要做什麼？」

他的嘴唇薄得幾乎看不見。即使他微笑，也看得出那不是微笑。目前，它代表疑問。

「臭婊子，妳有什麼提議？」

他盡力說得猥褻，彷彿眞的在試圖誘惑她。對愛麗絲，這話很合理。對任何女人都合理。她猛嚥口水。她想他不會殺我。她的心裡縈繞著這個念頭，緊緊綁著抵銷了所有矛盾。

直覺告訴她最後他還是會殺她，晚點……但她心裡的結好緊，好緊。

「你可以上—上—上我，」她說。

不，這樣不對，她看得出來，這樣說不對……

「你可以強—強暴我，」她說，「你想要怎樣都—都可以。」

男子的微笑僵住。他退後一步看著她。從頭到腳。愛麗絲張開雙手；她要他知道她自動獻身，交出自己——她要向他顯示她放棄了自由意志，她把自己放到他手中，她屬於他，這樣才能爭取時間，一點時間也好。在這種處境，時間攸關生死。

男子慢慢觀察她；目光緩緩向下掃過她的身體，最後停在她的私處。她一動也不動。他懷疑地稍微倚向她。愛麗絲感到恥辱，像這樣暴露自己。萬一他不為所動怎麼辦？如果她能給的還不夠，他會怎麼做？他搖頭彷彿很失望，不，不夠好。為了讓她了解，他伸出手抓住愛麗絲的右乳頭，用拇指食指夾住用力快速扭轉，她立刻彎腰慘叫。

他放手，愛麗絲撫胸，瞪大眼睛，大口喘息，痛得跳腳，痛得盲目。她忍不住流下眼淚說：

「你—你—你要做什麼？」

男子微笑彷彿只是陳述明顯的事實。

「我？我要看著妳死，臭婊子。」

然後他像個演員，退到一旁。

她看到了。在他背後。在地上，有個電鑽放在一個小木箱旁邊。大約能裝一個人的容量。

# 4

卡繆注視著一張巴黎地圖。門房的崗哨外，當地分局支援的制服警員叫圍觀者與鄰居不要逗留，除非他們有關於綁架的重要資訊。綁架案！有娛樂性；幾乎像拍電影。雖然主角失蹤了，但是不重要——身在片場就很奇妙了。當夜晚流逝，新聞像野火燎原，像農村八卦傳開。民眾不敢相信，是誰，是誰，是誰，我說過我不曉得，只聽說是個女人，但是我們認識嗎，告訴我是我們認識的人嗎？壞事傳千里，連這時應該在睡覺的小孩，都下樓來觀看發生了什麼事；整個社區因意外狀況興奮不已。有人問他們會不會上電視。反覆問警員同樣的問題。他們逗留著，沒人知道在等待什麼，只爲了在現場以待終於有事發生，但是沒有進展，耳語逐漸平息，興趣減退，時候晚了，隨著夜色漸深幾小時後，興奮變成躁動，有人率先從窗口喊叫抗議，小聲一點好嗎？有人要睡覺啊。

「或許他們該報警，」卡繆說。

路易照例比較淡定。

在地圖上，他標出了離開綁架現場的主要道路。女子被綁架前走的有四條可能路線。法吉耶廣場、帕斯德大道或維吉—勒布倫街，或是反向的柯特寧街。她可能搭了公車——不是88路就是95路。最近的地鐵站離現場挺遠的，但不能忽略：佩梅提站、普雷松斯站、沃隆泰爾站、沃吉拉站……

要是他們沒找到任何東西，明天他們就得擴大搜索範圍，進一步過濾尋找零碎資訊，他們必須等民眾醒來，等到明天，他們還不一定有時間。

綁架是特殊犯罪：不像謀殺，被害人並不在場；你必須想像情況。卡繆正努力這麼做。他用鉛筆畫出女子走過街道的素描。他挑剔地看著它：太高雅，社會女性。或許卡繆太老畫不出那樣的女人。他畫條線槓掉重新開始，邊畫邊打電話。他爲何會想像她很年輕？有人會綁架老女人嗎？他第一次想到她可能不是女人而是女孩。「女孩子」在法吉耶街被綁架了。他回到畫作。牛仔褲、短髮、包包背在肩上。不對。另一張素描：這次她穿了窄裙，有大胸部。更糟糕，他又槓掉。他想像她是年輕的，但其實他根本無法想像。想像她的時候，他總是看見艾琳。

他生命中從未有過其他女人。很少會有機會浮現在他這種身高的男人面前，他的性慾一向含有太多複雜因素——罪惡感，一絲自怨與恢復正常異性關係的恐懼——所以總是不順利。其實不對：有一次例外。有個女同事不慎陷入困境，他幫她度過了難關。睜隻眼閉隻眼。當時他在她臉上看到的是安心，如此而已。後來他在自家公寓附近巧遇她。他們去La Marine飯店陽台上喝了一杯，再去吃晚餐——循序漸進——上樓喝杯睡前酒然後……在正常情境中，這不是高尚正直的警官該允許的那種行爲。但她很親切，無拘無束，而且似乎真的急著表達謝意。或至少事後，卡繆這樣告訴自己以排解罪惡感。他已經兩年多沒碰過女人了，那是理由之一——但不是充分理由。他做的事情不道德。那個輕鬆溫柔的夜晚，他們不覺得有必要去想到感情。她知道他的過去——刑事組每個人都知道：范赫文的老婆被謀殺。她說了些話，只是日常瑣事，她在隔壁房間脫衣服，立刻爬到他身上，沒有前戲，他們看著彼此的眼睛，在最後卡繆閉上了眼睛——他忍不住。他們偶爾仍然會碰面；她住在附近。或許四十幾歲吧。比他高六吋。安妮。也很老練：她沒有留下過夜，說她必須回家。那麼做是對的；省得卡繆痛苦。當他們巧遇，她表現得若無其事。上次有一堆人在場，她甚至還和他握手。他這時爲什麼會想到她？她是男人想要綁架的女性類型嗎？

卡繆把念頭轉到綁架者。殺人或許有很多種方式，很多種理由，但所有綁架案都一樣。有一點是確定的：綁架別人需要計畫。在突來的暴怒中臨時起意顯然也可能，但是很少見而且注定失敗。大多數案例中，主嫌組織、策畫、精心準備。統計數據不太妙：前幾小時是關鍵；被害人活著被找到的機率快速下降。人質是個累贅——人性通常想要趕快擺脫他們。

路易率先找到線索。他不斷打電話問從晚間七點到九點半跑這條路線的每個公車司機。一個一個把他們從被窩裡挖出來。

「今晚最後一班88路的司機，」他用手圈著話筒說，「大約九點鐘。記得有個女孩子跑步追公車，但是後來她改變主意。」

卡繆放下鉛筆，抬頭看。

「哪一站？」

「帕斯德研究院。」

一陣冷顫流過他背後。

「他為什麼記得她？」

路易往電話複誦這個問題。

「因為漂亮，」路易又用手遮住話筒說，「很漂亮。」

「喔……」

「而且他確定時間。他向她揮手，她對他微笑了一下，他說那是當晚最後一班車，但她徒步走法吉耶街離開。」

「哪一邊？」

「你的右手邊。」

正確的方向。

「有描述嗎？」

路易問對方細節，但沒什麼收穫。

「模糊。非常模糊。」

這就是每個大美女的問題：她們令人屏息；你沒心思注意細節。你記得她的眼睛、她的嘴唇、她的屁股，或許三者都記得，但你不知道她穿什麼……這也是男性證人的問題；女人觀察力比較精確。

卡繆花了大半夜對此生悶氣。

凌晨兩點半，能做的都已經做了。現在，他們只能等著，指望有事突然發生，能給他們一個具體線索。收到勒贖要求就能打開調查的新路線。發現屍體就結束其他路線。只要能用，什麼線索都好。

如果可以，當務之急是辨識被害人身分。目前，警局裡說沒接到可能與被害人有關的女性失蹤報告。

綁架發生的區域什麼也沒有。

事發已經六小時。

# 5

那是個簡單的木箱。板條間隔大約十公分，很容易看到裡面裝了什麼。目前，什麼也沒有；箱子是空的。

他兇惡地抓住愛麗絲的肩膀拖著她到箱子旁，然後轉過身彷彿她已經不在了。電鑽原來是電動螺絲起子。他從箱頂拆下一塊木板，接著另一塊。他背對著她，彎著腰。他的粗脖子脹紅、冒汗……像原始人：這是愛麗絲想到的字眼。

她就站在他背後，略偏一側，裸體，一手遮胸，一手護著下體，因爲她感覺羞恥——即使在這種情境，想起來眞是瘋狂。從頭到腳冷得發抖，她等待著，完全被動。她可以嘗試什麼。撲向他，打他，或逃跑。倉庫又大又空曠。他們前方大約十五米就有個開口，牆上的大裂縫；曾經封閉倉庫的大型拉門不見了。男子拆卸木板時，愛麗絲努力讓腦筋恢復正常。逃走嗎？拚了嗎？試著搶電鑽？他拆下板條之後打算做什麼？他說過，看著她死，但這是什麼意思？他打算怎麼殺她？短短幾小時內，她發現她的想法從「我不想死」轉變成「拜託乾脆點」。在她思索時，發生了兩件事。第一，她有個簡單、頑強、固執的念頭：別讓自己任人欺凌；反抗，反擊。第二：男子轉身，在她身邊放下螺絲起子，伸手抓她肩膀。這一刻，她腦中神祕地浮現了一個像顆泡沫的決定，她開始跑向儲藏室遠端牆上的開口。電光石火間，她跳過箱子，赤著腳拚命狂奔。男子被她爆發的速度嚇一跳，沒時間反應。這時感覺不到寒冷與恐懼；她的每個細胞都催促著她快跑，離開這裡。地板很冷、很硬、濕滑；水泥粗糙不平，但她什麼也感覺不到——她只顧狂奔。屋頂漏雨的地方該處地面潮濕，愛麗絲的雙腳濺起了積水。她沒回頭，逼自己前進：**快跑**，**快跑**，**快跑**，她不知道男子是否追了上來。妳比他快。妳知道妳行。他又老又胖，妳年輕又苗條。妳還活著。

愛麗絲通過牆上的開口，稍微慢下來，注意到在她左方，房間遠端，有另一個像她剛通過的開口。所有房間都一樣。哪裡是出路？她一直沒想到會赤裸著跑出建築物，像這樣衝到大街上。她心臟狂跳到幾乎要爆炸。愛麗絲很想看看四周，確認自己領先他多遠，但是她更想離開此地。第三個房間。這次愛麗絲停步，大口喘氣，幾乎崩潰。她不敢相信。她又開始奔跑，但她已經感覺到淚水蓄積——她到了建築的另一端，到了必定通往外界的門。

門被封死了。

大塊紅磚的間隙冒出仍然濕潤、沒有抹平的灰泥，只是草率地塗上去封住門口。愛麗絲摸索磚塊，也是濕的。她被困住了。寒冷忽然再度襲來。她用拳頭敲打磚塊，她大叫——或許外面有人會聽見。她大叫；她想不出字眼。**放我出去**。**拜託**。愛麗絲更用力敲，但她已經累了；她像抱樹般身體緊貼著牆壁，宛如想要和它融合。她停止尖叫，發不出聲音，只剩鯁在喉嚨的哀求。她站著低聲啜泣，像張告示海報貼在牆上。突然她靜下來，因爲她察覺背後的男子。他沒有追趕她，只是走到她站的位置。她聽著接近的腳步聲。她沒動；腳步聲停下。她好像聽見了他的呼吸，但她聽到的是自己的恐懼。

男子不發一語，只是抓住她的頭髮——這是他的作風——抓住一把頭髮猛扯，把愛麗絲拉向他，讓她重重仰天跌倒，她叫不出來。有一瞬間她以為自己癱瘓了，她嗚咽，但是男子不打算罷手。他猛踹她肋骨一腳，她無法迅速閃躲，又挨了第二下，更殘忍的一擊。「賤人！」

愛麗絲慘叫——她知道這不會停止，所以鼓起殘餘力氣，蜷縮成一球。更糟糕。只要她拒絕服從他，他就會一直打她。他又發飆了，這次幾乎把靴尖踢進她側腰裡。愛麗絲吃痛慘叫，掙扎著用一邊手肘撐起身，舉起一手投降，這個手勢顯然是說：住手，你要怎樣我都照做。男子沒動；他在等待。愛麗絲站了起來——她腳步蹣跚，努力辨認方向，搖晃，差點跌倒，鋸齒狀前進。她行動不夠快，所以他又從背後踢她，讓她撲倒，但她再站起來，膝蓋流著血，繼續前進，加快腳步。結束了，他對她沒有其餘要求。愛麗絲投降了。她往第一個房間走回去，穿過開口；她準備好了。筋疲力盡。她走到大箱子旁邊看他一眼。她垂著雙臂，她放棄了最後的任何矜持。他也沒動。他剛說什麼？他最後一句話是什麼？「我要看著妳死，臭婊子。」

他看著木箱。愛麗絲也看著它。這是不歸點。她即將做的，她即將接受的，是無法逆轉之事。無法撤銷。她永遠回不來了。他會強暴她嗎？殺她？事前或事後殺她？他會慢慢折磨她嗎？這個沉默的劊子手，他想要什麼？幾分鐘後她就會得知答案。只剩一點她不明白。

「拜—拜託……」愛麗絲乞求。她在耳語，彷彿求他說出一個祕密。「為什麼？為什麼是我？」

男子像是聽不懂她的語言想要猜測她的意思般皺起眉。出於本能，愛麗絲伸手到背後，用指尖摸過粗糙的木頭。

「爲什麼是我？」

男子緩緩微笑。露出隱形的嘴唇……

「因爲我要看著妳死，臭婊子。」

他說得很理所當然。他似乎很滿意這個答覆。

愛麗絲緊閉起眼睛。淚水流下來。她希望生平畫面閃過眼前，但是什麼也沒有。她不再只是用指尖摸著木板；她整隻手抓著箱子撐住，以免癱倒。

「進去……」他惱怒地說，往箱子偏了偏頭。

她轉過身後，愛麗絲不再是她自己；踏進箱子裡的不是她——蜷縮在裡面的肉體中已沒有一絲一毫的她。她蹲下，雙腳分開踩穩板條，雙手環抱膝蓋，彷彿這個箱子是她的庇護所而非棺材。

男子上前，望著裸女蜷縮在箱底的景象。愉快地睜大雙眼，像昆蟲學家研究什麼稀有物種。他顯得歡喜無比。

# 6

門房太太留下他們就去睡了。她整晚像個打樁機大聲打呼。他們留了點錢給她補償咖啡的費用，路易寫了張道謝字條。

凌晨三點。各路人馬都已散去。綁架發生至今已經六個小時，他們收集到的證物還裝不滿一個火柴盒。

卡繆和路易在戶外街上，兩人各自回家去洗個澡再回來會合。

「你先走吧。」卡繆說。

他們來到計程車招呼站。卡繆並不想搭計程車。

「不用管我，我想走一點路。」

他們分頭離開。

卡繆反覆畫這個女人的素描，一面想像她走過街道，向公車司機揮手；不斷重新開始，因爲他老是想到艾琳的痕跡。連想到艾琳這點都讓卡繆覺得不舒服。他加快腳步。這女孩是不同的人。他必須記住這一點。

尤其是最可怕的差別在：這女孩還活著。

街上沒人，偶爾有車輛經過。

他努力理性思考。從一開始他就擔心邏輯。人不會隨機綁架別人；他們通常綁架認識的人。或許彼此不很熟，但是熟到足以產生動機。所以綁架者一定知道她住哪裡。這個念頭縈繞在卡繆腦海裡一小時了。他加快步伐。如果他不是在家裡或家門外抓走她，一定是因爲不可能。他不知道爲什麼，但一定是不可能，否則他不會當街擄人，冒著許多衍生風險。但他就是這麼做了。

卡繆加速，他的思緒也快步跟上。

兩個可能：這傢伙不是跟蹤她，就是在路上等待她。他會不會開廂型車跟蹤她？不會。她沒搭公車，他開車龜速跟蹤她走過街道，等待適當的下手機會，想起來實在很不合理。

所以他一定是在等待。

他認識她，知道她走的路線；他需要一個可以守候、能看見她走過來的地方……而且能衝出來抓她。而這個地方必須在實際綁架她的地點之前，因爲這是單行道。他看到她，她經過，他趕上，抓走她。

「我看是這樣。」

卡繆大聲自言自語的情形並不罕見。他喪偶不久，但是恢復單身時代的習慣不需要多久。所以他沒叫路易陪他走路。他已經不習慣成爲團隊的一員——他獨處發愁太久了，所以通常他只想到自己。和人相處到最後，彼此只會吵起來。卡繆不太喜歡自己現在的樣子。

他走了幾分鐘琢磨這些念頭。他在找什麼東西。卡繆是那種看似謬誤，但證據會證明他是從一開始就正確的人。這種朋友令人討厭，但這是當警察的重要能力。他走過一條街，又一條，但什麼靈感也沒有。接著忽然間，他腦中有顆燈泡亮了。

勒格蘭丹街。

這條死巷不超過三十米長，但寬度足夠兩側停車。如果他是綁匪，他就會將車子停在這裡。卡繆又走了一段才回頭看看街上。

在交叉路口那兒，有棟建築物的一樓有家藥房。

他抬頭往上看。

有兩台監視器對著店門口。

不久他們就找到了錄到白色廂型車的影片。伯提納先生恭敬到諂媚的程度，他是一想到「協助警方辦案」就樂不可支的人。卡繆覺得這種人有點討厭。他們來到店後方的調劑室。伯提納先生坐在一個巨大的電腦螢幕前。他看起來不太像藥劑師，但肯定具有其人格特質。卡繆很快就發現這一點，因爲他的父親就是藥劑師。即使退休後，他也表現得像個退休藥劑師。他過世才一年多。卡繆忍不住想，即使死了，他父親還是有點像藥劑師。

伯提納先生樂意幫助警方，所以願意在凌晨三點半，下床開門讓范赫文探長進來。

即使伯提納藥房被搶過五次，伯提納也不是記恨的人。越來越多毒販視藥房爲目標，他轉向高科技。每次被闖入後，他就添購新的監視器。現在總共有五支：兩支在門外人行道上，另三支在店內。影片會保留二十四小時；之後就自動刪除。伯提納先生超愛他的玩具。他不需警察出示證件就炫耀起他的裝備；他很樂意配合。只需幾分鐘就調出了拍到死巷的段落。沒什麼好看的：只有停在路邊的車輪和車身下半部。白色廂型車在晚上九點零四分前來停車，緩慢前進讓駕駛人橫向看見法吉耶街。對卡繆而言，這還不夠證實他的理論（雖然他很高興，他喜歡證明自己是對的），他想要進一步看清楚那輛車，因爲在伯提納先生的靜止畫面中，只看得見前輪與下半個車身。他比較清楚犯案手法與綁架時機，但不了解綁架者。影片中沒事發生。平靜無波。他們倒帶。

卡繆忍不住在此停留。因爲綁架者近在眼前，而攝影機只對準不重要的細節，實在令人生氣。到了九點二十七分，廂型車駛出死巷。這時候出事了。

「那邊！」

伯提納先生勇敢地扮演鑑識工程師。將帶子倒帶。那邊。他們盯著螢幕；卡繆問能不能局部放大。伯提納先生撥弄各種開關。在廂型車駛出停車位時，從車身下半看得出曾經手工重漆過，有一部分字母還看得見。看不清寫些什麼。字母很模糊，而且被畫面頂端截斷了，鏡頭拍不到。卡繆要求列印出來，藥劑師照做，給了他拷貝了整段影片的隨身碟。當錄影片段調到最大對比時，字形看起來像這樣：

好像摩斯電碼。

廂型車顯然刮到了什麼東西，有綠漆的細小痕跡。

鑑識人員有事做了。

卡繆終於回到了家。

今晚多多少少令他動搖。他爬樓梯。他住四樓，原則上從不搭電梯。

他們已經盡力了。接下來是最糟的部分。等待。等某人通報有女性失蹤。可能要花一天、兩天，或許更久。同時……艾琳被綁架時，她十小時內就被發現身亡。現在已經過了這段時間的一半。如果鑑識員發現了什麼有用的東西，他早該知道了。卡繆太熟悉交叉比對證物那個哀傷、緩慢的韻律，這種曠日廢時又令人焦躁不安的消耗戰。

他鬱悶地回想這無盡的一夜。他累壞了。他幾乎沒時間洗澡再喝杯咖啡。

卡繆賣掉了他和艾琳同住的公寓；他無法忍受住在那兒——看哪裡都想起她太痛苦了。住下去所需的意志力最好用在別的地方。他納悶在艾琳死後是否繼續活下去，算是勇氣或意志的問題。當你身邊的一切都崩潰了，怎麼可能單獨活下去？他必須阻止自己的墮落。他知道這間公寓在拖垮他，但他捨不得放手。他問過他父親（他一向會實話實說）與路易，當時路易說：「爲了撐下去，你必須放手。」顯然那是道家理論。卡繆不確定他懂得那是什麼意思。

「打個比方，就像『橡樹易折，蘆葦難摧』的意思。」

卡繆喜歡這個說法。

所以他賣掉了。三年來他一直住在法米碼頭這裡。

他一踏進家門，豆豆立刻過來迎接。啊，那是另一碼事。豆豆是隻小虎斑貓。

「養貓的中年鰥夫……」是卡繆當年的反應。「有點老套，不是嗎？或者我太誇張了？」

「我想要看是什麼貓而定，對吧？」路易說。

問題就在這裡。出於愛心，或想融入環境，透過下意識模仿或出於禮節——誰曉得？——豆豆以她的年齡仍然維持著不可思議的短小體型。她有張可愛的小臉，牛仔似的O型腿，而且她好嬌小。連路易都無法解釋這個深奧的祕密。

「你也覺得或許她有點誇張？」卡繆問。

當卡繆帶著貓來諮詢體型問題，獸醫很尷尬。

無論他什麼時候進門，豆豆都會醒來迎接他。今晚——應該說早上——卡繆只隨便搔搔她的背。他不太想放輕鬆。今天有點暈頭轉向。

首先，有女人被綁架。

然後，再次見到路易，尤其在這種情況下。簡直像是勒關故意安排的……

卡繆愣住。

「這個混蛋！」

# 7

愛麗絲爬進木箱，低下頭，蜷縮起來。

男子把蓋子放回去，鎖上螺絲，再退後欣賞自己的作品。

愛麗絲從頭到腳都有瘀青，全身抽筋又驚恐地顫抖。雖然感覺很荒謬，但她無法否認她在箱子裡覺得比較輕鬆。像是有了遮蔽。她這幾個小時不斷想像他可能怎麼對待她，但除了綁架本身的粗暴，除了毆打之外……幾乎什麼也沒發生——愛麗絲的頭仍然因爲挨打而脹痛——但現在她還活著，在箱子裡。他沒有強暴她。沒有虐待她。也沒殺她。「還沒。」有個微小聲音說，但愛麗絲不想聽；在她看來多活一秒算一秒，未來都不算數。她試著深呼吸。男子仍然站著，沒動——她看得見他厚重的工作靴，還有褲腳。他在盯著她。「我要看著妳死……」他是這麼說的；幾乎是他說過的唯一句子。就這樣？他想要殺她？他要看著她死？他打算怎麼殺她？愛麗絲不再猜想理由，而是怎麼做？何時動手？

他爲何這麼痛恨女人？這傢伙遭遇了什麼事才會籌畫這樁綁架？這麼兇殘地毆打她？寒冷不太難熬，但是加上疲憊、毆打、恐懼、黑暗，愛麗絲感覺被凍僵了。她試著改變姿勢。這可不容易。她駝背坐著，頭放在環抱膝蓋的雙臂上。當她起身嘗試回轉，發出一聲慘叫。一塊長條碎片刺進了她的手臂，靠近肩膀的位置，她只能用牙齒把它拔出來。空間有限。這個木箱很粗糙，是臨時拼湊的。她該怎樣才能轉身？用雙手撐起全身重量？扭轉骨盆？首先她嘗試移動雙腳。她感到恐懼在腹中累積。她開始大叫，動來動去；她害怕在粗製濫造的木板上弄傷自己，但是她必須移動，這足以把她逼瘋。她到處碰撞，但只爭取到幾公分空間。她陷入恐慌。

男子的大頭突然出現在她的視野中。

太過突然，她猛力後退撞到了頭。他蹲下來看著她。他用隱形的嘴唇開心微笑。陰森、毫無喜悅的笑容，如果不是這麼具威脅性，會很可笑。從他喉嚨傳出某種顫抖聲。他還是不說話，點點頭彷彿在說：**妳懂了吧？**

「你……」愛麗絲開口，但她想不出要對他說什麼、問什麼。

他繼續點著頭，露出愚蠢的笑容。他瘋了，愛麗絲心想。

「你瘋—瘋了……」

但她沒時間說下去；他退後，走開了——她看不到他，所以顫抖得更厲害。他一消失，她就慌了。他在幹什麼？她伸長脖子；他可能聽見遠處傳來怪聲——廣大空間裡什麼都有回音。除了現在，他們在移動。不知不覺間木箱開始搖晃。木頭發出輾軋聲。如果她盡力轉身，從她眼角可以看見她上方的繩索就連在箱蓋上。愛麗絲扭轉身體把一隻手伸到頭上的板條空隙：粗繩索上有個鋼環；她抓住巨大、緊繃的繩結。

繩索抖動又緊繃，木箱似乎尖叫著在上升，離開地面開始搖擺，緩緩回轉。男子又出現在她的視野，大約七八米外，站在牆壁附近，正在拉扯連接著兩個滑輪的繩索。木箱上升非常緩慢，有一陣子似乎要翻倒了。愛麗絲沒動；男子盯著她。當木箱離地約一米半時，他停手，綁好繩索，然後走到遠端牆壁的開口旁翻找一堆東西，再回來。

他們在同樣的高度面對面，可以看見彼此的眼睛。他掏出手機，拍了張她的照片。他尋找適當的角度，走到一側，退後，按一下快門，兩下、三下……檢查照片，刪除不滿意的。然後他走回牆邊，木箱再次上升；直到離地兩米。

男子綁好繩索，顯得對自己很滿意。

他穿上外套，拍拍口袋確認沒有忘記東西。彷彿愛麗絲已經不存在——他離開時幾乎不看木箱。對自己的作品很滿意。就像離家去上班一樣。

他走了。

一片寂靜。

木箱在繩索末端沉重地搖擺。一陣寒風吹過，拍打著愛麗絲已經寒徹骨髓的身體。

她落單了。裸體。受困。

這時候她才了解。

這不是箱子。

這是籠子。

# 8

「你他媽的混蛋……」

「講話小心點……，」「我會感謝你還記得我是你的上司，」「換成你是我，你會怎麼辦？」「你該改進你的字彙，你罵人的話越來越無聊。」這些年來，勒關分局長對卡繆試過一切手段——幾乎啦。最近，他避免掀起舊怨，不再回應。這讓卡繆相當手足無措，現在只能不敲門衝進他的辦公室，站著對長官乾瞪眼。當分局長心情好時，分局長對他意有所指地聳聳肩；當分局長心情不好時，他就低頭往下看，假裝懊悔的樣子。不發一語；他們就像老夫老妻，對兩個年近五十、都是單身的老男人而言是雙輸的狀況。或者應該說，兩人都沒老婆。卡繆是鰥夫。勒關去年離了第四次婚。

「你老是娶同一個女人眞奇怪。」上次在勒關的婚禮上，卡繆對勒關說。

「還能怎麼辦？」勒關打趣說，「積習難改。我是說我的證婚人老是同一個——你！」然後他焦躁地補充：「況且，如果我必須娶新老婆，還不如找同一個。」這就證明了說到宿命論，他比誰都相信。

他們不需要說話就能了解對方在想什麼，這正是卡繆今天凌晨沒和勒關翻臉的主要理由。他暫且拋開分局長顯然可以派別人負責卻假裝沒有人手，這種小手段。卡繆想到他從一開始就該發現的，但他完全忽略了。這很怪；其實相當令人擔心。另一個理由是他完全沒闔過眼，他累了，沒力氣浪費，因爲在莫瑞接手之前，今天也不會好過。

現在是早上七點。倦怠的警員走過各間辦公室互相喊叫、用力關門，人聲嘈雜，茫然的民眾在走廊上等待；對警局而言，這是徹夜忙碌之後的典型尾聲。

路易出現了。他也沒睡。卡繆上下打量他。Brooks Brothers 西裝，LV 領帶，腳穿 Finsbury 懶人鞋；照例很體面。卡繆無法評論襪子，何況他也不懂襪子。路易看來很高雅，雖然刮過鬍子，還是顯得很狼狽。

他們像只是平常的早晨一樣握手，彷彿他們一直都是同僚。自從昨晚重逢之後，他們沒怎麼聊過。連四年空檔都沒提起。這倒不是什麼機密啦，不，只是太尷尬又哀傷——況且，對喪妻有什麼好說的？路易和艾琳喜歡彼此。卡繆認爲路易像他自己一樣，爲她的死自責。路易不像卡繆那麼悲痛，但他同樣難過。言詞無法形容的哀傷。兩人內心深處都被同一起悲劇重創，讓他們無言以對。當然人人都受到動搖，但這兩人應該設法談談。他們從來沒有，漸漸地，雖然他們還是會想到對方，但彼此不再碰面。

鑑識的初步報告看起來不樂觀。卡繆快速翻閱，邊看邊把文件傳遞給路易。輪胎痕的橡膠是最常見的，大概有五百萬輛車使用。廂型車也是最常見的車型。至於被害人的最後一餐：綜合沙拉、牛肉、青豆、白酒……總之不太妙。

他們來到釘在卡繆辦公室牆上的巴黎大地圖旁邊。電話響了。

「嘿，尚，」卡繆說，「眞巧。」

「是啊，你也早安。」勒關說。

「我需要十五個警員。」

「休想。」

「如果可以的話，盡量派女警。」卡繆想了一下，「我需要她們至少兩天。如果到時還沒找到那女人，三天。喔，還要多一輛車。不對，兩輛吧。」

「聽著——」

「……而且我要阿蒙來支援。」

「OK，呃，這我做得到。我馬上派他過去。」

「多謝了，尚。」卡繆掛斷。

他轉回來看地圖。

「那麼，我們會有多少資源？」路易說。

「我所要求的一半。加上阿蒙。」

卡繆的目光盯緊地圖。如果伸直手臂，他大概可以摸到第六區。要搆到第十九區，他就需要站在椅子上或用指揮棒。但是拿指揮棒會讓他好像古板的教師。這些年來，他考慮過各種辦法。把牆上的地圖釘得低一點，或攤在辦公室地上，切割成幾塊水平排列……但從未眞正實行過，因爲補償他身高的每個辦法都只會讓別人難做事。況且，如同在家中或在葬儀社，卡繆在辦公室裡也有各種設備。說到凳子、臺階、梯子，卡繆可是專家。要拿檔案、文件、文具和技術文件時，他使用一副窄小的鋁梯；要看巴黎地圖就用圖書館的墊腳凳——人站上去可以鎖死輪子的型號。卡繆把凳子推過來站上去。他研究匯聚在綁架現場的主要幹道。要分派小隊去地毯式搜索整個區域；問題是搜索區的界限要設在哪裡。他指著一個區域，突然低頭看腳，想了一下，再轉向路易說：「我看起來像個討人厭的將軍，對吧？」

「我猜『討人厭的將軍』在你的字典裡是同義贅詞？」

他們互相調侃但是兩人都沒專心聽。都在追逐自己的思緒。

「不過……」路易鬱悶地說，「這兩天內沒有廂型車失竊的報案。除非他計畫了好幾個月。我是說，用自己的廂型車綁架女人是很高的風險。」

「或許那傢伙像石頭一樣蠢……」

卡繆和路易轉身。是阿蒙。

「如果那傢伙很笨，就會無法預料，」卡繆微笑說，「事情就更棘手了。」

三人握手。阿蒙和卡繆共事十多年了，其中九年半歸卡繆指揮。他是個嚇人的瘦子，因爲生平吝嗇到病態程度，總是一副苦瓜臉。阿蒙人生的每一秒鐘都以存錢爲目標。卡繆的假設是他很怕死。幾乎什麼學問都涉獵過的路易，證實這是個合理的心理分析理論。卡繆很驕傲能在自己一竅不通的領域中，當個厲害的理論大師。專業上，阿蒙是隻永不疲倦的工蟻。給他任何城市的電話號碼簿，一年後回來，他就能查得出每個號碼。

阿蒙總是很仰慕卡繆。他們同事的初期，當阿蒙發現卡繆的媽是位知名畫家，仰慕變成了崇拜。他收集關於她的剪報。在電腦中，他有網路上找得到的她畢生作品的圖檔。當他得知卡繆的矮小是因爲母親菸癮太重時，阿蒙感覺好矛盾。他努力合理化自己仰慕一個看不懂她的作品，但是卻非常有名的畫家，同時也痛恨這麼自私的女人。他一直沒解決這些不相容的情緒；目前似乎還在掙扎中。但他忍不住，新聞上一提到慕德·范赫文或她的畫作，阿蒙就欣喜若狂。

「或許她應該當你媽才對。」有一天卡繆抬頭看著他說。

「那就太過分了。」阿蒙咕噥。他缺點雖多，卻還有幽默感。

當卡繆被迫休假，阿蒙會去診所看他。他會等到有人要開車去附近時，這樣他就不必付交通費，而且他總是空手出現，總是有不同的藉口，但至少他來了。他也對卡繆的遭遇很難過。他的痛苦是眞心的。你和某人並肩作戰多年，只會發現其實你不了解他。只需一件意外、悲劇、大病或死亡，你就會發現你對他們所知只是片段的資訊。阿蒙有時會很慷慨，只是聽起來可能怪怪的。顯然，他對金錢或任何要花錢的事情不慷慨，但他有慷慨的精神。局裡不是每個人都相信；提起這一點，他爲了錢揍過的每個人——亦即所有人——都會爆笑起來。

他來到卡繆療養的診所時，卡繆會給他錢去販賣機買報紙、兩杯咖啡和一本雜誌。阿蒙總是留下零錢。探視結束後，卡繆探頭到窗外，會看到阿蒙在停車場到處和離開診所的人攀談，想找個離他家夠近的便車搭，讓他能夠步行回家。

眞痛苦，睽違四年後發現他們又碰面了。舊團隊唯一缺席的只剩馬勒瓦。他被警方革職了。還被羈押了兩個月。後來他怎樣了？卡繆懷疑路易和阿蒙仍會偶爾跟他碰面。他自己沒辦法做到。

他們三人站在巴黎的大地圖前面，什麼也沒說，直到沉默開始感覺像鬼鬼祟祟的禱告，卡繆哼了一聲。他指著地圖。

「OK。路易，照我們討論的，你帶隊去犯罪現場。讓他們地毯式搜索。」

他轉向阿蒙。

「你呢，阿蒙，我們要找一輛普通的白色廂型車，一組普通的輪胎，被害人吃過的普通餐廳，地鐵票……你會有數不完的選擇。」

阿蒙點頭。

卡繆拿起他的鑰匙。

他只需要撐過今天，莫瑞就回來了。

# 9

當男子第一次回來時，愛麗絲的心臟幾乎從喉嚨中跳出來。她聽得見他，但她無法轉身看他。腳步聲緩慢又沉重；發出威脅性的回音。愛麗絲每個小時都在預期他回來，想像自己被強暴、毆打、殺害。她看見籠子被放下，感覺到男子抓住她肩膀，從籠子中把她拖出來，打她耳光，把她翻來轉去，強迫她、強暴她、讓她慘叫、殺她。如同他的宣示。「我要看著妳死，臭婊子。」當你稱呼女人臭婊子，表示你想殺了她，不是嗎？

這還沒發生。他還沒有碰她；或許等待讓他很興奮。把她關在籠子中是爲了讓她變成動物，貶抑她，馴服她，顯示他才是主人。所以他這麼粗暴地打她。這些和其他無數更可怕的念頭仍盤旋在她腦中。死亡夠可怕了。但是等死更是……

愛麗絲想要記住他何時來到，但是時間感很快變得模糊。早上，白天，晚上，深夜，都是連續體的一部分，她的心智越來越難分辨。

每次他來總是站在籠子前，雙手插口袋，望著她許久，然後把皮夾克放在地上，將木箱降到眼睛高度，拿出他的手機拍照，然後走到他堆放其餘東西——十幾個水瓶、塑膠袋——的地方，愛麗絲的衣服散落在地上：看到這些東西就在眼前，讓她很難過。他坐下。半晌不做任何事，只是看著她。他看來好像在等待什麼，但是他沒說。

然後，她不知道是什麼，但有事促使他離開；他忽然起身，拍自己大腿好像在催促自己，吊高木箱，看最後一眼，然後離開。

他一直不說話。愛麗絲試過發問；沒問太多，因爲她不想惹他生氣，但他只回答過一次——其餘時候他什麼也沒說，似乎沒有想法，只是望著她。如他所說：我要看著妳死。

愛麗絲的處境——名副其實地——是難以忍受的。

她不可能站起來；籠子不夠高。也不可能躺下，因爲不夠長。或坐下，因爲蓋子太低。她只能縮成一團，幾乎呈球形。疼痛很快變得難以忍受。她的肌肉開始疲勞，關節硬化；一切都麻木了，全身僵硬，更別說寒冷了。她全身持續緊繃，而且因爲她無法移動，血液循環減緩，更增加了她必須忍受的緊張痛苦。她想起一些畫面，護理課的萎縮肌肉，僵硬、硬化的關節圖解。有時候她感覺彷彿在觀察自己的身體凋零，彷彿她是放射科醫師，彷彿這副身體不是她的，她發現自己的心智開始分裂成身在這裡與不在這裡、住在別處的兩個人，眼看就要開始發瘋，這種難以忍受、不人道的姿勢必然導致這種結果。

她哭了好久，但她發現她沒眼淚了。她睡得很少，也睡不久，因爲她不斷被肌肉抽筋痛醒。昨晚她體驗了第一次很痛的痙攣，大叫著醒來，整條腿都嚴重抽筋劇痛。爲了舒緩壓力，她使勁用腳踢木板，好像試圖把籠子踢成碎片。漸漸地，痙攣消失，但她知道這跟她的努力無關。痙攣去了會再回來。她只是搖動了籠子而已。當它開始擺盪，要花好久才恢復靜止。過一陣子就讓她腸胃不適。愛麗絲花了好幾小時害怕痙攣會復發。她監視身上每個部位，但她越去想，變得越痛苦。

在她睡眠的少數時刻，她夢到監獄，被活埋，或溺水；沒有痙攣、寒冷或恐懼的時候，她也會作惡夢驚醒。這時，長達二三十個小時只移動了幾公分，她驚厥了，宛如她的肌肉想要自行動作。有些反射性痙攣她無法控制；她四肢撞擊著木板，她哀嚎。

她願意出賣靈魂來交換能夠自由伸展、能夠躺下一個鐘頭。

在剛開始的階段，某次他到來，他用一條繩索吊起一個柳條籃到籠子邊，柳條籃晃動了好久才終於停下來。雖然距離很近，但愛麗絲必須鼓起所有意志力，拚命從縫隙中伸出雙手，才能抓到裡面的部分東西：一瓶水和一些乾狗糧。或許是貓糧。愛麗絲沒停下來考慮；她狼吞虎嚥吃下去。稍後她才懷疑他是否在飲食裡下了藥。她又開始發抖，但是無法得知她是因爲寒冷、疲倦、口渴或恐懼而發抖……狗食吃不飽，只讓她更渴。她只有餓到受不了才吃一點。然後還有她必須小便等等問題……起先，她覺得羞恥，但她能怎麼辦？尿液灑在籠子下方像隻大鳥的排泄物。羞恥感很快過去；比起疼痛不算什麼，沒有什麼比得過被迫這樣活了好幾天，無法活動，變換姿勢，不知道他打算關她多久，也不知道他是否眞的打算讓她死在這木箱裡的恐懼。

像這樣要過多久才會死？

前幾次他過來，她懇求他，乞求原諒，她不知道理由，有一次——脫口而出——她甚至求他殺了她。她好久沒睡，口渴難耐，雖然她嚼了很久，她還是把狗食嘔吐出來，她一身尿騷和嘔吐物臭味；無法移動把她逼瘋了，在那個瞬間，死亡似乎比撐下去還好。她說完立刻後悔，因爲她不想死，不是現在——這不是她想像中人生結束的方式。她還有好多事情想做。但是她說什麼、要求什麼不重要：男子從不回答。

除了一次。

愛麗絲哭得很兇，她累壞了，她感覺到自己開始恍神，腦子變成自由電子，無法自制，沒有軌道，沒有方向。他放下木箱拍了照。愛麗絲說了或許第一千次：「爲什麼是我？」男子抬頭看，彷彿從未想過這個問題。他湊近。兩人的臉只差幾公分，被木板隔開。

「因爲……因爲妳是妳。」

這對愛麗絲如同青天霹靂。好像一切都靜止了，好像上帝按了開關；突然間她沒有任何感覺，沒有痙攣，沒有口渴，腹中的疼痛，不只骨頭還深入骨髓的寒冷，她的心思全聚焦在他接著要說什麼。

「你是誰？」

男子只是微笑。或許他不習慣說太多。或許說這幾個字讓他累了。他迅速吊起籠子，拿了外套頭也不回地離去——其實他似乎生氣了。他顯然說溜了嘴。

那次，她沒碰狗食——他在剩餘物資添加了一些——她只拿了瓶裝水留存。她要好好想想他說的話，但是這麼痛苦的時候，你不可能思考任何事情。

她花了好久時間把雙手伸到頭上，一手抓住吊起籠子的巨大繩結。像她拳頭一樣大的繩結綁得很緊。

隔天晚上，愛麗絲陷入近乎昏迷狀態。無法專心想任何事。她感覺彷彿肌肉組織枯萎了，她只剩骨頭，異常的收縮，從頭到腳都嚴重痙攣。迄今，她一直努力維持每隔一段時間，重複做點些微運動的規律。動動腳趾，移動腳掌，然後腳踝，往一邊轉三圈再往另一邊轉三圈，往上抬，繃緊一側小腿再放鬆，繃緊，然後換邊，盡量伸展緊繃的腿，縮回來，第二次，第三次，諸如此類。

但現在她已經不知道她是夢到那些運動或是眞的做過。吵醒她的是自己的呻吟聲。起初聽起來像是別人的聲音，體外的聲音。從她腹中深處發出的微小呻吟，她從來沒聽過的聲音。

雖然現在她很清醒，但她無法阻止隨著她呼吸的韻律發出的呻吟聲。

愛麗絲發現了一點。她已經開始死去。

# 10

四天了。調查陷入停滯已經四天。鑑識科什麼也沒發現，目擊者證詞毫無幫助。某人在某處看到白色廂型車，或別的地方有藍色廂型車。又在別的地方，有人通報鄰居的某個女人失蹤；他們打電話給她——她在工作。另一個被調查的女子已經從姊姊家上路回家；她老公根本不知道她有姊妹……真是惡夢一場。

檢察官指定了一位調查法官：來自喜歡重口味的世代，活潑的年輕人。媒體幾乎沒報導這個案子——在新聞中簡短提到，然後立刻被日常的突發新聞淹沒。總而言之，他們還是無法確認綁匪，也不知道被害人姓名。每個通報的失蹤者都查過，沒人可能是在法吉耶街失蹤的那個女人。路易擴大搜索區到包括整個巴黎，查閱幾天前，然後幾週前，最後幾個月前的失蹤人口報告，但沒有收穫；沒有人符合可能經過第十五區法吉耶街的年輕漂亮女子的描述。

「所以沒人認識這個女孩子？她失蹤四天卻沒人擔心她？」

快到晚上十點了。

他們三人坐在長凳上，望著運河，整齊的一小排警員。卡繆讓實習生留守辦公室，帶阿蒙和路易出來吃晚飯。說到餐廳，他既沒想像力也沒記性；努力回想地址宛如拔牙。問阿蒙也沒用——除非別人付錢他從來不上餐廳，意思是他知道的地方可能關門很多年了。至於路易，他會推薦的店都遠超過卡繆的預算。以晚餐來說，他概念中的簡單小餐廳是Taillevent或Ledoyen（米其林星級餐廳）。所以卡繆作了決定。法米碼頭的La Marine飯店，多多少少算是在他家附近。

當年，他們有很多話可談。他們共事期間，常在下班後一起吃晚餐。規矩是永遠讓卡繆買單。在他的想法，讓路易付錢會侮辱其他人，讓大家想起雖然他當警察，但是他不缺錢。沒人會想要求阿蒙：如果你邀阿蒙吃晚餐，就是同意要請客。至於馬勒瓦，他老是缺錢，結果大家都曉得了。

今晚，卡繆很樂意付帳。雖然他沒說什麼，但是很高興老部屬回來了。意料之外。三天前他作夢也想不到。

「我不懂……」他說。

晚餐結束；他們過了街沿著運河走路，看著河上駁船。

「工作的地方沒人想念她？沒老公，沒未婚夫，沒有男朋友或女朋友，完全沒人？沒有家人？雖然是在這麼大的城市中，這樣的社會狀況下，但是完全沒人在找她……」

今晚的對話正如他們從前的所有對話，點綴著漫長的沉默。他們各有自己的理由：鬱悶、內省或專注。

「我猜你們天天都會連絡自己的父親？」阿蒙說。

顯然不會，一週兩次都很難——他父親死在家裡或許躺了一星期才被發現……他有個經常見面的女朋友——是她發現的，然後通知他。卡繆在葬禮前兩天初次見到她。他父親隨口提起過她，彷彿她只是個熟人。花了三趟車程才搬完她留在他家的私人物品。嬌小的女人，娃娃臉和蘋果般的紅潤臉頰，皺紋好像剛印上去的。她有薰衣草香味。對卡繆而言，想到這女人在父親床上取代了母親的地位，眞的是無法想像。這兩個女性截然不同。那是個不同的世界，或許不同的星球；他有時候懷疑他父母有什麼共通點——表面上看來，完全沒有。慕德是畫家，嫁了個藥劑師——你想呢。他自問過這個問題上千次了。小蘋果似乎比較適合他。無論你怎麼想，我們父母之間的事情經常像個謎團，他認爲。話雖如此，幾星期後，卡繆發現短短幾個月間，皺紋小蘋果吸走了亡父的一大塊資產。卡繆一笑置之。後來他再也沒見過她，眞可惜；她顯然是個狠角色。

「我的情況不一樣，」阿蒙接著說，「我爸在安養院裡。但是人獨自生活的時候，你能怎麼辦？他們會死，遺體馬上被發現的機率全靠運氣。」

這個想法令卡繆不解。他開始轉述從某處讀到的故事。有個傢伙叫喬治。因爲陰錯陽差，他五年多毫無音訊也沒人驚訝。官方紀錄上，他消失時沒人懷疑；他的水電被切斷。他的門房以爲他從一九九六年就住院了，但他回家時她沒發現。到二〇〇一年他的遺體才終於在家裡被發現。

「我在哪裡看到的……」

他想不起名稱。

「艾德嘉．莫杭寫的，名稱好像是《反思》……什麼的。」

「《邁向文明的政治》。」路易嚴肅地補充。他用左手把頭髮往後撥。意思是：抱歉……卡繆微笑。

「真好，是吧，老同事大團圓？」卡繆說。

「這個案子讓我想起愛麗絲。」阿蒙說。

這一點也不意外。來自阿肯色州的女孩愛麗絲．海吉被發現死在烏爾克運河岸邊的垃圾箱裡，指認遺體就花了三年。即使盡了一切努力，消失得不留痕跡並沒有人們想的那麼罕見。但你還是會不禁懷疑。坐在這裡望著聖馬丁運河的綠色河水，心知過兩天這個案子就會結束；你告訴自己這個不明女子的消失不會影響任何人。她的人生只會像水面上的漣漪。

沒人提起卡繆仍然在偵辦一個他很不想碰的案子。前天，勒關打電話來，告訴他莫瑞銷假回來了。

「別跟我提莫瑞的事。」卡繆說。

講話時，卡繆發現他從一開始就知道了：像這樣暫代接案子就表示要負責到底。他不知道是否該感謝勒關把他扯進來。以他上司的立場，本案已經不是優先要務。身分不明的嫌犯綁架了不明女子，只有一個被反覆偵訊過的目擊者，沒有證據顯示綁架發生過。水溝裡有嘔吐物殘餘，幾個人聽見輪胎尖叫聲，停車的鄰居記得看過一輛白色廂型車駛上人行道。但拼湊出來的不多；不像有實體證據，真實的屍體。結果卡繆必須拚命把路易和阿蒙留下來陪他辦案。但勒關內心深處像其他人一樣，很高興看到范赫文的舊團隊復合。不會太長久——頂多兩天——但目前他打算睜隻眼閉隻眼。在勒關看來，即使此案永遠破不了，也算是個投資。

晚餐後三人走了一會兒，發現了他們現在坐著觀看往來路人——多半是情侶，或遛狗的人——的這張長凳。這情景會讓人以爲自己置身鄉下。

不過這個團隊眞是奇怪，卡繆心想。一方面有個像古代帝王般富有的小子，另一方面有個像麥克老鴨（《唐老鴨》卡通中的小氣叔叔）的吝嗇鬼。或許我也有金錢方面的問題？他邊想邊微笑。幾天前，他收到拍賣公司寄來關於拍賣他母親畫作的資料包裹，但他就是不想打開信封。

「OK，」阿蒙說，「意思是你不想要賣掉。我想這樣比較好。」

「當然了，換成是你，他會留下所有東西。」

尤其是慕德的畫——但是阿蒙說不出口。

「不。不是所有東西。但我是說，他母親的畫耶……」

「你說得好像是皇室珍寶！」

「呃，我們談的是傳家之寶，不是嗎？」

路易沒說什麼。一談到個人私事他就閉嘴。

卡繆回到綁架案。

「你追查廂型車車主有何進展？」他問阿蒙。

「只勉強摸到皮毛……」

他們目前唯一的線索是車子的影像。從伯提納藥房外面拍的監視器影片，他們認出了廠牌和車型。路上有好幾萬輛在跑。鑑識科分析了被烤漆蓋住的字母，送來了一串可能符合的名單。從「Abadjian」到「Zerdoun」。三百三十四個名字。阿蒙和路易正在清查這份名單。當他們發現某人曾經買過或租過同款廂型車，他們調查，找出賣給了誰，無論是否符合他們在找的那輛，然後派出警員去查看實車。

「很麻煩，尤其是在什麼偏遠地區的話。」

更糟的是，這種廂型車買賣很頻繁——是個無盡的循環，找到每個人盤問他們……越多人越難找，阿蒙越開心。不過「開心」或許不是描述他的最佳字眼。今天早上卡繆看著他工作，穿著老舊脫線的連身工作服，面前放著一捆再生紙和一支印著聖安德烈乾洗店商標的免費原子筆。

「這樣下去要花好幾個星期，」卡繆判斷。

不盡然。

他的手機震動。

是那個實習生，慌亂又結巴，激動得忘了卡繆的指示。

「老大？綁架者名叫特拉里厄——我們剛追查到他。分局長說叫你馬上回來。」

# 11

愛麗絲幾乎沒吃東西。她極度虛弱，但更重要的是，她的神智不清。籠子拘束了身體，把頭腦彈射到大氣層外。這個姿勢撐一小時足以讓你哭出來。撐一天，你會以爲你快死掉了。兩天你就開始發瘋。三天，眞的瘋掉。現在她根本不知道被關進籠子吊在這裡多久了。好幾天。好幾天。

她已經不在乎從她腹中深處持續發出的痛苦呻吟聲。她嗚咽。她已經沒力氣哭泣。她反覆用頭撞木板，呻吟變成了悲鳴——她額頭在流血，陷入極度瘋狂；她想要盡快死掉，因爲活著已變得無法忍受。

只有男子在的時候她才停止呻吟。當他在場，愛麗絲講個不停，她發問不是爲了要他回答（他從不說話），而是因爲他離開時她感到無比孤獨。她現在了解人質的感受了。她可能乞求他留下，她好害怕獨處，害怕孤單死去。他是她的劊子手，但是好像他在場時她就不會死。

當然，反過來才是眞的。

她在傷害自己。

故意的。

她試圖自殺是因為沒有人會來救援。她不再能控制這具殘破、癱瘓的身軀；她尿在身上，她痙攣得痛苦不堪，從頭到腳僵硬。絕望中，她用腿刮木板的粗糙邊緣；起初灼痛，但愛麗絲繼續刮，因為她痛恨折磨著她的身體——她想要殺死它。她用盡力氣摩擦，灼痛變成廣泛的疼痛。她盯著固定的一點。有根碎片刺穿了她的小腿。愛麗絲蹭了又蹭等著傷口流血。她希望，渴望讓自己失血致死。

她在世界上孤孤單單。沒人會來救她。

她要花多久才會死？過多久她的屍體才會被發現？他會讓她消失，埋了她嗎？埋在哪裡？她作惡夢，看到自己的身體包在塑膠布裡，沒有形體的隆起，黑暗，森林，兩隻手把布包丟進一個坑裡——發出惱人淒涼的聲音——她看見自己死在地上。她還不如現在就死了。

彷彿永恆之前，當她還知道日期，愛麗絲想到她的哥哥。反正沒事，想著她的哥哥。他討厭她，她知道。她一輩子都比他小七歲，什麼事都比較懂，能夠逃過任何事。從一開始他就是比較堅強的一方。教她事情的人。上次看到他時，他注意到她拿出一瓶安眠藥，他搶走藥丸大叫：「這是什麼鬼？」

態度彷彿是她的父親、她的良知、她的上司，好像他控制著她的生活。他一向都是那樣子。

「呃，這是什麼玩意？」

他瞪大眼睛。他總是脾氣暴躁。這種時候，愛麗絲會伸手緩緩撫摸他頭髮讓他冷靜，但她太快縮手，她的戒指卡到了一撮頭髮。他大叫一聲打她耳光——就這樣，在旁人面前。他很容易生氣。

如果愛麗絲消失……他會很高興可以清靜一下。要過兩三週他才會開始起疑。她也想到了她母親。她們沒什麼話說；她們可以好幾個月不通電話。她母親從不主動聯絡。

而她的父親……像這種時候有個父親一定很好。想著他可能來救你，去相信，去期望，一定令人安慰，但也會把你逼向絕望。愛麗絲不知道有父親是什麼感覺。多半時候，她不去想這事。

但她在監禁初期想的就是這些事。現在她幾乎無法串連兩個理性的念頭；她的心智就是做不到，只能感受肉體加諸她的痛苦。一開始，愛麗絲甚至想起她的工作。她是臨時工，男子綁架她時，她剛完成一項契約。她正打算整理她在做的其餘事情，整頓她的生活。她存了一點錢，至少足夠生活兩三個月——她需求很少——所以她沒要求新工作。沒人會出面問起她。有時候，在她工作時，同僚會來電，但是現在，她算休假中。

她沒男友，沒丈夫，沒情人。這就是她的狀況：身邊沒有任何人。

或許疲倦又瘋狂地死後過幾個月，人們會開始擔心她。

即使她的心智還正常，愛麗絲也不知道該問什麼：我要幾天才會死？死亡的痛苦是什麼樣子？吊在半空中的屍體會怎麼腐爛？

目前，他在等我死；他是這麼說的：「看著妳死」。而她正在死去。

突然長久以來困擾著她的「爲什麼」像顆泡沫破裂，愛麗絲瞪大眼睛。她下意識一直醞釀的想法像棵頑強的雜草無意中萌了芽。觸發了她腦中某處——誰知道怎麼回事？——觸電般的頓悟。

她知道了。

他是帕斯卡·特拉里厄的父親。

倒不是這兩人神似，其實一點也不像——他們差別大到很難想像他們彼此認識。或許是鼻子有點雷同；她早該想到的。但絕對是他沒錯，這對愛麗絲來說是壞消息，因為現在她知道他說的是實話：他帶她來這裡，是要看著她死。

他要她的命。

迄今，她一直拒絕相信這點。現在資訊衝過她腦中——突然像當初一樣清晰——鎖住每一道門，撲滅了最後的些微希望。

「原來如此……」

她驚恐地發現自己沒聽見他來了。她伸長脖子瞥見他，但沒時間反應，木箱開始輕微擺盪，然後轉向。他突然出現在她的視線中。他正站在牆邊放下籠子。她到達適當高度之後，他綁好繩索走過來。愛麗絲皺眉，因為這次他有點變了。他沒看著她；好像他透視了她的身體，步伐緩慢得像擔心踩到地雷。這時她可以近距離看他，分辨出跟他兒子的少許類似，同樣固執的表情。

他停在籠子的兩米外。不再接近。她看著他拿出手機；聽見頭頂上的窸窣聲。她想轉頭但是沒辦法，已經試過上千次了，不可能。

愛麗絲感到慌亂。

男子拿著手機伸直手臂，微笑。愛麗絲見過這個表情，知道是不祥的徵兆。她又聽見頭上的窸窣聲，然後是相機快門聲。他點頭，天曉得在向誰示意，然後回到房間角落再度吊起籠子。

愛麗絲的目光突然被吸引到旁邊裝狗食的柳條籃子，它扭來動去彷彿是活的。

忽然，她懂了。裡面不是狗食或貓食。

同時她看見一隻大老鼠的鼻尖出現在籃子邊緣。在上方，籠蓋上面，她勉強看見兩個黑影快速走動，她聽見先前聽過的磨爪聲。兩個黑影停下，在她頭上從板條縫隙探頭進來。明亮黑眼睛的兩隻老鼠，比先前那隻還大。

愛麗絲忍不住；撕心裂肺地用力尖叫。

這是他一直留下狗食的原因。不是餵她，而是吸引牠們。

他不會殺她。

老鼠會代勞。

# 12

從前的門診診所在克利希城門附近，完全被牆壁圍繞，是早已過時、巨大荒廢的十九世紀建築。這個區域在郊區另一端，現在有家新的教學醫院提供服務。

這裡已經閒置了兩年，是廢棄的工業區。開發這裡的公司僱用警衛驅離遊民、占住者、非法移民。這些不受歡迎的闖入者。警衛在一樓有間小公寓，受雇看守這裡直到大約四個月後開始重建工作爲止。

尙—皮耶．特拉里厄，五十三歲，曾任醫院清潔人員。已離婚。無前科紀錄。

是阿蒙從鑑識科提供的名單中查到他的廂型車：拉格朗治，專門安裝PVC窗戶、兩年前退休的特約承包商，賣掉了他的所有裝備。特拉里厄買下他的廂型車後，只用噴漆遮掉拉格朗治的標誌。阿蒙把下半車身的圖像e-mail給當地警局，他們派了個警員去查看。西蒙尼巡佐下班後過去，因爲就在他回家途中，生平第一次後悔沒買手機。他沒回家，掉頭衝回警局報告特拉里厄的廂型車上的綠漆標誌——車子就停在廢棄診所前面——和監視器影片上完全相符。但是，卡繆想要完全確定。不能不先做一點功課就發動大規模圍捕。他派了個警員悄悄去勘查圍牆。天太黑沒辦法拍照，但反正現場沒看到任何廂型車。很可能，特拉里厄不在家。小公寓裡沒有燈光，沒有生命跡象。

陷阱設好，一切就緒；他們等著他回來以便抓他來審問。便衣警察躲起來守候。一切按照計畫進行，直到juge d'instruction——調查法官——在勒關陪同下出現。

會議在停到大門幾百米外的無標誌警車裡舉行。

法官大約三十歲，姓維達，和季斯卡或密特朗前總統的國務祕書同姓——或許是他的孫子。他是個粗魯的瘦子，身穿細條紋西裝，戴金色袖釦，穿麵包鞋。這種細節透露出很多事。這傢伙看來好像穿西裝打領帶出生的。即使你努力專心聽他講什麼，忍不住會想像他裸體。他中規中矩，有花花公子的帥臉和側分的濃密頭髮——活像個夢想要從政的保險推銷員。他年老後一定會像個色狼。

每當艾琳看見這種人，總會笑著跟卡繆說：「天啊，他好帥！我爲什麼沒有這麼帥的老公？」

此外，他似乎挺笨的。或許是家族遺傳，卡繆心想。維達是性急的人；他想要突擊那個地方。他的祖先一定也有個三星上將，因爲他想要盡快對特拉里厄發動攻勢。

「我們不能這樣幹，太荒謬了。」

卡繆措詞可以更審慎一點，可以尊重禮節，但這混蛋法官打算用一個已經被綁架五天的女人性命冒險。勒關插嘴：

「您知道的，法官大人，范赫文探長有時或許……太直率了。他只是想說，或許等到特拉里厄出現會比較愼重。」

范赫文探長的直率一點兒也沒嚇阻法官。其實，他決心要證明他無所畏懼，堅定果決。

更重要的，是個策略專家。

「我建議我們包圍那棟建築，釋放人質並等待綁架者進來。」

然後是這個高明的提議：「我們會困住他。」——令人啞口無言。整個團隊大吃一驚。整個團隊大吃一驚。維達顯然把沉默解讀爲敬佩。

「你怎麼知道人質在裡面？」卡繆率先反應。

「你確定他絕對就是犯人嗎？」維達反駁。

「我們確定他的廂型車在女子被綁架時就在現場。」

「所以表示一定是他。」

勒關努力設法打圓場，但法官先出手了。

「各位，我了解你們的立場，但是，情況不同了……」

「洗耳恭聽。」卡繆說。

「請恕我直言，現今社會已經不再專注於罪犯，而是專注於被害人。」

他逐一看看每個人，接著誇張地總結：「追捕罪犯非常值得讚許，也確實是我們的責任。但我們最大的關注必須是爲了被害人。他們才是我們存在的理由。」

卡繆張嘴，但來不及說話法官就打開車門走了出去。他拿著手機，轉回來，俯身穿過車窗瞪著勒關。

「我現在要打給RAID小組。」

卡繆對勒關說：「這傢伙完全沒腦子。」

法官仍然站在車邊，但假裝沒聽見。家族遺傳。

勒闊翻翻白眼，也拿出他的手機。他們會需要警力支援去看守整個周邊，以備特拉里厄在他們突擊建築時出現。

不到一小時，全都安排好了。

現在是凌晨一點半。

建築的複製鑰匙已經緊急分發，以便打開所有的門。卡繆不認識RAID小組的諾伯特警長。有這種姓氏，沒人敢問他叫什麼名字：大光頭，像貓一樣步伐靈活。卡繆感覺見過這種人上百次了。

研究過地圖與衛星照片之後，RAID警員們被分派到四個關鍵點：一組在屋頂，一組在大門，兩組看守窗戶。刑警大隊的任務是在現場支援。卡繆在三個出入口各放了一輛僞裝民車。第四組人偷偷部署在排水溝，萬一嫌犯企圖逃走，這裡也可能是出口。

卡繆對整個行動有不祥的預感。

諾伯特警長很謹慎。夾在同僚分局長和調查法官的對峙之間，他敏感地克制對自己專長領域的發言。被法官問到：「你能不能突擊這棟建築救出被關在裡面的女性？」諾伯特研究地圖，查看建築物，八分鐘內就帶著答案回來：是，他們可以突擊建築。這樣行動是否恰當又是另一回事——他沒有權力評斷。但從他的沉默看來，他的意見很明顯了。卡繆喜歡這個人。

明知道裡面有個女人被關在我們不敢想像的慘狀中，卻被迫等待特拉里厄回來，當然很令人洩氣，但是他覺得這是最好的作法。

諾伯特退後一步；法官上前一步。

「我們等一等又有何妨？」卡繆說。

「浪費時間，」法官說。

「慎重行事有什麼風險？」

「或許是一條人命。」

連勒關都不願意介入。卡繆突然發現自己成了唯一異議者。RAID小組即將發動攻堅。

卡繆把勘查圍牆的警員拉到一旁。

「再說一遍裡面是什麼狀況。」

警員不知道該說什麼。

「我是說，」卡繆有點焦躁，「你看到了什麼？」

「我不知道，不多：工程機械、手推車、工寮，一些拆除用機具。呃，還有一台挖土機……」

提到挖土機，讓卡繆開始思索。

諾伯特和他的手下全部就位，發出訊號。勒關跟在後面。卡繆決定留在建築物周圍。

他注意到諾伯特發動攻勢的精確時間：1點57分。荒廢的建築裡到處有燈光亮起；還有奔跑聲。

卡繆心想。工程機械。有些拆除用機具。

「這裡進出的人很多，」他對路易說。

路易懷疑地看他，等著卡繆說明。

「建築工人，工程師，我不知道還有誰，在工程開始前送機械來的人，或許還有關於開發計畫的會議舉行。所以……」

「……他不會把她關在這裡。」

卡繆沒時間回應，因爲這一瞬間，特拉里厄的白色廂型車出現在轉角。

從這裡看來，車輛移動得很快。卡繆跳上路易駕駛的車子，無線電呼叫部署在圍牆的四個小組，他們開始追逐。卡繆抓著車用無線電，即時提供開往郊區的嫌犯廂型車具體位置。車速不快而且在冒煙——那是老舊破爛的車型，所以即使他油門踩到底，特拉里厄的爛車也不可能超過時速七十公里。而且這傢伙不像Ｆ１賽車手。他猶豫又浪費了寶貴的幾秒鐘作出荒謬的動作，讓卡繆收網。路易緊追著他不成問題，警燈閃爍，警笛大作。不久警車就能包圍這輛廂型車；只需幾秒鐘了。卡繆繼續通報位置，路易逼近廂型車後方，車頭燈全開嚇嚇這傢伙，讓他驚慌，兩輛車出現，一輛從左邊，一輛從右邊；第四輛車採取平行路線，越過環狀線從另一端繞回來。他死定了。

勒闕連絡正緊抓著安全帶的卡繆。

「逮到他沒有？」

「快了，」卡繆大喊，「你那邊怎麼樣了？」

「絕不能讓這傢伙跑了，因為被害人不在這裡。」

「我知道。」

「什麼？」

「沒事。」

「我說我們撲空了，你聽到沒有？」勒關大吼，「這裡沒人。」

卡繆即將發現，這會是關鍵場面的一夜。從某方面來說，開幕戲就是飆車越過環狀線，特拉里厄的廂型車側滑尖叫著停了下來。兩輛警車跟著他，第三輛在前方擋住去路。警員們衝出來，躲在車門後面拔槍瞄準廂型車。卡繆也下車——他拔出槍正要大喊例行警告，看見男子從廂型車跳下來蹣跚地走到路邊，出乎眾人意料，面向他們坐下來，彷彿在引誘他們上前。

只需看他一眼，大家立刻知道接下來的發展。他坐在水泥護欄上，背對著下方的車流，晃蕩雙腿，望著緩緩走向他、用槍指著他的一排警察。第一個畫面總是印象深刻：望著警察步步逼近的男子。

他大大張開雙臂，宛如要發表什麼重大聲明。

然後他抬高雙腿。

從護欄翻身跌落。

他們來不及趕到護欄邊，就聽見人體撞擊下方車道的聲音、卡車撞到他的聲音、緊急煞車聲，汽車喇叭聲，來不及煞車的車輛金屬撞擊聲。

卡繆低頭看。底下是混亂的車陣，一大片車頭燈與警示燈的光芒。他轉身，跑過陸橋俯身越過另一側護欄。特拉里厄已經在一輛聯結卡車的輪底下。卡繆看得見半個身體，破裂的頭顱，血液噴濺在柏油路面上。

對卡繆而言，第二個影像大約在二十分鐘後。環狀線被完全封鎖，整個區域詭異地充滿閃燈和警笛聲，喇叭聲，醫護人員，消防隊，警察，駕駛人和圍觀群眾。他們在陸橋上，汽車裡。路易在作紀錄，阿蒙收集他們對特拉里厄所知的資料。在他身邊，卡繆戴上了乳膠手套；他拿著在嫌犯屍體旁發現、幸好沒被聯結車壓爛的手機。

裡面有照片，六張，某種木箱，板條間隙很寬，吊在半空中。裡面囚禁著一個女人，很年輕，或許三十歲，長直髮，油膩污穢，全裸，蜷縮在對她顯然太小的空間裡。每張照片中，她都看著鏡頭。眼神狂亂，有黑眼圈。但她的五官很細緻，黑眼睛很動人；狀況很不妙，但無法隱瞞她在正常狀況下一定相當漂亮。但現在，所有照片說的都一樣：無論美醜，籠裡這個女人快死了。

「小籠子。」路易說。

「蛤？你在說什麼？」

「那個籠子。叫作fillette。」

他發現卡繆還是不懂：「無法站直或坐下的小籠子。」

路易住口。他不喜歡炫耀自己的聰明；他知道卡繆的個性……但這次卡繆不悅地點點頭——來呀，繼續說。

「這是路易十一世為了凡爾登主教發明的刑具。他被關在裡面十年。這是消極但很有效的刑罰。關節會硬化，肌肉會萎縮……而且把被害人逼瘋。」

他們看得出女孩的雙手慌亂地抓著木板。這就夠令人反胃了。最後一張只顯示她的一部分臉孔和三隻大老鼠跑過籠子頂上。

「我的天……」

卡繆把手機丟給路易，好像怕燙傷自己的手指。

「檢查照片的日期和時間。」

卡繆對科技沒輒。路易只花了四秒鐘搞定。

「最後一張是在三小時前拍的。」

「通聯紀錄呢？進出電話！」

「最後一通是十天前……」

他綁架她之後就沒打過電話。

一陣沉默。

沒人知道這女孩是誰或被他關在哪裡。唯一知道的人剛被聯結車撞死了。

卡繆從特拉里厄的手機選出兩張照片，包括有大老鼠的那張。他發簡訊給法官，副本傳給勒關：

現在「罪犯」死了，你建議我們怎麼「專注」被害人？

# 13

愛麗絲睜眼時，老鼠就在面前幾公分盯著她，貼近得似乎比眞實體型大了三四倍。她尖叫，牠跑回籃子裡再爬上吊掛多時的繩索，抽動鼠鬚，不知道下一步會做什麼，衡量著威脅程度。還有狀況的潛在好處。她大叫咒罵，但老鼠不理會她，攀在繩索上，低頭望著她。粉紅的鼻子、閃亮的眼睛、光亮的毛皮、白色長鬚和似乎無限長的尾巴。愛麗絲嚇得麻木了，無法調整呼吸。她叫到聲音沙啞，但是現在身體太虛弱，終究必須停止，人鼠互看了半晌。

老鼠動也不動，掛在她上方約四十公分，然後謹慎地爬下來，進了籃子開始吃狗食，不時看看愛麗絲。偶爾牠突然驚慌，跑去找掩蔽，但很快又回來。牠似乎發現她不構成威脅。牠餓了。是成年老鼠，約三十公分長。愛麗絲在籠子裡蹲下，盡量遠離牠。她用憤怒又荒謬的眼神盯著老鼠，希望能讓牠安分一點。牠吃起狗食來了，但沒有跑回繩索上。牠反而走向她。這次愛麗絲沒尖叫，她緊閉著眼睛哭泣。當她再睜開眼睛，老鼠不見了。

帕斯卡·特拉里厄的父親。他怎麼找到她的？要不是腦子變遲鈍她或許能想出答案，但她的思緒裡現在都是凍結的畫面，像照片：沒有會動的東西。況且，他怎麼找到她有什麼重要？她必須談判；這是她唯一的選擇。她必須想個說法，可信的說法，只要能說服他把她放出木箱——然後，她會想到辦法。愛麗絲盡力收集資訊，但她的思考沒有進展。第二隻老鼠出現了。

更大的老鼠。

或許是鼠王。毛色比較深。

這隻沒有爬下繩索到籃子裡，不，牠衝下支撐籠子的繩索出現在愛麗絲的頭頂上。不像先前的老鼠，她尖叫咒罵時牠沒有嚇跑，只是短距離快速移動，直到牠能把前腳放在木箱蓋子上。愛麗絲聞到牠身上的刺鼻臭味；這隻又肥又壯的老鼠有白色長鬚跟烏黑的眼睛。尾巴長到可以在板條空隙擺盪碰觸到愛麗絲的肩膀。

她尖叫。老鼠不慌不忙轉身看著她，來回走過木板三四次，偶爾停下來看著她彷彿在打量什麼。愛麗絲用目光盯著牠，全身綳緊，呼吸急促，心臟跳得快要爆炸。

我的氣味就像那樣，她想；一身屎尿和嘔吐物臭味。腐屍的氣味。

老鼠用後腳站起來，到處嗅。

愛麗絲的目光沿著繩索往上看。

又有兩隻老鼠開始往籠子爬下來。

# 14

舊醫院的建築工地看來宛如被拍片人員占領了。RAID小組走了，鑑識科拉了幾十米的電線，庭院裡充滿了聚光燈的光芒。現在是三更半夜，但是到處沒有半點陰影。無菌通道設置好了，用紅白色警方封鎖線隔離開，以便到處走動不至於污染現場。鑑識人員正在收集證物。

他們必須查出特拉里厄是否曾經在綁架後把女子帶到這裡來。

阿蒙喜歡有人走來走去。在他看來，人潮最優先的作用就是現成的香菸來源。他輕鬆地繞過那些已經太常需索的人，避免他們有機會警告新來的；他累積了可撐四天的庫存。

站在庭院裡，他抽完一根菸，菸蒂快燒到他手指了，困惑地望著這一切動態。

「怎樣？」卡繆問，「我猜法官不在這附近？」

阿蒙想說什麼，但他很聰明；他學會了耐心的美德。

「反正他也不會跑來看環狀線上的犯罪現場，」卡繆繼續說，「眞可惜，因爲不是每天有機會看見罪犯被聯結卡車『逮捕』。不過……」

卡繆故意看看錶。阿蒙不爲所動，看著自己的鞋帶。路易似乎迷上了挖土機的外型。

「不過，半夜三點，他很可能在睡覺。我是說，整天那樣胡說八道跑來跑去，再強壯的人也會累。」

阿蒙放下殘餘的菸蒂嘆口氣。

「什麼？我說錯什麼了？」卡繆說。

「沒事，」阿蒙說，「沒事。那我們要不要開始幹活了？」

他說得對。卡繆和路易推擠著來到特拉里厄的公寓，裡面也擠滿了司法鑑識組的技師，現場空間不大，大家擠在一起。

范赫文大略看了一下。這是間小公寓，房間很整齊，鍋碗瓢盆收拾得很好，各種工具擺得好像五金行櫥窗，有大量啤酒庫存。足以給尼加拉瓜全國的人喝。除此之外，沒報紙，沒書籍，連記事本也沒有：像文盲的家。

現場有一點很奇怪：青少年的臥室。

「他兒子，帕斯卡。」路易看看他的筆記說。

不像家裡其餘地方，這房間顯然很久沒打掃了；有衣服潮濕的黴臭味。有一台積滿灰塵的Xbox 360和無線手把。只有最新型電腦的巨大螢幕看來像最近有人清理過，可能是用衣袖隨便擦拭一下。一名犯罪現場調查員已經在檢查硬碟內容，準備稍後帶回去徹底分析。

「遊戲，遊戲，都是遊戲，」技師回報，「網路連線……」

卡繆繼續聽著他檢查衣櫃內容，另一名警員在拍照存證。

「色情網站……」檢查電腦的人補充。

「電玩遊戲和色情。我兒子也一樣。」

「三十六。」

大家轉頭看著路易。

「特拉里厄的兒子三十六歲了。」路易解釋。

「OK，」調查員說，「呃，那麼情況顯然又不同了……」

在衣櫃裡，卡繆把特拉里厄的工具庫分門別類。這位建築工地的安全警衛顯然很認眞看待他的工作：棒球棒，警棍，手指虎——他出門巡邏時裝備齊全。很意外竟然沒養鬥牛犬。

「特拉里厄自己就是鬥牛犬，」卡繆對發問的路易說。然後，對檢查電腦的警員說：「還有別的嗎？」

「幾封e-mail。不多。話說回來，這傢伙的拼字實在是……」

「跟你兒子一樣？」

這次警員面露厭煩。跟他自己說的時候不同。

卡繆看看螢幕。警員說得對。根據他看見的部分，訊息並沒有惡意，拼字幾乎是照著語音寫。

卡繆戴上路易給的乳膠手套，拿起某人在櫃子抽屜裡找到的一張照片。顯然是幾個月前的拍立得，因爲顯示出他們父子在建築工地裡；可以看見窗外的工地和推土機。這小子不算英俊，又高又瘦，帶著被寵壞的壞孩子表情，鼻子很長。他想起女子被關在籠裡的照片。狂亂但仍然漂亮。兩者不太匹配。

「看起來很蠢。」卡繆低聲說。

# 15

她想起了什麼，她在某處聽到的。當你看見一隻老鼠，表示另外還有九隻。目前她看到七隻。牠們搶奪繩索，但主要是搶狗食。怪的是，最大的老鼠似乎不是最貪吃的。牠們好像是策略家。尤其其中兩隻。完全無視愛麗絲的尖叫，她的咒罵。牠們大多數時間待在籠蓋上。她發現最嚇人的一點是當牠們用後腿站起來嗅空氣。牠們大得像怪獸。時間久了，有些老鼠變得比較堅持，彷彿牠們摸透了她沒有威脅性。牠們變得大膽。今晚稍早有隻中等體型的老鼠想要爬過同伴身上，從板條間隙掉到她背上。肢體接觸令人作嘔，她發出慘叫——其餘老鼠短暫地不知所措，但是混亂沒持續太久。幾分鐘後，他們又大批回來。有一隻老鼠——愛麗絲猜想是年輕的——特別固執、特別貪心；牠直接爬上來嗅她，她退開，但牠一直逼近——只有她扯開嗓門大叫、向牠吐口水時才撤退。

特拉里厄已經很久沒來了，至少一天，或許兩天。現在又是漫長的另一天。要是她能知道現在的日期時間就好了……她很驚訝他沒來，驚訝他錯過了三四次例行查看。她擔心的是水可能喝光。她努力節省飲水，幸好，昨天很少喝水。她大概還有一瓶半，但她仰賴他帶補給來。而且老鼠有狗食會比較安分；如果沒有，牠們會變得煩躁沒耐心。

很諷刺，令愛麗絲驚慌的是想到特拉里厄拋棄了她。丟下她在籠子裡餓死，渴死，被老鼠的大眼睛盯著，不久牠們一定會變得更大膽。較大的老鼠已經用令人擔心的目光在看她；她忍不住想像牠們行爲背後的企圖。

從她看見第一隻老鼠之後，每隔不到二十分鐘就有一隻或一群快步跑過籠蓋上或爬下繩索來檢查狗食。

有的會在柳條籃子裡擺盪，盯著她看。

# 16

早上七點鐘。

分局長把卡繆拉到一旁。

「聽著，這個案子——你得給我照章辦事，OK？」

卡繆不作任何承諾。

「呃，這是個好起點……」勒闞說。

他說得沒錯。從維達出現的一刻起，卡繆忍不住把門打開，指著釘在牆上的年輕女子照片大聲說：「既然你這麼注重被害人，法官先生，今天你應該滿意了。她似乎很完美。」

照片被放大貼在牆上，看起來很像性虐待色情照。眞的很令人反胃。其中一張，只看得見兩塊水平木板之間女子驚恐的表情；她的身體蜷縮成胚胎姿勢，顯得很虛弱，低著頭，緊貼在籠蓋上。另一張，她的雙手特寫，指甲流血可能因爲抓木頭所致。另一張她雙手的鏡頭，抓著一瓶顯然太大擠不進木板間隙的水。你可以想像囚犯必須像難民用手掌喝水。顯然她不被允許放出籠子，因爲她被迫蹲著排泄，雙腿濺滿了穢物。她骯髒、瘀青、被毆打過，可能還被強暴過。但因爲她還活著，照片更加令人不安。無法想像她未來的命運會如何。

但面對如此慘狀，加上卡繆的嘲弄，法官保持冷靜，逐一研究照片。

眾人陷入沉默。意思是指阿蒙、路易和勒關派來支援的六名警探。緊急組成這樣的團隊可要花不少工夫。

法官臉色嚴肅鬱悶，沿著這排照片緩緩走動。他像是展覽開幕時的小官員。他或許是個白癡兼混蛋，但他不是儒夫，當法官轉過來面對他，卡繆心想。

「范赫文探長，」他說，「我知道你不同意我突擊特拉里厄住處的決定；而我也不認同你從一開始主持調查的方式。」

看到卡繆張嘴，法官舉起一隻手，手掌朝外，打斷他。

「我們只是意見不同，我建議可以稍後再解決。在我看來，無論你怎麼想，現在最緊急的是趕快找到……這位被害人。」

他或許混蛋，但他無疑是個狡猾的混蛋。勒關沉默了兩三秒才咳嗽。但是法官迅速轉向眾人繼續說。

「恕我打擾，分局長，我想要嘉獎你的手下靠這麼微薄的證物這麼快找到特拉里厄。幹得好。」

這眞的太過分了。

「你是在競選嗎？」卡繆說，「或者這是你獨特的表達方式？」

勒關又咳嗽。又一陣沉默。路易愉快地嘟起嘴唇。阿蒙看著鞋子微笑。其餘眾人猜想著到底發生了什麼事。

「探長，」法官說，「我很清楚你的服役紀錄。我也知道你跟工作相關的個人經歷的那些細節。」

這次，路易和阿蒙的笑容僵住。卡繆和勒關進入高度警戒模式。法官上前一步，不過沒有近到像是在傲慢地打量探長。

「如果你覺得這個案子……該怎麼說呢……可能對你的私生活衝擊太大，我當然能理解。」

警告很清楚了，幾乎沒有掩飾的威脅。

「我相信勒關分局長可以指派其他沒有矛盾的人來辦案。但是，但是，但是……」他大大張開雙手，彷彿在撥開雲霧，「但是我交給你的指揮官決定。我有信心。」

在卡繆看來，狀況確定了：這傢伙是個A級混蛋。

卡繆早已理解那些殺人犯的感受，在盲目憤怒中無意間殺人的；他抓過幾十個這種人。勒死老婆的丈夫，刺死丈夫的妻子，把父親推出窗外的兒子，射殺朋友的人，開車壓死鄰居兒子的人——現在他絞盡腦汁努力回想警察探長拔出警槍射穿法官額頭的案子。但卡繆沒說話，只是點頭。聽到法官輕率地提起艾琳，得使盡全力才能忍住不說話。其實這就是他找到力量閉嘴的原因：因爲有女人被綁架了，他暗自發誓會把她活著救出來。法官知道這一點。他了解也顯然決定利用卡繆自我克制的沉默。

「很好，」他明顯滿意地說，「既然自我不會凌駕公共服務的精神，我想各位都可以回去工作了。」

卡繆會宰了他。他心裡有數。或許會等很久，但他會用赤手空拳宰了他。

「分局長。」法官轉向勒關，退場時用客氣的語氣說：「不用說也知道，我希望密切掌握一切進展。」

「我們有兩件優先要務，」卡繆對組員說，「首先，清查特拉里厄這傢伙的檔案資料，查明他生平的一切。在裡面總會找到跟被害女子有關聯的，或許是她的身分。因爲我們的主要問題是我們仍然對她毫無所知，不知道她是誰，所以顯然也不知道綁架原因。所以導致第二個優先：我們對特拉里厄的唯一線索是他手機和他兒子電腦裡的連絡名單——特拉里厄顯然也用過。名單不太新，從通聯紀錄判斷是兩週前，但我們只有這個了。」

不多。他們目前所知的唯一事實少得驚人。沒人敢說特拉里厄把那女孩關在垂吊的籠子裡打算幹什麼，但現在他死了，大家都知道她活不久了。沒人把危險明講出來——脫水、飢餓——他們都知道這種死法漫長又痛苦。更別提老鼠了。馬桑是第一個說話的。他扮演的是范赫文的專案小組與鑑識團隊的連絡人。

「即使我們找到她，而她還活著，」他說，「脫水仍然可能造成神經病學上無法回復的傷害。等我們找到她，她可能變植物人了。」

他沒有語帶保留。而且他說得對，卡繆認爲。我不敢是因爲我害怕，但我們光憑害怕找不到這個女孩。他振作起來。

「我們有什麼廂型車的情報？」他問。

「昨晚鑑識科仔細檢查過了，」馬桑看看記事本說，「發現毛髮和血液，所以我們有被害人的DNA，但是她不在檔案裡，我們仍然不知道她的身分。」

「電腦模擬肖像呢？」

特拉里厄隨身帶著他兒子的照片。那是在遊樂場拍的，顯示他兒子和一個女孩子勾肩搭背，但是照片染了血，而且是從遠距離拍的。女孩看起來相當胖，很難說是不是同一個人。手機裡的照片看來比較可靠。

「應該會有好結果，」馬桑說。「這是廉價手機，但我們有不同角度的臉部照片，需要的幾乎都有了。今天下午就能拿到報告。」

分析位置至關緊要。問題是這些照片都是特寫或大特寫；很少拍到女孩被囚禁的場地。數位鑑識人員看過了，做了測量、分析和預測……

「我們還是不知道這是哪種建築物。從照片日期和圖中光線，只知道房間面向東北方。這很常見。照片中沒有透視，沒有景深，所以不可能計算房間的大小。光線來自上方，所以我們估計天花板至少十四呎高。或許更高，我們不確定。地面是水泥，某處似乎有漏水。所有照片都用自然光拍攝，所以可能在沒有電力供應處。至於綁架者用的材料，從我們能辨別的部分並無異常之處。木箱用到處買得到的粗木板條製作，用螺絲組合，懸吊用的鋼環是市售品，繩索上也沒有特徵——是普通的麻繩。就我們所知，老鼠不是特殊品種。所以我們看到的可能是廢棄不用的建築。」

「照片上的日期證明特拉里厄每天至少查看兩次，」卡繆說，「所以一定在巴黎郊區某處。」

他身邊每個人都點頭同意。卡繆看得出他們早就知道了。他短暫地想像自己和豆豆在家裡。他已經不想留在這裡；他早該把案子移交給回來的莫瑞。他閉上眼睛。努力振作精神。

路易提議阿蒙負責根據他們僅有的資訊作個簡短的現場描述，趕緊分送給大巴黎地區的所有警察局。「好啊，當然。」卡繆同意。他們都不抱什麼期望。他們的資訊貧乏到適用於六成的建築物，而且根據阿蒙從其他警局收集的數字，巴黎區有六十四處工地被歸類於「工業廢地」，更別提幾百座閒置的大樓和倉庫了。

「媒體有什麼動靜嗎？」卡繆問勒關。

「你開玩笑吧？」

路易走過走廊前往出口，又匆忙掉頭回來。

「我在想……」他對卡繆說，「這一切都挺高明的，你覺得呢？建造小籠子？對特拉里厄這種人或許太聰明了點？」

「不，路易，我不認爲。我想你對特拉里厄太聰明了。他沒有建造『小籠子』；那是你的詞彙，艱澀的漂亮字眼顯示出你多麼有教養。但他沒有建造小籠子：他只是做個籠子，結果太小了。」

勒關癱在椅子上，聽卡繆講話。他閉著眼睛；看起來好像睡著了。這是他專心的方式。

「尙—皮耶．特拉里厄，」卡繆說，「五十三歲，一九五三年十月十一日生。在飛機工廠有二十七年經驗的有照金工——剛開始一九七〇年在南方航空。一九九七年被裁員，失業了兩年，後來他在René-Pontibiau醫院找到了工友的差事，兩年後又被裁員，再度失業，二〇〇二年他找到在建築工地當警衛的工作。他放棄他的公寓搬到現場去住。」

「有暴力傾向嗎？」

「很兇暴。他的個人紀錄充滿摩擦和鬥毆；這傢伙脾氣很火爆。至少他老婆認爲如此。蘿賽琳。一九七〇年結婚。獨生子帕斯卡，同年出生。有趣的就在這裡，但我晚點會回到兒子身上。」

「不，」勒關打斷他，「現在就說。」

「他曾經失蹤。去年七月。」

「繼續。」

「我在等進一步資料，但是大致來說，帕斯卡幾乎做什麼都搞砸：學校，職訓所，當學徒，上班。說到失敗，他是典範人物。他做不需技術的勞力工作——搬家工人之類的。情緒不穩定。父親設法在上班的醫院裡幫他找了個工作——那是二〇〇〇年的事。他們是同事。翌年他們都被裁員——這是勞動階級的團結——他們一起領失業救濟。當父親在二〇〇二年找到警衛工作，兒子過來跟他住。容我提醒，帕斯卡三十六歲了！我們去過他在父親公寓裡的房間。電玩主機、足球海報和看色情網站用的寬頻連線。要不是床底下有啤酒，你會以爲他是青少年。在書上，他們有個特殊稱呼，人們說是『超齡青少年』。然後突然間——二〇〇六年七月，父親報警說他兒子失蹤了。」

「調查過嗎？」

「算是有。父親很擔心，但從情境看來，警方沒有認眞辦。兒子帶著財物及他老爸的銀行存款六百二十三歐元，跟一個女孩子跑了，你可以想像。總之，父親的案子被踢給中央，失蹤人口小組。他們放話給各地方：毫無音訊。到了三月，搜索擴大到全國。還是沒收穫。特拉里厄強烈抗議，他想要解決這件事情，所以八月初，兒子失蹤一年後，他收到了官式回覆——『很遺憾尋找此人的一切努力毫無收穫』。根據最新資訊，兒子仍然失蹤。我猜當他聽說他父親死了，就會出現。」

「他母親呢？」

「特拉里厄在一九八四年離婚。呃，其實，是他老婆甩了他：虐待配偶，家暴，酗酒。兒子跟著老爸。這兩人形影不離。至少直到帕斯卡決定逃家。母親改嫁了，住在奧爾良。姓什麼來著……」

卡繆看看他的筆記，找不到名字。「沒關係，我派了人去接她過來。」

「還有別的嗎？」

「有，特拉里厄的手機是公司發的；他的雇主希望能隨時在工地聯絡到他。通話紀錄顯示他很少用；多半是打給他老闆或所謂『工作相關』的事。然後突然間，他開始打手機。不多，但是一反常態。紀錄裡突然出現十幾個不同的號碼，有些人他會打一次，兩次，三次……」

「所以呢？」

「所以，突然變多話開始在他收到官方回函的兩週後，在女孩被綁架的前三週停止。」

勒闕皺眉。卡繆提出他的結論：

「特拉里厄認為警方偷懶，所以他自行作了些調查。」

「你認為籠子裡那個女孩就是跟他兒子私奔的人？」

「對，我想是。」

「你不是說照片裡的女孩子很胖？籠子裡那個不胖。」

「要看你對胖的定義……或許她減肥了；我哪知道？我只是說我認為那是同一個女人。但至於帕斯卡這傢伙在哪裡，我不知道……」

# 17

從一開始愛麗絲就苦於寒冷，雖然以九月來說天氣還算溫和。她無法行動而且營養不良。現在情況更惡化，因爲忽然在短短幾小時內，天氣轉壞了。先前她感到的寒冷是疲倦的徵兆，但現在氣溫眞的降了好幾度。天氣陰暗，所以天窗來的光線也變弱了。這時愛麗絲聽見第一陣風颼過倉庫；痛苦地吹哨嚎叫，聽起來好像絕望者的呻吟。

鼠群也豎起牠們的耳朵，鼠鬚抖動著。突來的傾盆大雨拍打著建築，各種嘈雜怪聲宛如即將沉沒的船。愛麗絲來不及理解發生了什麼事，所有老鼠都爬過牆腳尋找漫過地面的雨水。這次她數到九隻。她不確定牠們是不是同樣的老鼠。有隻黑白雜斑的大老鼠是新來的，其餘老鼠都怕牠——她看著牠在自己獨占的一灘積水中打滾——這隻老鼠是最先回來的。率先爬上繩索。專心一志的小動物。

濕老鼠比乾的更可怕：毛皮看起來更髒，眼睛更大，似乎更加兇猛。濕掉的時候，長尾巴看來好噁心，彷彿是不同的動物，像蛇。

暴雨之後是狂風，濕氣接著是寒冷。愛麗絲嚇呆了——她無法動彈，她感覺到自己全身發抖，但這不是顫抖而是驚厥。她的牙齒開始作響。颼進室內的狂風大到籠子開始旋轉。

繩索上的雜斑老鼠在籠蓋爬上爬下，用後腳站立。牠顯然發出了召集訊號，因爲幾秒後所有老鼠都快步爬上了繩索——到處都是老鼠，箱蓋上，在旁邊攏盪的柳條籃子裡。

一道閃電照亮了室內，鼠群同時站了起來，鼻子朝天彷彿觸電，然後往不同方向跑掉。並不是牠們怕暴風雨；好像是某種舞蹈。牠們很興奮。

只剩下那隻雜斑老鼠，在最靠近愛麗絲的板條上。牠向下往她探頭，睁大眼睛，然後站直起來，薑黃色的腹部鼓起，好大。牠開始尖叫，瘋狂地揮舞前腳。牠的爪子是粉紅色的，但愛麗絲只看得見爪子。

這些老鼠好聰明。牠們發現她飢餓、乾渴、疲憊，牠們只需加上恐懼就好。牠們異口同聲開始吱吱尖叫，想要嚇她。愛麗絲感覺到狂風帶來的冰雨。她沒哭，她在顫抖。她想過死亡會是個解脫，但是想到被老鼠啃噬，被活活吃掉……

一具人體對十幾隻老鼠代表幾天的糧食？

嚇呆的愛麗絲發出一聲哭泣。

但是頭一遭，她的喉嚨發不出聲音。

她筋疲力盡地昏迷了。

# 18

勒關坐直，站起來在辦公室裡踱步，繼續聽取卡繆的進度報告，然後回來坐回座位上，像鬱悶又大肚子的獅身人面像。他坐下時，卡繆發現分局長企圖掩飾看似滿意的微笑。他可能在慶幸省略了日常例行的運動，卡繆心想。他每天會做兩三次，起身，踱步到門口再回來。有時候四次。好個仰賴鋼鐵紀律的養生法。

「特拉里厄的連絡人名單裡有七八個人很有趣，」卡繆繼續說，「他打給每個人，有的打過好幾次。都是同樣的問題。他想查出他兒子失蹤的理由。他去找他們的時候，秀過他兒子跟那女孩在遊樂場的照片。」

卡繆只親自訪談過兩個證人；路易和阿蒙負責其他人。他來勒關的辦公室向他報告進度，但是分局長並非他回來刑警大隊總部的理由。他是來見剛從奧爾良抵達的特拉里厄前妻。當地警察安排了交通。

「特拉里厄可能從他兒子的e-mail得知他們聯絡的細節。他們相當親近。」

卡繆看看他的筆記。

「瓦勒莉．圖奎，三十五歲，帕斯卡．特拉里厄熱烈追求了十五年想拐上床的前同學。」

「至少他很有恆心。」

「嫌犯打過幾次電話給她，問她是否知道他兒子在哪裡。據她的說法，那個人非常古怪。『怪胎』。如果你一分鐘沒說話，她會說：『他是個窩囊廢。老是想用他的愚蠢故事討好女生。』總之，有點智障。但不是壞人。反正，她不知道他怎麼樣了。」

「還有別人嗎？」

「派崔克．朱彼恩，洗衣公司的送貨司機，帕斯卡在賽馬場的賭友。也沒聽過特拉里厄的下落。不認得照片中那個女孩。還有另一個同學，湯瑪斯．瓦蘇爾，業務員，另一個老同事，迪迪爾．柯塔，帕斯卡在郵購公司同事的倉庫人員——但他們的說法都一樣：他老爸打電話來，到處詢問，惹毛了每個人。顯然他們都很久沒跟帕斯卡聯絡了。知情的人則說整件事跟一個女孩子有關。顯然這是大新聞，帕斯卡．特拉里厄居然有女朋友。他朋友瓦蘇爾提起那女朋友時大笑，彷彿在說『終於有一次了』。他的洗衣店司機朋友證實他跟一個叫娜塔莉的交往了幾週，至於娜塔莉姓什麼，沒人知道。他們也沒人見過她。」

「這倒有趣……」

「不，其實不意外。他在六月中旬認識這個女孩，大約一個月後就和她私奔。他沒太多時間介紹她給朋友們認識。」

兩人坐下，開始思考。卡繆皺著眉，翻閱他的筆記，偶爾看看窗外宛如在尋找什麼問題的答案，然後又埋頭筆記中。勒闞太了解他了。他等了一會兒，說：

「來啊，直說無妨……」

卡繆很尷尬，這對他說來很少見。

「呃，如果你想要實話……這個女孩，有點不太對勁。」
他迅速舉起雙手像在保護他的面子。
「我知道，我知道，尙！她是被害人。被害人都神聖不可侵犯。但是你問我的想法，我就告訴你。」
勒關在椅子上坐直，兩邊手肘撐在桌上。
「這太過分了，卡繆。」
「我知道。」
「接近一週來這女人像隻鳥被關在籠子裡，吊在半空中兩米……」
「我知道，尙……」
「……你只要看看照片就知道她快死了……」
「是啊。」
「……綁架她的傢伙是個暴力、文盲、酗酒的人渣……」
卡繆只嘆口氣。
「……把她關在籠子裡餵老鼠……」
卡繆痛苦地點點頭。
「……而且自己跳下環狀線陸橋也不肯告訴我們她在哪裡……」
卡繆閉上眼睛，彷彿不願目睹他造成的傷害程度。
「……但你認爲她『有點不對勁』？你跟別人說過你的預感還是獨家保留給我？」

但是卡繆沒有反駁，他保持沉默，更糟的是他沒有自我辯護，勒關知道還有下文。有些異常。卡繆沉默，然後說：「我就是不懂。」他緩緩說：「為什麼沒人通報這女人失蹤了？」

「你也幫幫忙，有成千上萬的女人……」

「……失蹤。我知道，尙，成千上萬人沒有人出面尋找。但……特拉里厄這傢伙，他是個智障，對吧？」

「同意。」

「不算是聰明。」

「你說得對。」

「那麼說說看：這個女人有什麼事惹他這麼生氣？他為什麼採取這種手段？」

勒關翻翻白眼：他也不懂。

「因為，我們看看現實吧：這傢伙千辛萬苦調查他兒子的失蹤，接著他去買了木材，建造了一個籠子，找個能夠把這女孩關上好幾天的地方，然後綁架她，將她關起來遺棄，讓她緩慢痛苦地死掉，而且回來拍照確認她沒有逃脫……你卻要我相信這只是一時衝動的暴行？」

「我沒那麼說過，卡繆。」

「你當然說過，至少你可能說過。他只是臨時起意。這個鐵皮工人突然靈機一動，嘿，何不去找跟我兒子私奔的女孩，把她關在木箱裡？出於純粹巧合，這個女孩是我們無法辨識身分的人。但這個笨到不行的傢伙卻能順利找到她，遠超過我們的能力範圍。」

# 19

現在她幾乎沒睡。她太恐懼了。在籠子裡，愛麗絲更頻繁地蠕動翻騰，感覺更加痛苦。從被綁架的那一刻起，她就沒好好吃飯，睡不安穩，也無法伸展手腳，甚至休息片刻，加上有老鼠……她的心智逐漸失靈，每隔幾小時她只能看到一片朦朧迷霧；她聽見的聲音都很模糊，像遠處噪音的回音。她聽見自己嗚咽呻吟，聽見來自腹中深處的低頻叫聲。她正穩定地衰弱。

她一直打瞌睡又驚醒。不久前她還累得昏迷，因疲倦、痛苦陷入半瘋狂，心神不寧，到處都看見老鼠。

忽然間——她不知道為什麼——她知道特拉里厄永遠不會回來了，他已經把她遺棄在此。如果他回來，她會對他招供一切——她像咒語似的反覆告訴自己這句：只要他回來，我什麼都願意說，無論他想要什麼，我只希望這一切結束。讓他快點殺了她，她可以接受——除了老鼠什麼都好。

在前幾小時，牠們成一列衝下繩索，尖聲怪叫。牠們知道她無力反抗。

牠們不會等到她死。牠們太興奮了。從今早起牠們就比平常更強烈內訌。牠們越來越靠近嗅她。牠們在等她完全耗盡體力，但牠們很激動、狂熱。牠們怎麼會知道訊號？牠們何時會決定攻擊？

她把自己從恍惚中搖醒，有了短暫的神智清明。當他說「我要看著妳死」，他的意思是「我要看到妳的死狀」。他不會回來了；直到她死去他都不會回來。

在她上方，最大的老鼠，黑黃雜斑的，正站起來發出高頻叫聲。露出牠的牙齒。

只有一件事可做。她伸手狂亂地摸索下方木板的尖銳碎片，她迴避了那木片好久，因為太粗糙，她每次摸到都會割傷。她用指甲一公釐一公釐挖進裂縫中，木片稍微分開，她穩紮穩打，她專心，用盡所有力氣。花了點時間試了好幾次，但它終於折斷了。愛麗絲發現自己抓到了約十五公分長的木片。鋒利無比。她從板條間隙往上看，靠近鐵環，靠近吊住籠子的繩索。然後，她迅速地從間隙伸出手，用尖銳的一頭把老鼠推落。牠想要抓住木片，慌亂地猛抓木箱邊緣，發出尖叫，摔落兩米到地上。愛麗絲毫不遲疑，把木片刺進自己手上，像刀子一樣扭轉，痛得大叫。

鮮血立刻流了出來。

# 20

蘿賽琳・布魯諾一點也不想提起她的前夫；她只想知道兒子的下落。他失蹤一年多了。「七月十四日。」她焦慮地說，彷彿在國慶日失蹤或許有某種象徵價值。

卡繆從辦公桌後走出來，坐在她旁邊。

以前他習慣在辦公室放兩張椅子，一張故意墊高，另一張故意壓低。心理效果很不一樣。他會依照情境選一張來坐。艾琳從不認同這種心理遊戲，所以卡繆就不玩了。椅子在隊上辦公室閒置了一陣子，有人用來惡作劇整菜鳥。但是沒他們預料的好玩。忽然有一天椅子消失了。卡繆相信是阿蒙拿走的。他可以想像阿蒙跟他老婆吃晚餐，一個蹲在高椅子上，另一個坐在矮椅子上……

當他看見布魯諾夫人，想起那些椅子是因為他會用來博取同情，他希望現在也能這麼做。而且要快。卡繆專心訪談，因為如果他忍不住想起籠子裡那個女孩，會造成畫面混淆，讓他的思緒紊亂，激起回憶，他感覺到自己好像快碎裂了。

很不幸，他和蘿賽琳・布魯諾話不投機。她是個矮瘦的女人，在正常情境下，或許充滿活力，但此刻她緊張又沉默。她警惕地東張西望。她相信隨時可能聽到她兒子已經死亡的消息。自從警察跑到她工作的駕訓班來接她，這個預感就揮之不去。

「您的前夫昨天下午自殺了，布魯諾女士。」

雖然他們離婚了二十年，消息對她仍像青天霹靂。她看著卡繆的眼睛，臉上表情在惡毒（我希望他吃了苦頭）和諷刺（沒什麼大不了的損失）之間閃爍，但主要是焦慮。起初，她沒說話。在卡繆看來她像隻小鳥。鳥喙狀的小鼻子，銳利的眼神，稜角的肩膀，尖挺的胸部。他很清楚該怎麼誘導她。

「他怎麼死的？」她終於說。

從他所看過的離婚文件，卡繆心想，她不太可能哀悼前夫之死，在正常情境下他會預期她問起自己的兒子。如果她沒有，肯定有隱情。

「意外事故，」卡繆說，「他被捲入了警方追捕。」

雖然布魯諾女士很清楚她丈夫是怎樣的人，記得他有多麼暴力，但她並不是嫁給一個幫派罪犯。「捲入警方追捕」這個片語應該很震驚，但她眼皮連眨都不眨。

「布魯諾女士……」卡繆保持耐心正是因爲沒時間可浪費了，「我們認爲帕斯卡失蹤跟他父親之死有關。其實我們相信這點。妳越快回答我們的問題，我們越有機會找到令郎。」

花再多時間搜尋字典，也只能用「不誠實」來描述卡繆的方法。因爲在他看來，帕斯卡肯定是死了。利用兒子作情感勒索或許不道德，但只要能幫他找到別的活證人，他不以爲恥。

「幾天前，尊夫綁架了一個女孩，年輕女子。他把她關在某處，但是來不及告訴我們就死了。目前這個女人仍被囚禁。如果找不到她，布魯諾女士，她會死掉。」

他讓這個消息慢慢滲透。蘿賽琳的眼神像隻鴿子左顧右盼；她被矛盾的想法衝擊著。她接著決定怎麼做很重要。這起綁架跟我兒子的失蹤有什麼關係？這是她該問的問題。如果她沒問，是因爲她已經知道答案了。

「我需要妳告訴我妳知道的一切……不，不，等等，布魯諾女士！妳打算跟我說妳什麼也不知道，但這樣可不聰明——相信我，這是下下策。慢慢來；想清楚。尊夫綁架了一個跟令郎失蹤有某種關連的女人。而且她會死掉。」

她看看左邊，右邊，整個轉過頭。卡繆應該在她面前的桌上放一張被害人照片，設法嚇唬她，但他忍住了。

「尚—皮耶打電話給我……」

卡繆呼吸一下。不算是勝利，但至少是成就。至少有進展了。

「什麼時候？」

「我忘了，大概一個月前。」

「然後……」

蘿賽琳．布魯諾望著地板。慢慢地，她說了。特拉里厄接到告知他尋人失敗的官方回函，他氣炸了——這表示警方認爲帕斯卡跑了，他們不打算調查，結束了。既然警方什麼也不想做，特拉里厄告訴她他會自己處理。他有個主意。

「是那個賤人……」

「賤人？」

「他對帕斯卡女朋友的稱呼。」

「所以，他不太喜歡她。」

蘿賽琳．布魯諾嘆氣。爲了解釋，她必須從頭開始。

「你得了解帕斯卡總是有點……有點遲緩，知道我在說什麼嗎？」

「我想是。」

「他的本性不壞；只是有點單純。我從來不希望他跟爸爸住。尚—皮耶讓他喝酒又打架，但帕斯卡愛他爸爸——我老是不懂他有什麼優點，但他愛他老爸。然後有一天這個女孩出現，過不久她就把他玩弄於股掌之間。帕斯卡爲她瘋狂……這不意外。他向來不懂女人……在她之前的交往經驗也不多，而且總是悲劇收場。總之，這女孩出現後她使盡全力。所以他顯然被搞得暈頭轉向。」

「那女孩叫什麼名字？您見過她嗎？」

「娜塔莉？不，從來沒見過她。我只知道她的名字。帕斯卡打電話給我的話題總是娜塔莉長娜塔莉短……」

「他沒介紹給妳認識？或他爸爸認識？」

「沒有。他老是說要帶她來見我，說我一定會喜歡她……」

那是段閃電戀情。布魯諾女士告訴他，帕斯卡在六月認識娜塔莉——她不知道地點和過程——然後七月他就跟著她失蹤了。

「起初我不擔心，」她說，「我以爲，等她甩了這可憐的孩子，他就會回到父親身邊忘了這回事。但他父親很生氣。老實說，我認爲他是嫉妒。帕斯卡向來是他眼中的寶貝。他是個爛丈夫，但也是個好爸爸。」

她抬頭看看卡繆，顯然對自己對丈夫的評價很訝驚。她剛說出了她一直認爲但從未發現的事。她又望著地面。

「當我發現帕斯卡提光了他爸的銀行帳戶失蹤，我像他一樣想，我認爲是這女孩，呃，你知道的……那不像帕斯卡，偷他父親的錢。」

她搖搖頭。這是她能確定的事。

卡繆想起帕斯卡．特拉里厄在父親公寓裡被發現的照片，心在淌血。身爲繪圖者，他的視覺記憶力很優秀。他看得見那孩子站著，一手摸著推土機，顯得尷尬又不自在。他的褲子太短了；看起來很糟糕。當你有個智障兒子，當你接受了這個事實，你會怎麼辦？

「所以最後，妳丈夫找到了這個女孩？」

她立刻回答。

「我怎麼知道？他只告訴我他在找她，遲早她會說出帕斯卡在哪裡……她把他怎麼樣了。」

「她把他怎麼樣了？」

蘿賽琳．布魯諾望著窗外；這是她忍住眼淚的方式。

「帕斯卡絕對不會逃家，他不是……該怎麼說呢？他沒有聰明到可以長期失蹤。」

她說話時轉身面對卡繆，此話像一巴掌打在臉上。其實，她顯然後悔了。

「我說過，他是個單純的孩子。他認識的人不多；他只認定他父親。他不會故意離開幾週、幾個月而不聯絡；他做不到。所以他一定出了什麼事。」

「尊夫具體跟妳說過什麼？他說過他打算做什麼嗎？關於……」

「沒有，他電話沒有講太久。他照例喝了酒，他喝醉的時候很難搞，認爲全世界都在跟他作對。他想要找到這女孩，想要她說出來他兒子在哪裡——他只跟我說了這些。」

「妳怎麼回答呢？」

在正常情境下，要有相當的天賦才能夠說謊騙過別人；要有大量的活力，創意，自制和優良的記憶力——比大家想的困難多了。向權威人物說謊更加困難，因爲需要更高階的上述所有特質……而蘿賽琳．布魯諾不是這塊料。雖然她嘗試，現在她降低了戒心，卡繆把她看得一清二楚。這很累人。他伸手揉揉他的眼睛。

「妳都怎麼稱呼他？我猜想那個階段你們的措詞不會太客氣；我猜想妳把自己對他的觀感告訴他了——我說錯了嗎？」

這是個複雜難解的問題。「是」跟「不是」導致不同的走向，但兩者似乎都無法讓她脫身。

「我不知道……」

「喔，但是妳知道，布魯諾女士，妳很清楚我在說什麼。那天晚上，妳終於告訴他妳的感受。妳告訴他他毫無希望勝過警方、查出眞相。其實妳說了更多。我不知道妳的精確用語，但我知道妳眞的痛罵了他一頓。『你是個混蛋，尙—皮耶，你這可悲，懦弱的白癡』或類似的話。」

她張開嘴，但卡繆不給她機會講話。他從椅子上跳起來，大聲喊叫，因爲他態度曖昧太久了。

「如果我檢查妳手機上的簡訊會發現什麼，布魯諾女士？」

她一根肌肉也沒動，但她盯著地面彷彿在等它裂開一個大洞把她吞噬。

「我告訴妳會發現什麼吧——前夫傳給妳的照片。別以爲妳脫得了關係；就在他的通聯紀錄裡。我甚至可以說出照片裡有什麼：關在木箱裡的女孩。妳質疑他的男性氣概，妳希望能逼他做點什麼。當你收到那些照片，妳嚇壞了。怕妳可能被當作共犯控告。」

卡繆突然有個懷疑。

「除非……」

他住口，走向她，蹲低仰頭看她的臉。她沒動。

「糟糕。」卡繆說，站直起來。

當警察有的時候特別辛苦。

「那不是妳沒通報警方的理由，對吧？妳不怕我們可能認爲妳是共犯。而是因爲，像尊夫一樣，妳責怪這女孩造成令郎失蹤。妳沒吭聲是因爲妳認爲她罪有應得，不是嗎？」

卡繆深呼吸一下。他感覺好累。

「妳最好祈禱我們趕快找到她，布魯諾女士，不只是爲了她好。也爲妳好。因爲要是找不到，我會控告妳是凌虐與加重謀殺罪的共犯。還有我找得到可能成立的所有罪名。」

離開辦公室時，卡繆壓力沉重；時間正以驚人的速度流逝。

「而我們有什麼呢？」他想。

什麼也沒有。快把他逼瘋了。

# 21

最貪心的不是那隻雜斑巨鼠，而是一隻灰色大老鼠。牠喜歡血腥。牠擊退其他老鼠搶到第一名。既魯莽又兇狠。

對愛麗絲而言，過去幾小時每一分鐘都是戰鬥。她被迫殺了兩隻。激怒牠們，讓牠們激動，顯示她仍然值得畏懼。

她用唯一的武器木片刺穿第一隻老鼠，把牠放在赤腳底下壓死，看著牠痛苦掙扎像受傷的豬一樣慘叫、想要咬她。愛麗絲用自己的叫聲壓倒牠；老鼠的身體開始像條大魚抽搐蠕動——這些畜生力氣很大，尤其在垂死的時候。最後一刻特別煎熬；老鼠停止動作，呻吟喘息同時大量出血，眼球從眼窩鼓起，嘴巴顫抖，露出牙齒，仍然準備反擊。結束後，愛麗絲把牠踢落地上。

之後，鼠群了解到這是公開宣戰。

至於第二隻老鼠，她必須等到牠靠得非常近。牠身上有血腥味，鼠鬚急速抖動；肯定非常興奮，但也很謹慎。愛麗絲讓牠過來——她甚至呼叫牠：「過來，過來，你這小混蛋，來找媽咪……」牠一來到伸手範圍，她就設法把牠困在木板上，用木片刺進牠喉嚨。牠蹣跚後退，宛如要表演危險的跳躍，她巧妙地從木板間隙踢牠出去，掉落地面上躺著哀嚎了一小時，木片還卡在牠脖子上。

這下愛麗絲沒武器了，但牠們不知道而且很畏懼。她餵牠們。

她用剩餘的水稀釋從受傷的手上流出的血液，伸手到頭頂上淋濕吊著籠子的繩索。水用光後，她用自己的血液浸濕它。這樣顯然讓鼠群更高興了。當她停止流血，她用另一塊木片刺自己的其他部位——這塊比較小，無法用來殺老鼠，但尖銳到足以刺破她小腿、手臂上的血管——讓她流血，她只需要這樣。

開始流血後，她收集在手掌上，從板條間隙伸出手塗抹在繩索上。

四周的鼠群看著，不知是否該攻擊她……她縮回她的手，牠們開始爭奪鮮血，咬嚙繩索去吸血；牠們永不滿足。

但現在牠們嘗到了血腥味，她給了牠們自己的血，沒有什麼能阻止牠們。血液讓牠們陷入瘋狂。

# 22

尙皮尼鎮。

河邊的一棟紅磚大屋。特拉里厄綁架那女孩之前去過的地方之一。

她名叫珊德琳．邦坦。

路易抵達時，她剛吃完早餐要出門去上班；她得打電話去預告她要遲到。路易接過電話冷靜地向她老闆解釋她要協助一件「警方緊急事務」。他會盡快讓警員送她去辦公室。對珊德琳．邦坦而言這一切發生得太快了。

她一本正經，有點拘謹，二十五歲，或許二十六歲，顯然超出她的理解範圍。當她用一側屁股坐在Ikea沙發邊緣，卡繆已經看出她二十年、三十年後會是什麼模樣：有點令人難過。

「這個人……特拉里厄。他在電話中非常堅持……非常堅持。然後他來找我。他嚇唬我。」

現在，嚇唬她的是警方。尤其這個小禿子，侏儒——他顯然是負責人。他的年輕同僚是打電話給她然後趕過來的人；他二十分鐘內就到了。這時他顯得好像根本沒在聽，在各個房間遊走，從廚房發問。他上樓，又回來，似乎很緊張，像在嗅什麼氣味。他從一開始就告訴她「我們沒時間磨蹭了」，但每當她遲疑，他又插嘴。她根本不知道怎麼回事。她努力在心中整理原委，但她被一大堆問題轟炸。

「這是她嗎？」

侏儒往她舉起一張素描，女孩子的臉，像在電影或報紙上看到的那種嫌犯電腦畫像。她立刻認出這個女人——是娜塔莉，但不是她認識的樣子。在畫裡，她顯得比現實生活中漂亮，更加成熟——而且最重要的——沒那麼胖。她顯得乾淨了點。她髮型不同。連眼睛都不太一樣。當珊德琳看到她時眼睛是藍色，雖然在鉛筆素描中很難分辨眼睛應該是什麼顏色，它們似乎淡多了。結果肖像畫看起來像她……卻又不像她。警員們在等回應，是或否的答案，而非模稜兩可。無論如何，雖然有些疑惑，珊德琳確定：是她。

娜塔莉．格蘭傑。

警員們互看一眼。「格蘭傑……」侏儒半信半疑地說。年輕的那個拿出他的手機走到外面庭院去打電話。他回來時，只搖搖頭，侏儒給他的眼色彷彿在說**我願意賭一賭**。

珊德琳談到娜塔莉工作過的、在諾伊鎮市中心普拉奈街上的那家實驗室。

年輕警員馬上趕過去。珊德琳相信半小時後打電話來的也是他。倒不是她聽得出來，而是侏儒一直重複說「我懂，我懂」。珊德琳覺得這傢伙令人火大。好像明知自己令她不悅但毫不在乎。他講電話的口氣似乎很失望。年輕警員不在時，侏儒繼續用關於娜塔莉的問題煩她。

「她的頭髮一向是長直髮，很髒。」

有些事不能和男人說，即使是警察，但有時候娜塔莉眞的很邋遢。她家從來沒整潔過，桌子從來不收拾，更別提漂浮在馬桶裡的衛生棉條——好噁。她們當室友並不久，但她們後來還見過一兩次面。

「我不認爲行得通，娜塔莉跟我一起住。」

珊德琳刊登過找室友的廣告，娜塔莉聯絡上她，過來見面；她似乎不錯。那天她看起來並不邋遢——她非常體面。她最喜歡這房子的庭院和閣樓房間，她覺得看起來很浪漫。珊德琳沒有提醒在盛夏時，那裏會像三溫暖。

「沒有隔熱設施，你知道的……」

侏儒心不在焉地看著她，宛如雕像面無表情。彷彿他在想別的事情。

娜塔莉總是預付房租，付現。

「那是六月左右的事情。我急需別人分擔房租；我男朋友跑掉了……」

珊德琳的私生活讓矮子有點煩：男友搬進來，誇張的愛情故事，過幾個月又悶聲不吭跑掉。後來她再也沒見過他。她顯然從出生起就注定要一輩子被甩：先是男朋友，然後娜塔莉。她證實，這事發生在七月十四日。

「到頭來，她沒住多久。她剛搬進來就認識了那個人，所以，顯然……」

「顯然什麼？」他惱怒地問。

「呃……她想要搬去跟他住。這很正常，不是嗎？」

「喔……」

存疑，好像在說「就這樣？」這傢伙顯然不懂女人，看得出來。年輕警員從實驗室回來了；她聽見遠方傳來他的警笛聲。

他動作很快，但看來仍然好像悠然漫步。因爲他很有型。也因爲他穿的衣服，珊德琳一看到他就注意到了：名牌，又是頂級貨。珊德琳一眼就看得出他的鞋子多少錢：她月薪的兩倍。發現警察能賺這麼多錢對她是個啓示——從電視節目裡永遠看不出來。

警員們閒聊了幾句。珊德琳只偷聽到那個年輕的說：「沒看過……」然後「……是啊，他也去了……」

「她搬走時我不在家。我一向去我阿姨家過夏天……」老警察悶悶不樂。事態不如他期望的發展，但又不是她的錯。他嘆氣揮揮手好像在趕蒼蠅。至少他也該禮貌一點吧。他同事對她露出同情的微笑，似乎是說「別擔心，他一向如此，專心點」。就是他給她看照片的。

「對，就是他，帕斯卡，娜塔莉的男朋友。」

她毫無懷疑。另一張照片，遊樂場那張——有點模糊，但顯然是他們。當一個月前帕斯卡的父親出現，不止他兒子，他也在找娜塔莉，而且給她看過同一張照片。珊德琳給了他娜塔莉的公司地址。之後，她再也沒聽過他的消息。

只要看過那照片就了解帕斯卡不是什麼聰明人。也不算英俊。而他的衣服——有時候你會懷疑他到底在哪裡買的。ＯＫ，娜塔莉或許有點胖，但她臉蛋漂亮，看得出如果她努力的話……但是帕斯卡，他顯得……很難形容。

「老實說，有點智障。」

她的意思是不太聰明。他很崇拜娜塔莉。她帶他回家過兩三次，但他從未留下過夜。

珊德琳甚至懷疑他們是否一起睡過。當他過來，珊德琳看得出他很興奮，他望著娜塔莉的樣子；他幾乎流著口水，只等訊號出現，就要撲倒她。

「不過有一次。只有一次，他在這裡過夜。我想起來了，在七月，我去阿姨家之前。」

但珊德琳沒聽見什麼聲音。

「這很怪，因為我的房間就在她樓下。」

她咬著嘴唇，發現自己剛承認有在偷聽。她臉紅，但不再說話；他們懂得意思。她什麼也沒聽見，並不是她沒試過。娜塔莉和帕斯卡一定……我不知道……或許他們站著做的。又或許沒聲音好聽，或許娜塔莉不想做。這點珊德琳能夠輕易理解。我是說，帕斯卡……

「如果換成我……」她驕傲地說。

小矮子大聲拼湊故事；他或許矮，但他不笨，其實挺機靈的。娜塔莉和帕斯卡，在廚房桌上留下兩個月房租與足夠分擔水電費的錢，就失蹤了。但是還有些東西娜塔莉沒有帶走。

「東西，什麼東西？」他立刻想知道。

他忽然專注起來。珊德琳並沒有保留那些東西。娜塔莉的尺寸比她大兩號，況且她的服裝品味很糟……浴室裡有放大鏡，但珊德琳沒向警方提起這點——她用來擠痘子修鼻毛；況且這不關他們的事。她告訴他們其餘的東西：咖啡機，母牛形狀的茶壺，雨水儲水槽，她似乎唯一會看的瑪格麗特．莒哈絲小說；她幾乎收集了全套。

年輕警員說：「娜塔莉．格蘭傑……那是莒哈絲小說中某個角色的名字，不是嗎？」

「眞的？」另一人說，「哪本小說？」

「嗯……從一部叫做娜塔莉．格蘭傑的電影，」年輕人尷尬地說。

侏儒拍打他的額頭似乎在說「我眞笨！」，但珊德琳認爲他只是作戲。

「收集雨水用的……」侏儒指向戶外的綠色大水槽，她解釋說。收集那些水很環保——房子的屋頂很大；其實挺可惜的，她跟房仲與屋主談過，但他們不感興趣。談起環保議題似乎也會惹惱警察，她不禁猜想他對什麼才有興趣。

「她離開前才買的。我從阿姨家回來就發現擺在那兒了。她留了張紙條，爲突然離開道歉。我猜雨水槽算是某種補償，驚喜的禮物。」

侏儒覺得好笑，「驚喜禮物」。

他站在窗前，拉開了網狀窗簾。它確實很醜，房子側面巨大的綠色塑膠水槽加上集水用的水管。看得出來是隨便拼湊在一起的。但他其實沒專心看。他也沒專心聽，因爲她說到一半他就掀開他的手機開始打電話。

「尙？」他說，「我想我找到特拉里厄的兒子了。」

時候不早了——她必須回電給老闆，年輕人又來跟她講話。這次沒提到調查，只提到要採樣。含糊的詞彙，因爲珊德琳在實驗室工作，像娜塔莉一樣。她們都是生物學家，只是娜塔莉向來不愛談論工作。「我下班的時候，就是下班了！」

二十分鐘後，行動展開。他們封鎖了這條街，穿著太空裝的鑑識小組帶著裝備占據了整個庭院——箱子、聚光燈、塑膠布——踏遍所有花壇。他們測量雨水槽，然後小心翼翼地放掉裡面的水。他們不希望水灑到地上。

「我知道他們會找到什麼，」侏儒說，「絕對不會錯。我先去睡一下。」

他問珊德琳娜塔莉的舊房間在哪裡。他衣著整齊躺在床上；她確信他連鞋子都不會脫。年輕警員留在外面庭院裡。

他眞是個好看的男人，還有他的衣服、他的鞋子……連他的儀態也是！珊德琳試過主導對話，轉向私事：這房子對單身女子太大了，諸如此類——但他沒上鉤。

她認爲他是同性戀。

鑑識小組放空了雨水槽，搬開之後開始挖掘。他們沒挖太深就發現了屍體。包裹在五金行買得到的那種塑膠布裡。

珊德琳有點驚訝。警方叫她退後——小姐，妳最好不要在這裡——所以她回到屋裡從窗戶往外看；他們不能阻止她——畢竟這是她家。當他們抬起塑膠布包裹的屍體放在擔架上時，她比較不安：她馬上知道那是帕斯卡。

她認得他的運動鞋。

他們剝開塑膠布，俯身，叫其他人來看她看不見的什麼東西。她把窗戶打開一條縫偷聽。

一名警員說：「不對，那不會造成這種傷勢……」

這時候侏儒走下樓來。

他自信地走進庭院，立刻過去看屍體。

他點點頭，顯然對看見的東西相當驚訝。
他說：「我跟布里紹在一起：唯一能造成這種傷害的是酸液。」

# 23

那是條老式繩索，不是船舶上那種平滑、合成材料的，是天然纖維而且很粗。要支撐這種籠子非粗不可。

有十幾隻老鼠。愛麗絲已經認識的，從一開始就在的，還有新來的——她不知道牠們是從哪裡跑來的，怎麼知情的。牠們一起採取了圍攻策略。

三四隻在木箱一端就位；另外兩三隻在另一端。她假設當牠們認定時機成熟，就會一起攻擊，但目前牠們仍有所顧忌：愛麗絲的體力。她不斷大叫、咒罵與嘲弄牠們。牠們知道籠子裡仍然有生命力、抵抗力——牠們知道牠們必須苦戰。兩隻老鼠已經死在地上了。這讓牠們不得不三思。

牠們一直嗅聞著鮮血，用後腳站起來，口鼻往繩索移動。牠們既興奮又狂熱，輪流用牙齒去咬繩索。愛麗絲不知道牠們怎麼決定輪到誰去吸血。

她不在乎。她又刺傷自己，這次在小腿低處，靠近腳踝。她找到一條乾淨、飽滿的血管。最困難的部分是在她浸濕繩索時逼退老鼠。

繩索已經被咬斷一半了。這是愛麗絲與它之間的賽跑，看兩者誰會先屈服。

愛麗絲保持籠子移動，搖來晃去，讓萬一鼠群決定上來解決她這件事，會顯得比較困難；她希望這樣也能削弱繩索。

這項戰術的另一個理由是，她需要籠子以斜角墜地才能摔破木板。她使盡全力搖晃，逼退老鼠，同時再用血浸濕繩索。若有一隻老鼠上來啃，她會讓其他老鼠保持距離。愛麗絲疲累不堪，渴得快死了。從持續了超過一天的暴風雨之後，她有部分身體完全失去感覺；麻木了。

那隻灰胖老鼠漸漸失去耐心。

一小時以來，牠一直讓其他同類去咬繩索。牠不再輪流去吃。繩索無法再吸引灰老鼠的興趣。牠反而盯著愛麗絲，發出刺耳的大叫。而且頭一次從板條間隙探頭進來嗅聞，像蛇一樣縮著嘴唇。

滿足其他老鼠的，無法再滿足牠。愛麗絲可以盡情地大叫咒罵，但這隻老鼠不畏縮，在籠子猛烈搖晃時，牠的爪子深深刺進木頭裡以防止自己掉落。

牠攀附在木箱上盯著她。

愛麗絲也盯著牠。

他們就像旋轉木馬上的情侶，深深望著彼此的眼睛。

「來呀，」愛麗絲微笑，低聲說。她拱起背，盡力給籠子最大的動能，對著頭頂上的肥老鼠微笑。「來呀，爹地，來呀，媽咪要好好招待你……」

# 24

在娜塔莉房間午睡之後，他有種奇怪的感覺。他爲什麼這麼做？他不知道。吱吱叫的木頭樓梯，沒有地毯的平台，瓷器的門把——屋裡的熱氣似乎都升到了這個閣樓房間。這裡感覺像個農舍，家庭住宅，只有夏初才開放客房。全年其餘時間都閒置。

現在，它被當作儲藏室。她顯然沒什麼個性；這裡看來像個飯店或民宿房間。牆上掛著幾幅歪斜的畫，少了一隻腳的抽屜櫃子用書本墊著。床鋪像軟糖一樣軟——深陷到驚人的程度。卡繆坐起來，撐起身子坐到枕頭上，倚著床頭板，摸索他的記事本和鉛筆。趁鑑識小組在庭院裡清理雨水槽下的泥土，他畫起一張臉。自己的臉。他年輕時，準備去念高等藝術學院，畫過幾百張自畫像；他母親總是宣稱那是唯一眞正的練習，唯一能讓人找到「適當的抽離」。她自己也畫過幾十張自畫像。只有一幅留下，油畫，很漂亮；他不喜歡想到它。而且慕德說得對：卡繆的問題一向是找到適當的抽離。他老是太投入或是太疏離。他不是一頭栽進去消失，輾轉反側，幾乎淹沒，就是保持謹慎的距離注定什麼也查不出來。「所以缺少的是事物的紋理，」卡繆說。在本子上，浮現的臉孔很憔悴，眼神茫然，像個被對手打敗的男人。

房間天花板是斜的——對住在這裡的大多數人表示必須彎腰走動。但他這種人不必。卡繆繼續素描，但他心不在焉；他感覺暈眩。他心情沉重。珊德琳．邦坦，他的煩躁，他的不耐——有時候他會很難搞。他只希望趕快解決這個案子。

他不太對勁，他知道理由。他必須找到那個紋理。

不久前，他在娜塔莉．格蘭傑的畫像中找到了。在那之前，在特拉里厄手機的照片裡；她看起來就像個被害人。又一個案子。這就是他對這女孩的歸類：一件綁架案。但在鑑識科肖像人員拼湊出來的畫像中，她變成一個眞實的人。照片是寫實的。但畫像是實境，你的實境，用你自己的想像力，你的幻想，你的教育背景，你的人生構成。當他拿出照片給珊德琳．邦坦看，他看到她的臉上下顚倒像個泳客，讓他有完全不同的感受。她殺了這個傻瓜帕斯卡．特拉里厄嗎？很可能，但是不重要。在上下顚倒的圖畫中，他發現她很動人；她被關在某處，生死掌握在他手上。他感到失敗的恐懼吞噬他的內臟。先前他無法救出艾琳。現在他怎麼辦？會讓她也死掉嗎？

從這個案子的第一步，第一個時刻，他就努力阻隔在高牆後累積的情緒；現在牆垮了，裂縫一個接一個出現，遲早會崩潰，壓倒他，淹沒他，一切又會退回到殯儀館，回到寫著「心理診所」的階段。他看看自己在簿子上畫的東西：一大塊圓形岩石。卡繆扮演薛西佛斯的畫像。

# 25

週三早上第一件事就是驗屍。卡繆在場。路易也在。

勒關照例遲到了，等他抵達太平間，他們已經知道他們能夠查到的一切。很有可能，這就是帕斯卡・特拉里厄的屍體。一切都吻合：年齡，身高，髮色，推估死亡日期，更別提珊德琳・邦坦發誓她認得他的運動鞋，即使外界有幾十萬雙在流通。要做DNA檢測來確認這具屍體就是那個失蹤的男子，但目前他們可以假設就是他，是娜塔莉・格蘭傑用鶴嘴鎬之類的東西，敲擊他的後腦殺了他（在屋裡發現的所有園藝工具都被帶回來檢查），然後用鏟子敲扁了他的頭。

「這證明她跟這傢伙有深仇大恨。」卡繆說。

「是啊，至少打了三十下，」病理學家說。「稍後我可以給你精確的數字。一部分傷口是鏟子邊緣造成的，所以看起來好像他被鈍刀子砍到。」

卡繆很滿意。不開心，但是滿意。整個大局相當符合他的懷疑。如果那個混蛋法官在場，他或許會出言諷刺，但對老朋友勒關他只會眨個眼低聲說：

「我早就說這女孩不太對勁吧……」

「我們必須做檢測，但絕對是酸液。」病理學家說。

這傢伙頭上被打了三十下，而且殺他的娜塔莉．格蘭傑倒了至少一公升酸液在他的喉嚨裡。從造成的損傷看來，病理學家推測是濃硫酸。

「超高濃度。」

這種產品確實會造成嚴重的傷害。肌肉起泡與溶解速度和酸液濃度成正比。

卡繆問了從昨天他們發現屍體以來困擾著每個人的問題：

「事發時特拉里厄還活著，或是已經死了？」

他知道慣例的答案：我們必須等檢驗結果。但這次病理學家很坦白。

「從剩餘組織上的痕跡判斷，尤其前臂部位，被害人似乎被捆綁了。」

想像的短暫片刻。

「你要聽我的意見嗎？」病理學家說。

沒有人想聽他的意見，這只會鼓勵他。

「照我看，他被鏟子打了幾下，綁起來，然後被一兩品脫的酸液痛醒……這並不表示他不是被鏟子打死——如果你找到適當的工具……總之，以我的淺見，這個倒楣鬼真的吃盡了苦頭。」

幾乎不可能想像，但是目前在這位探長看來，犯罪手法的細節無關緊要。但如果病理學家說對了，對被害人而言，生前或死後被灌酸液就有天壤之別了。

「這對陪審團也很重要。」卡繆說。

卡繆的問題是他從不退縮。從來沒有。當他腦中有了推論……某天勒關對他說：「天啊，你眞是頑固的混蛋！連獵狐犬都懂得什麼時候該撤退！」

「比喻得好，」卡繆反駁，「或許你把我比喻成短腿獵犬會更傳神。或者，迷你貴賓犬如何？」

換成別人，一定會以衝突收場。

所以現在，卡繆仍然符合他絕不退縮的名聲。從昨天起，勒關認為他似乎有些焦慮，不過在其他時候他似乎又對自己很滿意。他們在走廊上巧遇時，卡繆只說聲哈囉，兩小時後他又逗留在分局長辦公室彷彿不願意離開，彷彿他有話要說但不敢說，最後他不太情願地離開了，瞪了勒關一眼。勒關是有耐性的人。他們一起從廁所出來時（他們並肩站在小便斗前可是無價奇觀），勒關只說：「等你準備好隨時可以，」白話翻譯就是「我作好心理準備了，我受得了。」

現在關鍵時刻到了，午餐前在戶外陽台上。卡繆關掉他的手機，表示他需要每個人完全的注意力。四個人都在場：卡繆、勒關、阿蒙和路易。既然暴風雨過去了，天氣恢復溫和。阿蒙幾乎一口乾掉了他的啤酒，額外附加，在別人會買單的帳上趕緊點了一包洋芋片跟一些橄欖。

「這女孩是殺人兇手，尙。」卡繆說。

「或許她是兇手，」勒關說，「等檢驗結果出來我們就能確定。目前，你跟我一樣清楚這純屬臆測。」

「我臆測的能力挺準的。」

「OK，或許你是對的……能改變什麼？」

勒闕看看路易尋求支持。好尷尬的狀況，但路易是名門出身的好孩子。他上最好的學校；他有個叔叔是大主教，另一個是極右派國會議員，所以他早就學會了區分道德與務實。況且，他是耶穌會教育大的。他知道世界上所有事情都有兩面性。

「分局長的問題似乎很中肯，」他平靜地說，「那能改變什麼？」

「路易，我以爲你很聰明呢，」卡繆說，「辦案方法要改變。」

大家都嚇了一跳。連忙著向鄰桌討菸的阿蒙都驚訝地轉回頭來。

「辦案方法？」勒闕說，「你在胡說什麼，卡繆？」

「你們所有人，眞的都不懂。」卡繆說。

通常他們互相惡搞開玩笑，但這次卡繆的口氣不一樣。

「你們都不懂。」

他掏出他的記事本，經常畫素描的那本。要寫字時（他很少記事情，一切都交給記憶力），他會把畫圖的頁面翻過來。有點像阿蒙。只差阿蒙如果可以的話，連書背上也會寫字。路易瞥見他畫了一些老鼠。卡繆眞的畫得很棒。

「我發現這個女孩很有趣，」卡繆冷靜地解釋，「眞的。關於硫酸這件事，也很有趣。你們說呢？」

沒人答腔後他說：

「我研究過，還需要過濾，但我想我抓到重點了。」

「來呀，」勒關不悅地說，「有話直說。」

接著他拿起啤酒杯，一口喝乾，示意侍者再來一杯。阿蒙舉手：「我也要。」

「去年三月十三日，」卡繆說，「有個柏納德．蓋特諾，四十九歲，在埃坦普附近的廉價汽車旅館被發現身亡。死因是吸入硫酸，濃度八○％。」

「喔，該死……」勒關驚恐地說。

「從他的婚姻狀況判斷，被歸類爲自殺。」

「算了吧，卡繆。」

「不，不，你會發現很奇怪。八個月後，十一月二十八日，雷姆斯出身的咖啡廳老闆史蒂芬．馬夏克被發現遇害。他們隔天早上開店時在店內發現屍體。驗屍發現：他被毆打並用硫酸私刑，同樣的濃度。倒進他喉嚨裡。竊盜損失，大約兩千歐元。」

「你眞的能想像一個弱女子做出這種事來？」勒關說。

「你眞的能想像有人喝硫酸自殺？」

「但是這些跟我們的案子有什麼鬼關係？」勒關大吼，用拳頭敲桌子。

卡繆舉雙手投降。

「ＯＫ，尙，ＯＫ。」

在死寂中，侍者端著給勒關和阿蒙的啤酒回來，擦擦桌子之後收走空杯子。

路易很清楚接著會發生什麼事；他可以像表演廳的魔術師一樣寫下來，放進信封裡藏在咖啡館某處。卡繆會恢復進攻。阿蒙津津有味地抽完他的菸——他這輩子連一包菸也沒買過……

「有件小事，尚……」

勒關閉上眼睛。路易暗自竊笑。在分局長面前，路易只會竊笑，這是規矩。阿蒙隨波逐流；不管什麼狀況他都會出三十比一賭卡繆贏。

「如果你能幫我釐清的話，」卡繆說，「猜猜看我們上次遇到涉及硫酸的命案是多久以前……來啊，猜猜……」

現在分局長可沒心情玩猜謎遊戲。

「十一年——顯然我說的是懸案。偶爾我們會有利用酸液犯罪的歹徒，但都是次要的，一種藝術手法，可以這麼說。但我們會抓到他們，逮捕他們把他們痛扁一頓——高貴正直，報復心重的民眾不會容忍這種手段。不，在這十一年來，說到硫酸，警方從未失手而且所向無敵。」

「卡繆，你知道你是什麼嗎？」勒關嘆道，「你是個討厭鬼。」

「說得好，分局長。我完全理解你的保留。但實情是，如丹頓（1759-1794，法國律師及革命領袖）所說，『事實是頑固的東西』，這些都是事實。」

「列寧。」路易說。

卡繆惱怒地轉身。

「列寧怎麼了？」

路易用右手撥撥他的頭髮。

「事實是頑固的東西，」路易尷尬地說，「不是丹頓說的，是列寧……引述約翰．亞當斯。」

「那又怎樣？」

路易臉紅。他正要說話，但勒闕及時阻止他。

「沒錯，卡繆，那又怎樣？即使十年來沒有任何謀殺案涉及硫酸？」

他很憤怒，聲音如雷，在陽台上迴盪，但勒闕的莎士比亞式發怒只驚動了其他顧客。卡繆本人只安靜地盯著他離地六吋的鞋子。

「十一年，長官，不是十年。」

這是卡繆常被指責的缺點之一：當他假裝謙卑與克制，可能有點戲劇化，好像拉辛（Jean Baptiste Racine，1639-1699，法國劇作家）的劇本。

「而現在，」他繼續說，「忽然在八個月內有兩件案子。兩位被害人都是男性。其實，包括特拉里厄，有三個人。」

「但是……」

路易會說分局長在「打嗝」——這小子，他很會咬文嚼字。唯獨這次他的打嗝虎頭蛇尾。因爲他想不出該說什麼。

「這跟那女孩有什麼關係，卡繆？」阿蒙說。

卡繆微笑。

「終於，有聰明的問題了。」

勒關只咕噥說：「……太惹人厭了。」

爲了顯示他多麼洩氣，他起身，懶洋洋揮個手彷彿在說，好吧，或許你說得對，但我們晚點再談，晚點。跟勒關不熟的人會以爲他眞的很沮喪。他丟一把硬幣在桌上，離開時，像陪審團員宣誓般舉起一隻手。他的背影像卡車一樣寬；他腳步蹣跚地離去。

卡繆嘆氣。太早證明自己正確永遠是錯的。「但是我沒說錯。」他說話時，用手指輕敲自己鼻子，好像必須提醒阿蒙和路易，大致上，他對事物的嗅覺很靈。他只是搞錯時機而已。目前，女孩是被害人，如此而已。找到她是你們的職責，如果找不到，那就是失敗，宣稱這女人是連續殺人犯不成藉口。

他們都站起來走回警察局。阿蒙討到了一支小雪茄——鄰桌的人只有這玩意。他們離開咖啡館，走向地鐵站。

「我把團隊召集好了，」路易說，「第一個……」

卡繆突然伸手放在他手臂上示警，好像剛在腳邊看見一條眼鏡蛇。路易抬頭看，專心傾聽。阿蒙也豎起耳朵在聽。卡繆說得對。好像在叢林——三個人面面相覷，感到腳下的地面隨著某種深沉、吵鬧的韻律在顫動。他們不約而同轉身，準備應變。二十米外有個巨漢正以駭人的速度衝向他們。勒關大聲撲向他們，飛揚的外套衣角讓他顯得更加巨大，舉起的手抓著一支手機。卡繆摸索自己的手機，想起他已經關掉了。他沒時間移動、讓路；勒關已經來到他們面前。花了幾步才停下來，但他仔細計算過軌道，正好停在卡繆前面。眞怪，他沒有喘氣。他戳戳他的手機。

「他們找到了這女孩。她在龐坦鎮。你們快過去！」

分局長回刑警大隊去，途中他有上千件事情要辦；其中一件是打電話給調查法官。路易鎮定地火速飆車。沒幾分鐘，他們就到了現場。

這座廢棄倉庫位於運河岸邊，老舊的工業廠房，半貨運，半工廠。這座方形發黃的建築——在貨運那頭——有寬廣走道從每層樓沿著建築側面延伸下來，而在工廠這頭，有幾排密集高大的窗戶。一九三〇年代水泥建築的傑作。牆上的招牌字樣已經褪色，字樣標示著「一般工廠」。

周圍所有房屋都已經拆掉了。這是唯一殘存的建築，可能快要重新開發了。它從頭到腳裝飾著大型白、藍、橘色的塗鴉署名，像隻從頭到腳裝飾、隱身在綵帶與旗幟間遲緩移動的印度象安坐在運河邊。昨晚，一對青少年街頭畫家爬上了二樓的走道，因為所有門戶都已經用磚塊封死，大家都以為這不可能做到，但對那種小孩子易如反掌。黎明時他們在對自己作品做最後的修飾，其中一人湊巧隔著扭曲的玻璃屋頂俯瞰，顯然看到一個懸吊的木籠子裡面有人。他們整個早上都在盤算風險，最後才打了匿名電話給警方。警方不到兩小時就找到了他們，針對他們的夜間活動問話。

消防隊與刑警大隊接到通知。這棟建築被封閉了許多年——收購的公司把出入口都封死了。有一隊嘗試豎起梯子連接走道，另一隊用大榔頭敲開磚砌封死的大門。

除了消防隊，外面來來去去的人相當多：制服警員，便衣警察，閃著警燈的巡邏車，還有一般民眾——沒人知道他們怎麼聽說的——在警方開始用現場找到的建築路障封鎖區域時都來圍觀看戲。

卡繆衝下車子——他根本不用出示證件——腳步踉蹌，差點跌在碎石與磚屑的地上，但及時恢復平衡，看著消防隊工作了一會兒，然後大喊：「等等！」

他走過去。值班探長走過來攔阻他的去路。卡繆沒給他機會阻撓——牆上有個裂縫剛好適合他的體型；他溜進屋裡。其他人還要花不少時間敲敲打打才進得來。

室內完全空盪盪，廣大空間沐浴在從天窗與破碎窗戶像灰塵灑下來的朦朧綠光下。他聽見淌水聲，某處鬆脫木板的搖晃聲出現在密閉空間的回音中。幾絲水流蜿蜒經過他腳下。這種地方會讓任何人毛骨悚然。不過也很壯觀，像個荒廢的大教堂，工業時代末期的哀戚氣氛，但是背景與光線完全符合那女孩的照片。卡繆背後，大榔頭持續敲打著磚牆，聽起來像軍鼓聲。

卡繆立刻大喊，「有人在嗎？」

他等了一下，開始跑步。第一個房間很大——十五到二十米長，天花板至少有四五米高。地面全濕了，水從牆上滲出來——整個地方潮濕又寒冷。這顯然是儲藏室，但他還沒走到第一個房間的盡頭，就知道他來對地方了。

「有人在嗎？」

他自己聽得出來——他的聲音變了；在犯罪現場就會這樣，有某種張力——可以在腹中感覺到，從聲音中聽到。觸發變化的是一個氣味，幾乎被寒風的漩渦淹沒。腐肉與屎尿的惡臭。

「有人在嗎？」

他跑步。他聽見背後快速的腳步聲；有人突破牆壁了。卡繆衝進第二個房間猛然停步，垂著雙手，望著現場。

路易剛來到他身旁。他聽到卡繆說的第一句話是：

「我操……」

木籠子砸到了地上，兩片木板被拆開。或許在墜落時鬆脫，被那女孩拆掉的。三隻死老鼠發出腐臭味，兩隻被木箱壓扁。到處都是蒼蠅群。木箱幾呎外有些半乾排泄物裝在袋子裡。卡繆和路易往上看；繩索被某種東西咬斷了——有一端從固定在天花板的滑輪上垂下來。

但也到處是血跡。

沒看見那個女孩。

剛趕到的警員們開始分頭找她。卡繆懷疑地點點頭；他不認爲這有什麼用。

消失了。

以她的身體狀況。

她是怎麼逃脫的？鑑識人員會查出來。她怎麼行動，往哪去了？鑑識人員也會查出來。

事實就是他們努力救援的女孩子自行脫困了。

卡繆和路易無言以對，廣大的空間充滿了下令、指示的吆喝聲，迴盪著腳步聲，他們只僵硬地看著事態的詭異轉折。

這女孩逃脫了，但她不像別的綁架被害人投奔警方。

幾個月前，她用鏟子殺了個男人，用硫酸溶掉他半張臉再埋葬在郊區庭院裡。

能發現他的屍體純屬運氣，讓人不禁懷疑還有沒有其他人。

還有幾個被害人。

尤其因爲有兩件類似的命案通報，卡繆敢拿生命打賭這跟帕斯卡・特拉里厄之死有關。

她能夠從這個駭人的狀況逃脫，就顯示出她不是普通女孩。

他們必須找到她。

而他們不曉得她在哪裡。

「我猜，」卡繆嚴肅地說，「或許現在勒關分局長比較能理解我們的問題有多大了。」

# 第二部

# 26

愛麗絲累得神智不清，幾乎無法理解發生了什麼事。

她用殘餘的力氣，設法讓籠子擺盪得又快又高，嚇呆的鼠群必須用爪子緊抓著木頭穩住。她不斷大聲嚎叫。吊在繩索末端的木箱在吹進室內的寒風中劇烈擺盪，彷彿可怕意外發生前的摩天輪車廂。

救了愛麗絲一命的好運在於繩索斷裂時籠子正好斜角向下。眼睛盯著弱化的繩索，愛麗絲看到最後一撮纖維逐漸斷裂，繩索似乎在痛苦掙扎，突然間木箱掉落。以重量來看，墜落快如閃電，幾分之一秒，幾乎沒時間讓愛麗絲準備好迎接衝擊。撞擊很猛烈，籠子的角落幾乎鑽進水泥地；木箱震動了一會兒才重重翻覆，發出震耳欲聾的解脫呻吟聲。愛麗絲被擠在蓋子上。瞬間，鼠群散去。有兩片木板裂開，但沒有完全斷掉。

受到墜落力道的震撼，愛麗絲花了一會兒才回神，恢復意識，但重要資訊傳到了腦中：果然有效。有塊木板幾乎斷成兩截，空間大到足以擠過去。愛麗絲失溫了，她懷疑自己還有沒有力氣。但是，她用雙腳猛踢，雙手亂扳，忽然木箱解體。她上方的板條鬆脫了。好像天空突然裂成兩半，或像是聖經裡的紅海向兩邊分開。

勝利讓她欣喜若狂。她情緒激動無比，解脫感，瘋狂計畫的成功，她沒有掙扎起身爬出籠子，而是留在籠裡，筋疲力盡地啜泣。她忍不住。

她的大腦發出了新訊號：離開這裡。鼠群不敢這麼快重新進攻，但是特拉里厄呢？他好一陣子沒來了——萬一他這時出現呢？

她必須出去，穿上衣服，離開這裡。

她開始伸展肢體。她原本希望有解放感；這卻是酷刑。她全身僵硬。她站不起來，無法伸直雙腿或用手臂撐住，無法擺出正常姿勢。像一團僵硬肌肉。她沒剩下任何力氣了。

花了整整一兩分鐘她才跪立起來。這個動作痛苦到幾乎不可能——她無助地哀嚎，大叫著強迫她的肌肉，用拳頭捶籠子。被疲倦壓倒，她再次崩潰，虛脫地蜷縮成一球。癱瘓了。

再度嘗試必須鼓起每一絲勇氣與堅強的意志力，以難以想像的努力伸展四肢，咒天罵地，豎直她的骨盆，轉動脖子……像垂死的愛麗絲與活著的愛麗絲之間的搏鬥。慢慢地，她的身體復原。很痛苦，但是有復原。最後，寒徹骨髓，愛麗絲勉強作出蹲姿，滑出第一條腿，然後另一條，在木箱上寸步前進，跌到另一側。跌倒很痛，但她喜悅地用臉貼著潮濕冰冷的水泥地，又哭了起來。

幾分鐘後，她設法用四肢爬行，拿了塊舊破布披在肩上。她爬到水瓶放置處，拿了一瓶喝光。她調整呼吸，終於能夠仰躺了。日復一日——究竟多少天了？——她一直等著這一刻，這段期間她曾經放棄，以爲這永遠無法實現。她可以留在這兒直到天長地久，感受血液循環恢復，灼熱的血液，關節在復原，肌肉恢復生命力。她全身發痛。凍傷的登山者活著獲救一定就是這種感受。

她的腦子一直暗地運轉著，發出另一個訊息：萬一他來了呢？她必須離開這裡，要快。

愛麗絲檢查：她的衣物全都在。所有物品，她的包包，她的證件，她的錢，甚至當晚她戴的假髮，都和特拉里厄的東西堆在一起。他什麼也沒拿走。他只要她的命——呃，要她死。愛麗絲到處摸索，撿起她的衣服，雙手虛弱地顫抖。她焦慮地左顧右盼。她必須做的第一件事是找到能用來自衛的東西，以防萬一他回來。她無力地搜索散落的工具，找到一根鐵撬。顯然是用來打開木箱的。他打算什麼時候使用？等她死後？爲了埋葬她？愛麗絲把它放在身邊。她根本不懂情況多麼荒謬：如果特拉里厄來了，她不會有力氣撿起來。

穿上衣服時，她忽然發覺了自己的氣味：令人作嘔——她一身屎尿與嘔吐物臭味，口臭無比。她開了一瓶水，又一瓶，猛擦自己身體，但雙手動作很慢。她盡力擦洗，擦乾自己，手腳逐漸恢復正常。她暖身，用找到的毯子跟髒布塊磨擦自己。顯然，她沒有鏡子可以看見自己的模樣。她手提包裡可能有鏡子；一想起來她的大腦就發出警報。最後警告：快離開這裡；清場。趕快。

衣服立刻讓她感到溫暖一些。她雙腳腫脹；鞋子很夾腳。試了兩次她才站得起來，只是勉強站著。她撿起她的提包，決定丟下鐵撬走出去，心想有些事情她永遠無法再做到了——完全伸直雙腿，轉頭，完全站直。她掙扎前進，像個老太太半彎著腰。

特拉里厄留下了腳印；她只需跟著從一個房間走到下一個。她四處張望，想找他用過的出口。第一天，當她想逃跑，他在封死的門口逮到她，她沒注意到這點：就在角落，地上有個金屬活門。門把是一圈電線。愛麗絲試著抬起來。她慌了。她用盡力氣，但它絲毫不動。

她又感到眼淚盈眶與腹中深處模糊的呻吟；她再試一次，但打不開。她已經知道沒有其他出路了；所以那天他才沒急著跑來抓她。他知道即使她發現了活門，她絕對抬不起來。

這時她感到憤怒，殘暴、想殺人的怒氣，可怕的暴怒。愛麗絲大叫著跑起來。她跑得很彆扭，像跛了腳。她回顧她的腳步。在遠處，大膽回來的鼠群看到她衝過來連忙散開。愛麗絲撿起鐵撬和三塊破碎木板，她拿得動是因爲她沒有停下來自問是否還有力氣——她在想別的事。她必須離開這裡，沒有任何事能阻止她。她即使喪命也會離開這裡。她把鐵撬一端插進活門與地面的縫隙，用全身重量壓另一端。門勉強撐開幾吋，她用腳把一塊木板推進去再度使力，插入第二塊，跑去拿更多木板回來，最後設法把鐵撬垂直撐在活門底下。開口頂多十五吋寬，只能讓她身體勉強擠過去，她知道脆弱的支撐結構有崩塌的風險，讓沉重的人孔蓋掉下來壓死她。

愛麗絲暫停，抬起頭聆聽。這次她的腦子沒有命令，沒有忠告。一丁點失手，一瞬間猶豫，她的身體就可能動到鐵撬讓活門崩塌。一瞬間內她把提包丟進洞口，聽見它落地的悶響——洞似乎不太深。想到這點，愛麗絲俯臥，一吋一吋倒退溜進活門底下。很冷，但她的腳趾尖找到一處階梯立足點的時候她已經在冒汗。她把其餘身體溜過開口，用指尖抓住邊緣，當她轉頭時，最害怕的事發生了：她不慎碰到了鐵撬：它發出金屬尖叫聲滑脫，活門一聲巨響猛力關上。電光石火間，她勉強及時靠本能反應縮回手指。愛麗絲僵硬地站在伸手不見五指的階梯上。她沒有受傷。視力適應了黑暗之後，她撿起下方兩步外的提包。她屏住呼吸——她快離開了，她做得到，她不敢相信……再走幾步，她來到一扇用煤渣磚塊卡住的鋼鐵門，因爲沒有力氣，她花了好久才搬開它。接著她進入一條彌漫尿騷味的走道，爬上第二個樓梯間，像盲人用雙手摸索著，只靠微光引路。這是他剛帶她來的時候，她撞到頭暈倒的樓梯間。階梯頂端有三個梯環，愛麗絲爬上去，像維修豎井的一小段隧道，通到裝在牆上的一小塊金屬。從外面只透入一絲光線，愛麗絲必須摸索金屬板邊緣設法打開。它只是嵌在缺口上而已。愛麗絲拉開它，發現不很重。她小心地搬開放在一旁。

她出來了。

她立刻感覺到寒冷的夜風——濕涼的夜晚空氣眞是甜美——還有某處運河的氣味。生命力回來了，微弱的生命之光。鐵板門藏在一樓牆壁的凹槽裡。愛麗絲爬出來後回頭看她能否把鐵板放回原位，隨即她放棄了，現在不需要預防措施了。只要她趕快離開。竭盡她僵硬發痛的四肢所能。她爬出凹槽。

大約三十米外有座無人的碼頭。更遠處散落著幾棟小屋，幾乎每扇窗都有燈光。大馬路上有模糊的人聲，聽起來不遠。

愛麗絲開始走路。

她來到了大馬路上。因爲疲憊，她無法走很遠。忽然她一陣暈眩，必須抓著街燈柱以免跌倒。

感覺已經太晚找不到任何交通工具。但是在遠處，有計程車招呼站。裡面沒人，她少數還有用的神經細胞在耳鳴，而且太危險了。她一定會被注意到。

但她的神經想不出更好的辦法了。

# 27

當你有很多事情在進行中，像他今早的狀況，很難分出優先次序，卡繆宣稱「最重要的就是什麼也不做」。這是他盡量找出最多觀點的辦案方式的變形應用。以前他在警校授課的時候，稱之爲「空拍法」。出自一個四呎十一吋高的人嘴裡，這個詞或許會引起哄堂大笑，但從來沒人敢笑。

現在早上六點。卡繆已經起床洗過澡，吃過早餐，公事包放在門邊，他站著抱起豆豆。他搔搔小貓的肚子；他們都望著窗外。

他的目光落在昨晚終於打開的拍賣公司信封上。這次拍賣是他處理父親遺產的最後一件事。卡繆很震驚，沮喪，有點哀傷，但他父親的死並不具毀滅性。只造成有限傷害。關於他父親的事，總是一切都能預料；他的死也不例外。如果卡繆直到昨天才願意打開信封，是因爲這表示他人生一個階段的結束。他快五十歲了。在他身邊，大家都死了：先是他母親，然後他妻子，現在他父親；他永遠不會生小孩。他生平從未想過自己會成爲家譜的最後一個活人。這令他很困擾；他父親的死終結了一個故事，但是故事還沒完。卡繆還在——他或許衰老疲憊，但是還活著。問題是現在他的人生完全屬於他；他是唯一物主與受益人。當你變成自己人生的主角，就不再有趣了。困擾卡繆的不只是倖存者的罪惡感，而是他感覺快被這種陳腔濫調壓垮。

他父親的公寓賣掉了。只剩十幾幅慕德．范赫文的畫留在她丈夫手上。更別提畫室了。卡繆不敢踏進那裡——那是他所有哀傷的交會點，對他母親，對艾琳……不行，他就是做不到，他甚至不願爬上那四級臺階，推開門走進去……絕對不行。

至於畫作，他鼓起了他所有的力量。他連絡了母親的一位老友——他們一起念美術學院的；那位先生同意清點所有作品。拍賣會將在十月七日舉行；全安排好了。打開信封，卡繆看到拍賣畫作的標題、日期與時間；整晚都是慕德作品拍賣加上演講與追思活動。

起初，他很在意他不打算保留任何畫作，想出了一大堆理論。最有力的是賣掉她的所有作品才是向她致敬。「如果我自己想看她的畫，就必須上畫廊。」他交雜著滿足與嚴肅解釋。當然，那是鬼扯。眞相是他崇拜母親勝過一切，自從落單之後他一直受到混雜著仰慕、憎恨、自憐和憤慨的矛盾情感所動搖。這份點綴著憤怒的熱愛從他小時候就開始，但若要求得自我內心的平靜，他必須割捨掉。繪畫是他母親的偉大理想——她犧牲了自己的人生，還賠上卡繆的。不是全部，但她犧牲的部分成爲她兒子的宿命。彷彿她有個從沒想過他會是個人的孩子。卡繆將無法像扔掉行李一樣擺脫這個負擔。

要出售的八幅畫，多半出自慕德．范赫文人生的最後十年。大多是抽象畫。看著某些畫，卡繆感覺好像他看的是羅思克（Mark Rothko）的作品：色彩似乎會顫抖，會悸動——必須自己感受才會眞正懂得看到活的畫作是什麼樣子。兩幅已經被預訂；會放在博物館——她生前最後的作品，慕德的癌症末期與創作最顚峰期，痛苦的哀嚎都畫在裡面。卡繆可能保留的是一幅她大約三十歲時的自畫像。描繪一張童稚的臉孔，焦慮，幾乎是凝重。人物看著觀畫者後方，表情有點空虛，巧妙地融合成人的女人味和童稚的純眞，只有曾經年輕溫柔卻被酒精蹂躪的人才會有這種表情。艾琳很愛這幅畫。她把它拍過照片，那張六乘四吋的快照至今仍放在他辦公桌上放鉛筆的吹製玻璃壺的旁邊，那也是艾琳送他的，是卡繆放在職場的唯一私人物品。阿蒙一直很喜歡那張照片；打個比方，這是少數他看得懂的慕德・范赫文畫作。卡繆心想遲早有一天要把這照片送他，但他一直拖延。連這幅畫也包括在出售的行列。當他母親的作品終於散失，或許他會平靜一點，或許他會終於得以出售無法再連接到任何東西的鎖鏈的最後一環：蒙特佛的那間畫室。

睡眠帶來了其他的影像，更急迫更有主題，被囚禁的年輕女孩逃脫的畫面。許多死亡的影像，但都是未來的死亡。因爲他不知道怎麼得知的，但從他的幻覺中看到了空空如也的籠子，死老鼠，逃脫的跡象，他一直相信這一切遮蔽了其他事，未來還會有死亡。

樓下，街道仍很熱鬧。對卡繆這種很少睡覺的人，那不重要，但艾琳就絕對沒辦法住這裡。另一方面，對於豆豆，那是娛樂；她可以坐上幾小時望著窗外的駁船、水閘的開閉。天氣好的時候，她甚至可以出去坐在窗台上。

卡繆直到心情整理好之前不會離開。而目前有太多疑問了。

龐坦鎮的倉庫。特拉里厄怎麼找到的？這重要嗎？雖然荒廢多年，那裡從未被占據；沒有被遊民占領。光是條件不適合居住就足以嚇退他們，但主要理由是進出的唯一方式是靠地底下一條狹長隧道，幾乎不可能把一切生活所需用品帶進去。或許因此特拉里厄才做了個小籠子——他能帶進來的木板有長寬限制。而且把她搬進去一定很困難。他必須相當有決心。他準備把那女孩留在裡面直到她招出把他兒子埋在哪裡。

娜塔莉·格蘭傑。他們知道這不是她的本名，但他們沒更好的線索了，他們仍然這樣稱呼她。卡繆偏好「女孩」但連他也偶爾會口誤。在假名跟無名之間，還能怎麼選擇？

法官同意了啓動尋人。不過，擱置反面的證據，用鶴嘴鍬殺害帕斯卡·特拉里厄，再用硫酸幾乎溶掉他頭顱的這女孩被搜尋的身分只是證人。她在尙皮尼鎮的室友從模擬肖像正式指認了她，但是地檢署需要具體證據。

血液、頭髮樣本與其他有機物已經從龐坦鎮的倉庫採集到，很快就能確認符合在特拉里厄的廂型車後座找到的女孩痕跡。至少會是一點根據。但是不多，卡繆心想。

追查這條線索的唯一方式是重啓最近兩件關於硫酸的舊案，看是否跟同一個兇手有關。雖然分局長有疑慮，卡繆絕對相信同一個人——同一個女人——犯了這三件謀殺案。案件檔案今早會送來；他到警局時應該就能看到。

卡繆想了一會兒娜塔莉·格蘭傑和帕斯卡·特拉里厄的事。性犯罪？如果是，他會預期情況剛好相反：帕斯卡·特拉里厄在嫉妒憤怒中殺了娜塔莉，或因爲他無法忍受被拋棄，突發衝動，暫時瘋狂，但是反過來……？意外嗎？從手法看來很難相信。卡繆很難專心在這些推論——豆豆抓著他的外套衣袖時，有個念頭閃過他的腦中。就是那女孩逃出倉庫的辦法。她到底怎麼辦到的？

鑑識檢測會證實她如何弄斷吊籠子的繩索，但她一旦出來了，接著怎麼辦？

卡繆試著想像那場面。在他的電影版裡，少了一段情節。

他們知道這女孩拿回了她的衣服，查到她的鞋印走向豎井。那一定是她被特拉里厄綁架時穿的鞋子——綁架者不太可能拿新鞋給她。重點是他毆打這女孩，她掙扎，他把她丟進廂型車後座，綁起來。她的衣服會是什麼狀態？發皺，骯髒，撕裂？肯定不會乾淨，卡繆確定這點。一旦逃到建築物外面來，那樣的女孩會讓人覺得可疑，不是嗎？

卡繆很難想像特拉里厄特別小心處理那女孩的物品，但這姑且不論。別管衣服，專注在那女孩吧。

我們知道她一身污穢。她待了一整個星期，全裸，關在離地兩米的木箱裡。她在照片中顯得半死不活。他們找到寵物乾糧，寵物老鼠的飼料——這顯然是特拉里厄餵她的東西。一整星期，她被迫蜷縮在籠子裡便溺。

「她狀況很糟，」卡繆大聲說，「而且很邋遢。」

豆豆抬起頭宛如她比主人了解更多，卡繆又開始自言自語了。

地上有幾處積水，濕破布，幾個水瓶上有她的指紋，所以她離開前顯然隨便清洗了一下。

「即使如此……當你便溺在身上一個星期，用三公升冷水和幾塊破布能清理到什麼程度？」

這使他又回到了關鍵問題——她如何回家而不引人注意？

「誰說沒人注意到她？」阿蒙說。

上午七點四十五分。刑警大隊的警員。即使你不完全同意，看到路易和阿蒙並肩站著也很奇妙。路易穿著灰色Kiton西裝，Stepheno Ricci領帶，Weston皮鞋；阿蒙穿著慈善商店清倉大拍賣的衣服。老天爺，卡繆盯著他心想：他看來好像爲了省點錢故意買小一號的衣服。

他又啜一口咖啡。阿蒙說得對：誰說沒人注意到她？

「咱們查查看。」卡繆說。

這女孩沒有引人側目；她離開倉庫後憑空消失。難以置信。

「或許她有車子？」路易提議，不過連他也不相信。二十五到三十歲的女子在半夜兩點搭便車？除非有車剛好停下，她不太可能呆站著伸出拇指。她也不能像妓女一樣站在路邊攔車子。

「搭公車……」

有可能。不過那條路線晚上的班次不多；她要幸運才搭得上。否則她可能在站牌空等半小時或四十五分鐘，穿著破爛，疲憊不堪。不太可能。她能站得起來嗎？

路易暗記要去查閱公車時刻表，詢問司機。

「計程車……？」

路易在待辦事項補充這一點，但話說回來……她有錢付車資嗎？而且她夠乾淨讓計程車司機願意載她嗎？或許有人發現她獨自走在街上？

他們能確定的只有她會回到巴黎。無論她搭公車或計程車，幾小時內他們應該會知道。

中午時分，路易和阿蒙出發。卡繆看著他們離去：眞是絕配。他走到辦公桌後翻閱兩份等著他的檔案：柏納德·蓋特諾，史蒂芬·馬夏克。

# 28

愛麗絲緩慢、緊張、懷疑地踏入她的公寓大樓。特拉里厄會在這裡等她嗎？他知道她逃脫了嗎？不，大廳裡沒人。她的信箱也沒爆滿。樓梯間沒人，平台上沒人；像夢境一樣。

她打開自家公寓大門，隨即關上。

像作夢一樣。

在家。安全。兩小時前她還在害怕會被老鼠吃掉。她踉蹌，差點跌倒，必須扶著牆壁支撐。

她得吃點東西，趕快。

但是首先，她必須照鏡子。

天啊，她看來至少老了十五歲。又醜又髒。像老人。眼睛下方有眼袋，皺紋，皮膚有黃斑，眼神渙散。

她拿出冰箱裡所有的東西：優酪、起司、麵包、香蕉，在放洗澡水時塞了滿嘴。可想而知她勉強走到馬桶就吐了出來。

她調整呼吸，喝了半公升牛奶。

她拿出藥用酒精清理手臂、雙腿、雙手、膝蓋與臉上的割傷和擦傷，洗過澡後，她用殺菌藥膏塗上。她累得幾乎站不起來。她臉上一團糟。雖然綁架時的瘀青開始退了，手腳上的傷口看起來很慘，有兩處顯然發炎了。她得隨時留意；她只能這樣了。她有工作時，總是會利用最後一天的機會補充她的藥櫃。她收集到的東西很驚人：盤尼西林、巴比妥酸鹽、鎮靜劑、利尿劑、抗生素、B型交感神經阻滯劑……

最後，她躺下。立刻睡著了。

連續十三個小時。

醒來就像從昏迷中甦醒。

花了半個多小時才想起她在哪裡，拼湊出她回家的經過。淚水又湧現，她像嬰兒蜷縮在床上哭到睡著。

五小時後她再度醒來；是晚上六點。根據她的收音機，今天是週四。

睡眼惺忪，她伸展身體；四肢都發痛。她慢慢來，小心不要傷到自己。非常緩慢地，她做了點伸展運動；雖然部分身體還是很僵硬，她的進展很不錯。她戰戰兢兢地下床。走點路，然後開始頭暈，她感覺虛弱，扶著櫃子以免跌倒。她好餓。她看著鏡中的自己。她必須裹傷，但她的腦子先發出自衛本能的耳語。首先最重要的，確認妳安全。

她逃脫了；特拉里厄會來抓她，企圖再次俘虜她。他一定知道她住在哪裡，因爲他在她回家途中綁架她。現在他一定發現了。她看看窗外——街上似乎很平靜。就像她被綁架那一晚。

她伸出手，拿起她的筆電放在身邊沙發上。她開了瀏覽器，輸入「特拉里厄」——她不知道他的名字，只知道兒子名叫帕斯卡。她搜尋的是他父親。因爲她記得很清楚她對那個傻瓜兒子、那個智障做過什麼。還有把他埋在哪裡。

第三個搜尋結果提到paris.news.fr.有一篇關於「尚—皮耶．特拉里厄」的文章。她點選。果然是他。

**警方在環狀線飛車追逐中失誤？**

昨晚年約五十的男子尚—皮耶．特拉里厄捲入與警方的飛車追逐中，突然在維烈特城門的環狀線陸橋上停下他的廂型車，跳出車外，衝到護欄邊跳下去。特拉里厄被一輛聯結大卡車撞到，立刻身亡。

根據刑事調查部的說法，該男子是幾天前巴黎法吉耶街一起綁架案的嫌犯，警方消息人士表示，新聞封鎖是「為了安全理由」。然而現況是綁架被害人仍尚未查明身分，她的囚禁地點經過警方「辨識」，結果出乎警方預料……沒人在。因為缺乏被害人提出告訴，嫌犯之死——警方形容為「自殺」——仍然神祕難解。主持調查的維達法官保證會查明案情，目前正由刑警大隊的范赫文探長偵辦中。

愛麗絲的心智拚命跟上。面對奇蹟時，最好保持懷疑。

所以他才沒有回來。當他成為環狀線上的一團模糊血肉後，不太可能回來查看她，或帶食物餵老鼠。這混蛋寧可自殺也不願讓警方來釋放她。讓他在地獄裡和白癡兒子一起腐爛吧。

另一個重要事實：警方不知道她的身分。他們對她一無所知。或至少他們在本週初期文章發表時還不知道。

她在搜尋引擎輸入自己的名字——愛麗絲．裴佛斯特，出現一堆同名人物，但是沒有，完全沒有關於她的條目。

令人如釋重負。

她檢查電話。八通未接來電。而且電池快掛了。她起身去找充電器，但動作太快——她的身體沒準備好這麼快速的運動；她跌回沙發上，彷彿重力突然變強了。她感到一陣暈眩，眼前光線閃爍，一切都在急速旋轉，心臟快跳出來了。愛麗絲咬緊牙根。幾秒鐘後暈眩消退。她謹慎地站起來，找到手機充電器，插上，然後坐下。八通未接來電。愛麗絲查看號碼，呼吸開始變舒緩。都是關於工作：臨時工。仲介所——有的打了兩次。有工作。愛麗絲懶得聽她的語音信箱；她晚點再處理。

「喔，是妳啊……我還在想什麼時候聽過妳的消息呢。」

那個口氣……她母親和她不斷的批評。每次她聽到，都有同樣的效果，讓她如鯁在喉。愛麗絲會編藉口。她母親總是問一大堆問題；談到女兒她就變成多疑的女人。

「臨時工作？在奧爾良？所以妳從那兒打電話來的？」

愛麗絲老是聽見她懷疑的弦外之音。她說：「對，但我不能講太久。」母親馬上有回應。

「那麼打來就沒什麼意義了，不是嗎？」

她母親很少打電話來，如果愛麗絲打去，總是這種情況。她母親不是過活；而是統治。想點話說。和她母親講話好像考試——妳必須準備，調整，專心。

愛麗絲沒空想。

「我要離開一陣子，去鄉下；是短期的職位。我是說另一個……」

「喔，眞的？在哪裡？」

「是短期合約。」愛麗絲又說。

「妳說過了，短期合約，在鄉下。我猜這個鄉下地方應該有個名字吧？」

「我透過仲介接的，但他們還不知道細節。這很……複雜——我們直到最後一刻才會知道。」

「喔。」她母親說。

她顯然不相信這件事。短暫的猶豫，然後她說：「所以妳有個短期工作，妳不知道在哪裡，代某人的班，但妳不知道是誰，對嗎？」

這段對話沒什麼異常的——其實算是常態。唯一差異是今天愛麗絲很虛弱，不像平常那麼厚臉皮。

「不，不是那——那麼回事……」

只要碰到母親，不管她累不累，遲早她都會結巴。

「那麼是怎樣？」

「呃，我的電——電——電池快沒電了……」

「真的……我猜妳也不知道這個臨時工要做多久？妳就代替這個人，直到有一天他們告訴妳夠了，妳可以回家了，是嗎？」

她需要話題，「慎選的措詞」，她母親會這麼形容。但愛麗絲一向想不出來。應該說她可以，但總是太遲，在事後，在她掛斷電話後，在樓梯上，在地鐵上。當她終於想出來，她會很懊惱。反覆念著無用的遁詞，在腦中重播對話好幾天——既無意義又具破壞性，但她忍不住。潤飾這些事實，直到日積月累，變成完全不同的說法，在鬥嘴中愛麗絲每次都贏，但是下次她打電話給母親，她又會在第一句話時就被擊倒。

她母親在線路另一端等待，沉默，懷疑。終於，愛麗絲丟毛巾投降。

「我得掛斷了。」

「ＯＫ。喔，愛麗絲……」

「嗯。」

「對了，我很好。多謝妳關心。」

她掛斷。

愛麗絲的心情一沉。

她搖搖身體，聳肩不再去想她媽媽，專注在她必須做的。特拉里厄，結案。警方，狀況不明。她母親，應付過了。最後：發簡訊給她哥哥。

即將前往

（她思考片刻，衡量可能的目的地）

土魯斯：臨時工。請轉告母后，我沒時間——愛麗絲

他至少要花一星期才會把話傳去。如果順利的話。

愛麗絲深呼吸一下，閉上眼睛。她快好了。慢慢地，即使疲倦，她還是做完了她必須完成的事。

她更換裹傷的繃帶，同時餓得肚子咕咕叫。她到浴室的全身鏡前檢查自己。她看來整整老了十歲。

她洗個澡，最後幾分鐘轉成冷水，發抖——**天啊，活著眞好**——用浴巾從頭到腳擦乾，她感覺活力迅速恢復——**天啊，像這樣會痛眞好**——她直接穿上一件粗毛衣——以前她討厭這種感覺，但現在她渴望感受羊毛接觸的刺癢，密切地感受她全身，連皮膚都有刺痛的生命力。一條寬鬆變形的亞麻長褲；很醜但是很柔軟，溫柔貼身，像被撫摸。她拿起提款卡，鑰匙，經過關納德女士時說聲哈囉。**對，剛回來。對，我出遠門了。天氣？很好。呃，在法國**

南部，還能怎樣？累嗎？呃，工作挺辛苦，這幾晚沒睡飽。喔沒事，只是脖子僵硬，沒有大礙。喔，那個？她摸摸額頭。我好笨。我滑倒了。關納德太太：穿高跟鞋走不穩？大笑。對，妳也是，晚安。

走出街上，傍晚的藍色光線美得讓她差點哭出來。愛麗絲突然歇斯底里地竊笑。生命眞美好。有家阿拉伯雜貨店，有個帥哥——以前她從未多看他一眼，但他眞的很英俊——她暗想著——她想撫摸他的臉頰，望著他眼睛深處；她笑著感受如此充實的生命。她該迴避的一切，她通常小心但現在如同獎賞的東西：洋芋片、巧克力布丁、羊奶起司、一瓶Saint-Emilion紅酒，甚至一瓶奶油威士忌。她回到她的公寓。即使一點小事也很累，幾乎讓她哭出來。突然她一陣暈眩。她專心，等待，設法克服。拿著所有沉重的採購品，她搭上電梯。她太愛生命了。爲什麼人生不能隨時像此刻一樣呢？

愛麗絲裸體，只穿一件寬鬆舊浴袍，站在全身鏡前。老了五歲——好吧，或許六歲。她會很快恢復，她確信；她感覺得出來。去掉傷口和瘀青，眼袋和皺紋，折磨與痛苦，剩下的就是：美麗動人的愛麗絲。她張開浴袍，看著自己的裸體，她的乳房，她的小腹……她忍不住哭了起來，站著，看著她的人生。

她笑著聽自己的哭聲，因爲她已經不確定她是因爲還活著而高興，或因爲她仍然是愛麗絲而傷心。

她知道怎麼應付這種內心深處湧現的危險。她嗅幾下，擤鼻涕，闔上浴袍，倒了一大杯紅酒，狂嗑了一堆巧克力、兔肉醬和餅乾。

她吃個不停。然後躺回沙發上。她俯身，給自己倒了半杯酒，用最後一點體力，去拿了些冰塊。她感到疲倦逐漸襲來，但幸福感還在，像個背景噪音。

她看看鬧鐘。她完全脫節了；現在已經晚上十點。

# 29

潤滑油，墨水，汽油——很難列舉這裡混雜的氣味，更別提蓋特諾女士的香草香水了。五十幾歲的她一看到警方抵達車庫，立刻衝出玻璃門面的辦公室，匆忙去迎接他們的學徒又快步離開，像被突然出現的主人嚇到的小狗。

「關於您的丈夫，女士。」

「什麼丈夫？」

這種反應就定調了。

卡繆抬起下巴彷彿他的衣領太高了——他漫不經心地抓抓脖子，望著天空。構思他該怎麼辦，因爲他看見這穿印花洋裝的女人雙手抱胸，活像準備充當人肉盾牌。他猜想她在保護什麼。

「柏納德．蓋特諾。」

這顯然出乎她意料。她雙手鬆懈；嘴巴張開。她沒料到，沒想到這一任丈夫。無可否認，她去年再婚，五星級的懶惰鬼，比她年輕，修車廠裡最好的技工；最近她的身分是喬里斯女士。那是場災難。她丈夫一結婚就決定什麼也不想做，自認可以整天泡酒吧。她搖搖頭；暴殄天物。

「你必須了解，我這麼做是爲了修車廠，」她解釋，「獨力經營……」

卡繆了解。這是家大廠，三四個技工，兩個學徒，七八輛車，引擎蓋掀開，引擎怠轉；液壓斜坡上，有輛貓王風格的粉紅與白色敞篷車，在埃坦普看到這種車很怪。一名年輕技工，年輕高大、虎背熊腰的男子，在髒抹布上擦擦手走過來，兇惡地咬緊牙根，詢問有什麼事。他看著他的老闆。如果喬里斯先生肝硬化死掉，顯然找到替代者毫無困難。他的二頭肌誇示著他不是會被警方嚇倒的人。卡繆點點頭。

「也是爲了小孩……」喬里斯女士說。

她開始說起她的婚姻──或許從一開始她就想這麼做，爲這麼快草率改嫁找個理由。

卡繆走開，丟下路易應付她。他看看四周。三輛中古車，價格用白漆寫在風擋上。他走到辦公室；牆壁是玻璃，以便在記帳時監視技工。這種小伎倆一向有用，一個人發問，另一人到處亂逛。今天也不例外。

「你在找什麼嗎？」

二頭肌壯漢的聲音是奇怪的高頻，語氣受過教育但是有侵略性，像捍衛地盤，即使不是他的地盤。至少還沒。卡繆轉身──他的臉大約只到強壯技工的胸口。這傢伙高出了三顆頭。所以，當他心不在焉地像酒保在抹布上擦手，卡繆碰巧看見了他的前臂。卡繆抬頭看。

「弗勒里─梅羅吉監獄？」

抹布停止動作。卡繆指著他前臂上的刺青。

「這是九〇年代的，對吧？你在裡面蹲了多久？」

「夠久了。」技工說。

卡繆點頭表示理解。

「算你走運，你學會了耐心，」他往還在跟路易交談的喬里斯女士歪頭，「……因為上次你錯過了，要等一陣子才會有另一次機會。」

路易正在給她看娜塔莉．格蘭傑的模擬肖像。卡繆走過去。喬里斯女士盯著，睜大眼睛，震驚地看著前夫的夢中情人。莉亞。「那是妓女的花名，你不認為嗎？」卡繆想不通這個問題；路易慎重地點頭。莉亞姓啥，沒人知道。就是莉亞。她只見過那女人兩次，但她記得「恍如昨日」。「是個胖女孩。」在肖像中，她好像不肯融化的奶油，但她是個賤人，「不過她奶子真的很大。」對卡繆而言，「大奶」是相對的詞彙，尤其對照著平胸的喬里斯女士。她很執著於那女孩的巨乳，彷彿它就是害她婚姻破裂的元凶。

他們拼湊劇情，細節貧乏得令人憂慮。蓋特諾在哪裡認識娜塔莉．格蘭傑的？沒人知道。連路易去詢問的，兩年前就在這裡工作的技工們。「她很好看，」其中一人說——某天她坐在自己車內角落等待時看過她。只見過她一次，不敢確定是不是肖像裡那個女孩。另一方面，他記得那輛車的廠牌、型號與年分（他是修車技工嘛），不過派不上什麼用場。「淡褐色眼睛。」有個接近退休年齡的男子插嘴——顯然他覺得打量女人的屁股與大奶已經沒什麼樂趣，所以看她們的眼睛。但是一談到模擬肖像，他也不敢確定。如果滿腦子只想嘿咻，卡繆心想，觀察力又有什麼用？

沒有，沒人知道他們怎麼認識。但他們都同意那是閃電戀情。完全沉迷，「一夜之間」

老闆整個人都變了。

「她顯然有一套。」顯然認爲說前老闆壞話很不妥的一個人說。

蓋特諾開始翹班外出。喬里斯女士承認她跟蹤過他一次——爲了孩子的緣故她竭盡所能；他們設法擺脫了她，當晚丈夫沒回家，隔天早上才溫馴地出現，但是莉亞來找他。「她竟然跑來我們家！」喬里斯女士哭道。兩年後她還是很哽咽。她隔著窗子看到莉亞。一邊是他老婆——孩子們不在家（「眞可惜，因爲或許能阻止他」），另一邊，站在庭院門口的是「那個蕩婦」（娜塔莉．格蘭傑，別名莉亞，顯然名聲欠佳）。總之，丈夫猶豫，但是不久就拿著他的皮夾和外套離去。下週一他被發現死在某廉價汽車旅館的房間裡；清潔婦發現了屍體。廉價旅館沒有大廳，沒有接待員，沒有看得見的員工。必須用信用卡在機器裡交換房間鑰匙——他們用那位丈夫的卡。女孩不留痕跡。在殯儀館，他們不肯讓她看丈夫臉孔的下半部——肯定很難看。驗屍得到了結論：沒有掙扎跡象，那個人服裝整齊躺在床上，「連鞋子都在」，吞了半公升酸液：「汽車電池用的那種」。

回到警局，趁路易在打報告（他打字很快，所有手指都用上，很謹愼，很規律，彷彿在鋼琴上練習音階），卡繆看看解剖報告，但裡面沒說到關於濃酸液的事。殘暴、野蠻的自殺——那傢伙一定眞的窮途末路了。女孩就把他丟在那兒。修車廠老闆前一晚提領的四千歐元也不見蹤影——用了三張不同卡片，「包括公司的信用卡」。

毋庸置疑：蓋特諾和特拉里厄都與娜塔莉—莉亞發生了致命的邂逅；兩件案子的損失金額都微不足道。他們開始比對特拉里厄的過去，蓋特諾的過去，尋找共通點。

# 30

她的身體開始恢復活力，疲倦、破損，但還完整。發炎逐漸退去，大多數傷口癒合了，瘀青也在消失。

她去見過關納德女士解釋一些事：「家族事故」。她小心挑選了表示「我或許年輕，但是我有責任感」的化妝。

「我不確定……我們再看看……」

這對關納德女士來得太突然，但關納德女士懂得金錢的價值。她以前開過店。既然愛麗絲提議預付兩個月租金，她說她了解。她甚至說：「如果我在那之前找到新房客，我會還妳錢……」

妳這說謊的肥婆，愛麗絲心想，但是只說：「那太好了，」同時感激地微笑，小心別太過火——畢竟，她突然離開的理由應該很沉重。

她付了房租，留下轉信的假地址。萬一發生最壞的狀況，關納德女士真的寫信給她，信件與支票原封退回之後她應該會勉強現身；畢竟，那樣對她有利。

「關於家具庫存。」

「不用擔心，」房東太太說，知道她占了便宜。「我相信一切都很正常。」

愛麗絲說她會把鑰匙留在信箱裡。

車子沒有問題；她用長期訂購付了莫里昂街那個停車位的錢，所以不用擔心。那是她買的車齡六年雷諾Clio中古車。

她從地下室搬出那些紙箱，總共十二個，拆解屬於她的家具：松木桌子，三個書架，床。她不知道她幹嘛費心一直留著這些東西——除了床以外，她很愛她的床；那幾乎是聖物。全部拆開之後，她懷疑地看著它；人一輩子的物品占據的空間比你想像的少。至少她是這樣。兩立方米。據搬家工人說是三立方米。愛麗絲乾脆地同意他——她知道搬家工人是什麼樣子。一輛白色廂型車。沒必要派兩個人來；一個就夠了。她也同意了保管費，還有緊急服務的附加費。如果愛麗絲決定離開，她就要馬上離開。她母親總是說：「對妳來說，一切事情總是應該在昨天做完——難怪老是做不好。」有時候，她狀況特別好，她母親會補充：「妳哥哥，那又是另一回事……」最近她哥哥表現比她好的領域越來越少、越來越罕見。但對愛麗絲的媽媽而言，永遠是足夠的；那是原則問題。

雖然痛苦又疲倦，幾小時內愛麗絲就打包完成。她甚至抽空丟棄了許多東西。她定期清空她的書架，只留幾本經典。當她搬離克里南庫城門區，她丟掉了所有凱倫．白烈森和E．M．佛斯特的書；當她搬離商會街的住所，則是丟棄史蒂芬．茨威格和皮蘭德婁的書。她離開尚皮尼鎮時，則是莒哈絲。她總是很狂熱：當她喜歡一個作家，她會看該作家的所有著作（她母親聲稱她沒有分寸），但是當她想搬家時，那些書好重。

其餘時候她住在紙箱裡，睡在地上的床墊。有兩個小箱子標示著「私人」，裡面裝了極少數對她真正很珍貴的東西。多半是愚蠢、不重要的東西：學校的運動書、成績單、信件、明信片、從她十二三歲以來斷斷續續寫的日記——總是維持不久，老朋友的字條，回想起來，都是她多年前就該丟掉的小東西，最近她會找一天處理。她知道這些有多幼稚。還有服裝上的配件，沒水的舊原子筆，她以前喜歡的髮夾，度假照片，她小時候與母親和哥哥的快照。全都必須扔掉；那比無用還糟糕，留著它很危險——戲院票根，從小說撕下來的散頁……總有一天，她會全部扔掉。目前，兩個標示「私人」的箱子，仍在這次倉促搬家中占據首要地位。

做完以後，愛麗絲出去看電影，在夏提耶餐廳吃晚餐，買了些電池酸液。她做準備工作時戴了口罩和護目鏡；她打開電扇與排油煙機，開窗以除出煙霧。要蒸餾到八〇%濃度，必須緩緩加熱直到它開始冒煙。她做了六份半公升裝的。保存在抗腐蝕塑膠做的瓶子裡，她在共和街附近的五金行買的。她留下兩瓶，其餘的小心存放在分格袋子裡。

晚上，她的腿痙攣讓她驚醒；可能是惡夢——她常作惡夢，活活被老鼠吃掉的夢，特拉里厄用電鑽把鋼棒插進她腦袋裡。她也常夢見特拉里厄兒子的臉。她看得見他的蠢臉，鼠群從他嘴裡跑出來。有時候場面很逼真：帕斯卡．特拉里厄坐在尚皮尼鎮那處庭院的躺椅上，她從背後走向他，高舉起鏟子，上衣袖口太緊阻礙了她的行動，當時她比現在胖了十幾公斤，天啊，她的奶子好大……那個白癡超迷戀的。她會讓他摸到她衣服裡，不會太久，當他真的色慾高漲，雙手開始興奮地搓揉她的乳房，她會像個學校老師猛甩他一巴掌。雖然力道差異很大，那跟她用盡全身力氣揮動鏟子，在他後腦敲的那一下並沒什麼不同。在她的夢中，鏟子撞擊聲大得可怕，如同現實中的情況，她感覺到震動經過手臂傳到她的肩膀。半昏迷的帕斯卡·特拉里厄困難地轉向她，暈眩，露出驚訝、不敢置信的表情，那怪異的平靜眼神似乎不容任何懷疑。於是愛麗絲用她的鏟子製造懷疑空間：七下，八下，特拉里厄的頭倒在庭院餐桌上，讓她的工作輕鬆不少。之後，夢境省略掉捆綁他的部分，直接跳到她在帕斯卡嘴裡倒入第一批酸液的部分。那蠢蛋大聲慘叫到足以吵醒整個社區，所以她只好站起來用鏟子的扁平面打他的臉。那玩意兒發出的聲音眞奇妙。

雖然有夢境，惡夢，疼痛，痙攣，痛苦的痙攣，但她的身體在緩緩復原。愛麗絲知道這些後遺症永遠不會完全消失——在小籠子裡過一個星期加上一群兇惡的老鼠，不可能沒有長期的影響。她做很多運動，很久以前學的伸展運動，也重新開始慢跑。她清早出門，在喬治布拉森公園跑幾圈，但必須經常暫停，因爲她容易累。

搬家工人終於來把東西都搬走了。他是個愛吹嘘的大塊頭；想要和她調情——她看多了。

愛麗絲去買了到土魯斯的火車票，把手提箱放在寄物處，看看手錶之後離開蒙帕納斯車站：晚上八點半。她可以回Mont-Tonnerre餐廳；或許他會在，和他的朋友們一起，邊說邊演故事……據她偷聽到的，他們每週會辦男性聚會。不過或許他們不會去同一家餐廳。

但他們顯然會，因爲他和朋友們都在這裡——比以前的人還多；變成小俱樂部了。今晚他們有七個人。愛麗絲感覺到老闆對他們有點不以爲然——他顯然不喜歡這個小俱樂部：

太吵鬧，其他客人都轉頭來看。漂亮的紅髮女人……所有員工全力服務她。他們安排給愛麗絲的桌子比上次更難看到他——她必須俯身，很不巧，他發現了，眼神和她交會，顯然她盯著看的就是他。好吧，她微笑心想。她點了一杯冰酒，扇貝配耐嚼的清蒸蔬菜，接著是焦糖布丁與一杯espresso，然後又一杯咖啡，第二杯是老闆招待的，爲了吵鬧聲表示歉意。他甚至給了她一杯蕁麻酒——他認爲這是女人的飲料。愛麗絲說：「不用，謝謝，但我想來一杯Baileys加冰塊。」老闆微笑；覺得這女孩非常迷人。她慢條斯理地離開，「忘記」她的書又回來拿。那男人不再跟朋友一起，他站了起來，穿上他的外套，朋友們嘲弄他突然離開。他跟在她背後走出餐廳，她感覺得到他盯著她的屁股；愛麗絲的臀型很好看，像衛星天線碟一樣敏感。她剛走到三十呎他就出現在她身邊。他說「嗨」，他的臉有點怪……觸動了她內心矛盾的情緒。

菲利士。他沒說自己姓什麼。她立刻發現他沒戴婚戒，但手指上有一道白痕——可能是他摘掉了。

「妳呢，貴姓大名？」

「茱莉亞。」愛麗絲說。

「美麗的名字。」

不管怎樣他都會這麼說。愛麗絲覺得很怪。

他用拇指指向後面餐廳。

「剛才我們有點吵……」

「有一點。」愛麗絲微笑說。

「那是兄弟聚會，所以……」

愛麗絲沒回應。如果他說下去，會透露自己的更多事情，他也發現這一點。他提議去他熟悉的酒吧喝一杯。她婉拒。他們一起走了段路。愛麗絲走得很慢，仔細打量他。他穿廉價連鎖店的衣服，雖然剛吃過晚餐，他的襯衫扣子已經緊繃得快爆開；沒人告訴他應該買大一號的衣服。或者該節食，選個運動。

「不，說眞的，」他說，「只要二十分鐘……」

他剛提到他家就在附近，他們可以去喝一杯。愛麗絲說她累了，沒什麼心情。他們走到了他的車，一輛堆滿雜物的奧迪。

「你是做哪一行的？」她說。

「技術維修專員。」

愛麗絲解讀：修理工人。

「掃描器，印表機，硬碟……」他解釋，彷彿這樣能讓他顯得比較重要。接著補充，「我有一隊——」

他突然發現企圖自我膨脹很蠢。更糟糕，有反效果。

他揮揮手。看不出他是想抹消上一句話當作沒說過，或想表示後悔說出來。

他打開車門；傳出一陣陣年菸味。

「你抽菸嗎？」

這是愛麗絲的技巧——表現忽冷忽熱。她是老江湖了。

「抽一點。」男子尷尬地說。

他大約六呎高，相當健壯，淡褐色頭髮，接近黑色的眼睛。走在身邊時，她發現他的腿挺粗的。他的身材比例不太好。

「我只在抽菸親友的身邊才抽菸。」他說，表示紳士風度。

她立刻相信現在他一定很想抽菸。他認為她很迷人，他表現得很禮貌，但他不敢看她的眼睛，因為意亂情迷。那是充滿性意味、獸性的眼光；讓他完全盲目。他一定記不得她穿什麼衣服。他表現得好像如果愛麗絲不立刻跟他上床，他會回家用獵槍殺光全家。

「你結婚了嗎？」

「沒有……離婚了。呃，分居了。」

光從他的語氣，愛麗絲解讀出，「我不知道該說什麼——我完全摸不著頭緒。」

「那妳呢？」

「單身。」

這是說實話的好處；聽起來像眞的。他低頭，不是出於害羞或謙虛——他盯著她的胸部。無論愛麗絲穿什麼，每個人最先注意的都是她美麗誘人的胸部。

她微笑，離開時她說：「或許改天……」

他迫不及待：什麼時候？他摸索他的口袋。一輛計程車經過。愛麗絲攔下來。計程車靠邊停。愛麗絲打開車門。她轉頭道別時，他拿出他的名片。有點皺；看起來挺破爛。她還是接過來，爲了顯示多麼不在意，心不在焉地塞進口袋裡。在照後鏡中，她看到他站在街道中央，望著計程車駛離。

# 31

憲兵問是否需要他在場。

「我寧可你留下……」卡繆說，「當然，如果你有時間的話。」

大致上，國家警察和地方憲兵之間的合作會有些摩擦，但卡繆對地方警察很有耐性。他感覺跟他們很有共鳴。他們通常很有主見，好鬥，從不放棄線索，即使是陳年舊案。地方警察顯然對卡繆的提議受寵若驚——他是警長，但卡繆稱呼他「局長」，因爲他懂得禮貌；警察感覺受尊重，他是對的。他四十歲，留著小鬍子，像十九世紀的火槍兵。他有很多老派的作風——有自覺的高雅、僵硬的禮節，但卡繆很快看出此人其實很聰明。他很看重自己的職務。鞋子亮得像鏡子。

天氣灰暗，像海水顏色。

費格諾鎮，人口僅八百，兩條街、一座廣場和宏偉的戰爭紀念碑；這裡陰沉得像週日下雨的天堂。他們前往小酒館——所以他們才來這裡。蘭格洛局長把警車直接停在店外。

他們進門時，湯、廉價葡萄酒與洗潔劑的氣味令人作嘔。卡繆開始懷疑自己是否對氣味太敏感了。在修車廠時，喬里斯女士和她的香草香水味也是……

史蒂芬·馬夏克死於二〇〇五年十一月。之後不久新老闆就來了。

「其實，我在一月才接手的。」

他只知道別人告訴他的，大家都知道的事。甚至讓他猶豫該不該接手經營，因爲那件事是當地的大新聞。這裡常有竊盜、打劫之類的事情——甚至偶爾有謀殺案（酒吧老闆徒勞地試過讓蘭格洛局長支持他），但這種事情……其實，卡繆不是來問話的，他是來看犯罪現場，感受一下案情，釐清他的想法。當時，馬夏克五十七歲，波蘭裔，單身。他是大塊頭，經營了三十年酒吧又缺乏自制力，酗酒到了極點。對他工作以外的生活所知不多。至於性生活，他定期走訪當地的妓院——潔曼．馬利尼和她女兒，常客戲稱爲「四臀」。否則他似乎是個正直的人。

「帳目都整理好了。」

對新老闆而言，嚴肅地閉上眼睛，這是終生的空白支票。

「然後，十一月某天晚上……」蘭格洛局長接續描述。這時他和卡繆已經離開酒吧，拒絕了別人招待，他們走向戰爭紀念碑，底座上面站著一個一次大戰的士兵迎風前傾，正要用刺刀刺穿某個無形的德國佬。「精確地說，十一月二十八日。馬夏克照例十點左右打烊——他拉下了鐵捲門，開始在店後方的廚房煮東西吃。他可能打算邊吃邊看電視，從早上七點左右就打開了，但他當晚沒吃到晚餐，永遠沒機會了——我們認爲他去開了後門。回來的時候，不是一個人。沒人知道發生了什麼事；我們只能確定在稍後，他後腦被槌子敲了一下。他很震驚，受了重傷，但他沒死——驗屍結果很清楚。當時他被人用酒吧毛巾捆綁，所以不是預謀犯案。他躺在店內地上，顯然有人想逼他說出存款在哪裡，他拒絕。他們一定是從廚房後門出去，到車庫拿他給廂型車補充電池用的硫酸。他們回來，把半公升硫酸倒進他喉嚨，迅速結束了對話。他們拿了當天的營收——三十七歐元——上樓去搜索整個地方，撕開床墊，清空抽屜尋找他的存款——二千歐元——藏在廁所裡。然後他們消失，完全沒被任何人看到，帶著酸液容器，可能因爲上面有指紋。」

卡繆漫不經心地閱讀著大戰陣亡者名單。找到三個姓馬利尼的人：局長稍早提過這個姓氏——姓這姓氏的人有加斯頓、尤金和雷蒙。他想要找出跟「四臂」的關連。

「有人提到女人嗎？」

「我們知道有個女人，但不清楚她是否涉案。」

卡繆感到脊椎有點顫抖。

「OK，你想是怎麼發生的？馬夏克在打烊，晚上十點……」

「九點四十五分。」蘭格洛局長糾正。

「那也沒什麼差別。」

蘭格洛局長拉下臉：在他心目中，差別很大。

「您一定了解，探長，」他解釋，「酒吧老闆通常可能開到比許可營業時間稍晚一點。他提早十五分鐘打烊很不尋常。」

「幽會」——這是蘭格洛局長的用語，他的推論。常客提到過當晚有個女人走進酒吧，但他們從下午就泡在店裡，血液酒精濃度可以證明，所以毫不意外地有人說她很年輕，有人說很老，有人宣稱她很矮，有人說很胖，幾個人以爲有別人跟她同行，提到了外國口音，但即使宣稱聽到的人也說不出是哪裡口音。總之，除了她和馬夏克聊過一會兒，誰也不知道其他任何事，他似乎很興奮，到了九點四十五分他提早打烊，跟客人們說他累了。其餘的我們都知道了。沒有任何女人——無論年輕、年老、矮子或胖子——住在附近任何旅館的紀錄。曾經徵求目擊者，但沒有回音。

「我們應該擴大搜索區。」局長說，照例開始抱怨缺乏資源。目前，能確定的只有這附近出現過一個女人。除此之外……

蘭格洛局長隨時看來都像是立正姿勢。他很僵硬，拘謹。

「局長，您有什麼心事嗎？」卡繆說，仍然低頭看著陣亡將士名單。

「呃……」

卡繆轉向蘭格洛，沒等他回應，繼續說：「我覺得驚訝的是，有人想把酸液倒進喉嚨試圖逼供。如果他們要他閉嘴，那還比較合理，但是要他招供……」

對蘭格洛而言，鬆了一口氣。他僵硬的姿態放鬆了一點，彷彿他暫時忘了他在接受檢閱——他甚至咂了舌——不太符合警方的規定。卡繆很想打趣糾正他，但懷疑在蘭格洛局長的生涯中，他是否重視過「幽默」這特質。

「我也這麼想，」他終於說。「很奇怪……乍看之下，案子看來像是竊盜。馬夏克打開後門這件事很難證明他認識對方；頂多只能證明對方足以說服他開門——這沒什麼困難。所以，可能是盜賊。咖啡館裡沒人，沒人看見他進來，他拿起鐵槌——馬夏克的吧台底下有個小工具箱——他打暈馬夏克，捆綁他；到這裡符合報告。」

「但既然你不相信酸液是用來逼他說出藏錢之處，你應該另有推論……」

他們離開戰爭紀念碑走回車上。風變強了一點，帶來秋冬的寒冷。卡繆壓低他的帽子，扣上大衣鈕扣。

「假設說我發現了比較合邏輯的推論。我不懂爲何把酸液倒進他嘴裡，但在我看來那跟竊盜完全無關。慣例是當盜賊被迫滅口，他們偏好直接的方式：他們先殺人，然後搜索，接著離去。凶狠的歹徒會用傳統方式折磨被害人，或許很痛苦，但都是標準手法。但這個……」

「那麼，你認爲酸液是做什麼用的……？」

蘭格洛看來猶豫了一會，然後作出決定。

「我認爲是某種儀式。我的意思是……」

卡繆很清楚他的意思。

「哪種儀式？」

「性愛儀式……」蘭格洛試探。

局長眞聰明。

兩人並肩坐著，透過擋風玻璃望著流下戰爭紀念碑的雨水。卡繆說明了他們重建的事件順序：柏納德·蓋特諾，二〇〇五年三月十三日；馬夏克，同年十一月二十八日；帕斯卡·特拉里厄，二〇〇六年七月十四日。

蘭格洛局長點點頭。

「其中的關連是被害人全是男性。」

卡繆也是這麼想。是性愛儀式。如果是她的話，這女孩討厭男人。她誘惑她認識的男人，或許甚至挑選她的被害人，一有機會，她就殺了他們。至於硫酸，他們逮捕她之後就會了解用意。

「每半年就會有一起犯罪，」蘭格洛局長總結。「但地緣上來說，這裡真是個好獵場。」

卡繆同意。局長不僅提出很可信的假設，還問到了關鍵。但就卡繆所知，被害人之間沒有關連：蓋特諾，埃坦普的修車廠老闆；馬夏克，雷姆斯的酒吧老闆；特拉里厄，巴黎的失業者。他們僅有的關連是：被以類似的手法殺害，兇手顯然是同一個人。

「我們不知道這女孩子的身分，」蘭格洛發動引擎準備開回火車站，卡繆說：「我們只知道，如果你是男人，最好不要遇上她。」

# 32

抵達後，愛麗絲住進了她發現的第一家旅館。就在火車站對面。她沒闔過眼。即使沒有火車的噪音，她還是會夢到老鼠，無論她住哪家旅館都一樣。在上次夢裡，那隻黑色胖老鼠至少有三呎高，把牠的口鼻、牠的鬍鬚湊到愛麗絲臉上，黑色圓眼瞪著她；她看得見垂涎的下顎和鋒利如刀的牙齒。

隔天早上，她在電話簿裡找到了她要找的地方。普雷哈迪飯店。幸好，他們還有幾間空房，價格也合理。結果眞的是好飯店，很乾淨，只是離市中心有點遠。愛麗絲喜歡這個城市；光線宜人，而且她去散過步，宛如在度假。

她第一次住進普雷哈迪飯店時，幾乎原地轉身馬上離開。因爲老闆，札內堤女士——「但是大家都叫我賈桂琳」。愛麗絲有點不悅，像她那樣急著裝熟。

「親愛的，妳叫什麼名字？」

她得回答，所以說「蘿拉」。

「蘿拉？」老闆驚訝地複誦，「我姪女也叫這個名字。」

愛麗絲不懂這有什麼好奇怪的。人人都有個名字——飯店老闆、姪女、護士，每個人——但札內堤女士認爲這特別奇怪。所以愛麗絲立刻討厭這個女人——她和每個人裝熟的那種可怕操弄的方式。她是「喜歡交際的人」，而現在她老了，便把她的溝通技巧濃縮成一道保護光環。愛麗絲很不爽她這麼想要當全世界半數人的好友、另外半數人的媽媽。

外型上，她曾經是美女，但企圖抓住美貌的尾巴毀了一切。做過整形手術的人老了以後未必好看。很難具體說出札內堤女士哪裡出了錯；看來好像五官都移位了，雖然她的臉仍努力顯得像張臉，但都不成比例。緊繃的面具上一對蛇眼深陷在空洞中，嘴邊的網狀細紋特別明顯；額頭緊繃得眉毛變成固定的拱形，頰肉往後拉到好像下垂的鬢腳。她驚人的頭髮染成烏黑。她剛出現在接待櫃檯時，愛麗絲必須忍住驚嚇不要倒退；這女人看來像個巫婆。每晚被這種怪獸迎接讓她迅速作出決定。心態上，愛麗絲決定盡快離開土魯斯回到巴黎。但在第一個晚上，札內堤女士邀她到後面房間喝杯酒。

「來吧，親愛的，跟我聊一下好嗎？」

威士忌很好喝，她的私人休息室也很舒適，整體用五〇年代風格裝潢，有一台黑色樹脂大電話，一台Teppaz舊留聲機加上Platters黑膠唱片。聊完之後，札內堤女士感覺還ＯＫ——她會說先前住客的逗趣故事。過一陣子你就會習慣那張臉。你會忘了它。正如她可能忘了自己的長相。這就是殘障的本質；總有一天只有別人會注意。

喝完威士忌，札內堤女士開了一瓶波爾多紅酒。「我不知道冰箱裡還剩什麼，但如果妳想留下來吃晚餐……」愛麗絲接受了，因爲這樣比較輕鬆。當晚漫長又愉快；愛麗絲被一大堆問題轟炸，說謊說得相當順利。閒聊的好處就是沒人期待你說實話——你說什麼並不重要。當愛麗絲從沙發起身準備上床睡覺時，已經過了凌晨一點。她們互吻雙頰道別，宣稱這一晚非常美妙，既眞實又虛僞的說法。總之，愛麗絲沒注意到時間飛逝。她比計畫的時間晚得多就寢，非常疲倦——她和惡夢有個約會。

隔天早上，她去了書店，睡了一下，沉睡到幾乎有些痛苦。

這家飯店「有二十四間客房，四年前大翻新過，」根據賈桂琳．札內堤說法，「叫我賈桂琳，不，說眞的，我堅持。」愛麗絲的房間在二樓。她沒遇到太多其餘房客，但聽到他們到處喧嘩：顯然翻修並不包括隔音設施。那天晚上，愛麗絲企圖偷溜到外面，賈桂琳突然出現在接待櫃台後面。她無法回絕喝酒的邀請。賈桂琳今天狀況更好。她努力表現活力：大聲說笑又做鬼臉；她準備了一些零食，晚上大約十一點，她透露她的計畫。「不如我們去跳舞吧？」這個提議出自愉快的衝動，想要討好愛麗絲，但愛麗絲不太喜歡跳舞……況且，她覺得那種地方令人迷惑。「一點也不，」賈桂琳反駁，假裝不高興，「大家只是去跳舞而已，說眞的。」沒有說服力。連她都不太相信自己說的話。

在母親的堅持下，愛麗絲受訓成爲護士，而在她內心深處，她的心態也是個護士。她喜歡做好事。她最後接受邀約的原因是，賈桂琳非常賣力提議。她提供晚餐，談到了每週可以跳兩次舞的地方——「看了就知道，機會無價！」——賈桂琳向來喜歡舞廳。「呃，」她傻笑著承認，「我猜妳也可以認識一些人。」

愛麗絲啜飲她的紅酒。她幾乎沒發現她們坐下來吃了飯，但現在已經十點半，該走了。

# 33

就他們所知，帕斯卡．特拉里厄從來不認識史蒂芬．馬夏克，而後者也不認識蓋特諾。卡繆歸納警方的紀錄。

「蓋特諾，生於聖菲亞克，在皮蒂維耶讀技術學院也當過學徒。六年後他在埃坦普開了自己的工廠，後來（當時他二十八歲）接手了先前師傅的修車廠，也在埃坦普。」

刑警大隊的辦公室。

法官過來進行他堅持所謂的「任務回報」。他用介於做作與嘲笑的明顯英國腔說出這個字。今天，他打了天藍色領帶，他的服裝品味簡直離譜到極點。他面無表情坐著，雙手張開好像海星放在面前的桌上。他決心要強調論點。

「從出生到死亡的那天，這傢伙的活動範圍從不超過方圓三十公里，」卡繆繼續說，「有三個小孩，突然在四十七歲發生中年危機。把他搞瘋了，最後，他眞的死了。我們尚未發現和特拉里厄有什麼關連。」

法官沒說話。勒關也沒說話。他們在作準備；對於卡繆．范赫文，你永遠猜不到事態會怎麼發展。

「史蒂芬．馬夏克，一九四九年生於波蘭裔家庭，家境清寒、工作勤奮的家庭，法國社會整合的模範。」

這大家都已經知道了。只爲一個人回顧案件細節很累，從卡繆的口氣聽起來，顯然他失去耐性了。在這種時候，勒關閉著眼睛彷彿想要用念力波傳達寧靜。路易也閉上眼睛，想讓老闆冷靜下來。卡繆不是性急的人，但偶爾他會有點暴躁。

「這個馬夏克融入社會到變成了酒鬼。他像波蘭人一樣嗜酒，所以很像法國人。想要保存法國傳統的那種人。所以他去小酒館工作。他洗碗盤、當侍者，被提拔爲領班——我們目睹了向下沉淪於酒精卻向上爬升的奇蹟。在我們這種菁英主義的國家，努力工作總是有收穫。馬夏克三十二歲就開了自己的咖啡館，在埃皮奈鎮的店。他在那兒待了八年，然後爬到社會地位的頂點，在雷姆斯開酒館，死於我們已經很熟悉的情境。沒結過婚。這或許能解釋當一個過路旅客對他有興趣，他就沖昏了頭。他損失了四一四三・八七歐元（商人喜歡精確數字），還有一條命。他的生涯或許漫長又辛苦，但他的熱情強烈炫目。」

一陣沉默。看不出這表示惱怒（法官）、驚愕（勒關）、克制（路易）或愉悅（阿蒙），但沒人開口說話。

最後法官說：「根據你的說法，被害人之間毫無關聯。我們的兇手是隨機殺人。你認爲不是預謀犯案。」

「她有沒有計畫，我不敢說。我只是釐清被害人互相都不認識，所以沒必要追究下去。」

「那麼兇手爲何一直改變身分，如果不是爲了方便殺人？」

「不是爲了方便殺人，是因爲她殺了人。」

法官只需提出一個主意來讓卡繆改變立場。卡繆解釋：

「其實她沒有改變身分；她只是換了名字。這是不同的。有人問起名字她就說『娜塔莉』，或者說『莉亞』——他們又不會要求看她身分證。她改名字是因爲她殺了幾個男人，就我們所知有三個，但不確定眞正的數字。她在盡力掩蓋她的行蹤。」

「她做得挺成功的。」法官怒道。

「我承認……」卡繆說。

他說得心不在焉，因爲他在看別的地方。所有人看向窗戶。天氣變了。九月底。現在是上午九點，但天色變黑了。拍打窗戶的雷雨突然變得狂暴；大雨已經肆虐了兩個小時。看來一時還不會停止。卡繆擔憂地查看損害。雖然雲層不像傑利柯（十九世紀浪漫派畫家）的〈洪水〉那麼兇暴翻騰，還是瀰漫著危險氣氛。我們渺小的生命必須小心，卡繆心想；世界末日不會是單一重大的災難——可能就像這樣開始。

「動機是什麼？」法官說，「似乎不是錢財。」

「我們同意這一點。涉及金額相當微小；如果她是爲了錢，她會更小心預作計畫，選擇比較有錢的被害人。特拉里厄的父親被偷了六百二十三歐元；至於馬夏克，她拿走了一天的營收；而蓋特諾，她刷爆了他的信用卡。」

「所以現金只是附帶收穫？」

「有可能。我認爲是障眼法。她布置成失手的竊盜案想讓我們搞錯偵辦方向。」

「所以是什麼？反社會人格嗎？」

「或許。絕對跟性有關。」

這關鍵字已經說過。現在人人都有嫌疑。法官對此有自己的想法。卡繆不認爲他有太多性經驗，但他上過大學，而且不怕提出推論。

「她……如果兇手眞的是女性……」

從一開始這就是法官的花招。他可能每個案子都會這樣：強調規定，無罪推定，仰賴具體事實的必要；他肯定很喜歡扮演書呆子。當他作出這類影射，提醒他們還無法證明任何事，他一定會營造沉默的片刻，讓每個人了解弦外之音的重要。勒關點頭。稍後，他會說：「至少我們能把他當成年人對待。你能想像他學生時代有多討人厭嗎？」

「她把酸液倒入被害人喉嚨，」法官繼續說，「如果這有性意義，照你的主張，我覺得她似乎還可以將酸液用在其他地方。你覺得呢？」

影射。迂迴的措辭。推理跟事實保持距離。從不錯過機會的卡繆說：「您可以說得更明確一點嗎？」

「呃……」

法官猶豫太久了，卡繆追問：

「什麼？」

「呃，酸液……她一定比較可能倒在……」

「……他的生殖器上？」卡繆插嘴。

「嗯……」

「或者他的睪丸？或兩者都有？」

「對，我會這麼認為。」

勒關抬頭望著天花板。他一聽見法官再度開口，心想：「助手退場：第二回合。」他已經覺得累了。

「你還是認為這女孩被強暴過，范赫文探長；這是你的重點嗎？」

「被強暴，對。我想她殺人是因為她被強暴過。我認為她是在向男人報復。」

「而她把硫酸倒入被害人喉嚨……」

「我傾向認為這跟不愉快的口交經驗有關。這種事難免，你知道的……」

「當然，」法官同意，「其實比想像中更常發生。幸好，不是所有受驚的女人都變成連續殺人狂。至少，不像本案這樣。」

眞意外，法官在微笑，卡繆有點不知所措。這個人似乎總是在不合時宜的時候微笑。很難解讀。

「無論如何，不管她的理由何在，」卡繆繼續說，「重點是她做什麼。對，對，我知道，假設是個女性……」

說話時，卡繆用手指在空中畫圈：老調重彈。

法官仍在微笑，點點頭站起來。

「總之，無論是否如此，一定有什麼事情讓這女孩很難吞下去。」

大家都很驚訝。尤其是卡繆。

# 34

愛麗絲最後一次嘗試推託。

「我的服裝不適合。我不能這樣子出門——我沒帶衣服來。」

「妳看起來很好。」

突然間他們在客廳面對面。賈桂琳望著她，看進愛麗絲的綠眼珠深處，既欣賞又遺憾地點頭，彷彿她看到了自己的一部分人生，彷彿在說長得年輕漂亮眞是太好了，當她說：「妳看起來很好。」她是認眞的，愛麗絲無話可說。他們搭計程車，不知不覺間，他們到了。舞廳很寬廣。愛麗絲發現這一點就令人失望——好像馬戲團或動物園，立刻讓人感到莫名哀傷的那種地方，但更糟糕的是場地可以容納八百人，現在頂多只有一百五十人。有個使用手風琴和電子鋼琴的樂團——樂師看來有五十歲了。團長的假髮因爲流汗而滑落，看來好像會從他背後掉下去。沿著牆邊排列了一百張椅子；在中央像新錢幣閃閃發亮的舞池裡，大約三十對男女來回搖晃，打扮得像西班牙舞者、婚禮賓客、庸俗的西班牙人、美國復古樂團女郎。看起來像失戀者大會。

賈桂琳不會這麼看——她完全如魚得水。看看她就知道她喜愛這個地方。她認識很多常客，介紹愛麗絲說：「這是蘿拉，」她向愛麗絲眨眼，「我的姪女。」他們都是四五十歲的人。在這裡，三十幾歲的女人看起來都像孤兒，男人也顯得有點可疑。大約有十幾個像賈桂琳多話活潑的女人，盛裝打扮，完美的髮型與化妝，挽著衣服筆挺、溫和耐心的丈夫手臂。通常被形容爲「什麼都敢」的大嗓門開朗女性。她們擁抱愛麗絲，彷彿盼望認識她好久了；然後她很快被遺忘，因爲他們是來跳舞的。

其實，跳舞只是幌子；眞正的理由是馬力歐：這也是賈桂琳來的目的。她應該告訴愛麗絲的——這樣比較好辦。馬力歐年約三十、身材像建築工人，有點結巴但無疑很陽剛。所以，一方面有建築工人馬力歐，另一方面有西裝領帶的米歇爾，他看起來像是退休公司主管，會拉直袖口戴單色袖扣的那種人。他穿著淡綠色外套，雙腿外側有一條狹長穗帶；讓人不禁懷疑他除了這裡還有哪裡能穿這種衣服。顯然他很喜歡賈桂琳，但問題是，比起馬力歐，五十歲的他看起來太老。賈桂琳對米歇爾毫無興趣。愛麗絲看著這些拙劣的僞裝。在此地，對動物行爲有點知識，就足以了解每種關係。

在房間一側有個酒吧——其實比較像是休息室——音樂不受青睞時大家都聚集在此。這是眾人閒聊的地方，男士也在這裡開始追求女性。某些時候，房間角落會有一大群人，讓少數在跳舞的人顯得更加孤獨，像結婚蛋糕上的人偶。樂團團長加快節奏讓歌曲結束，改用別的曲子碰碰運氣。

已經過了凌晨兩點，人群才開始散去。幾個男士狂熱地纏著舞池中央的一個女人，因爲沒剩多少時間搞定對象了。

馬力歐消失了，米歇爾提議送她們回家，但賈桂琳說不用，她們會搭計程車，不過在此之前，眾人吻別，說他們今晚多麼愉快，作些空泛的承諾。

在計程車上，愛麗絲大膽向喝醉的賈桂琳提起米歇爾，她透露肯定不是祕密的事：「我一向喜歡年輕的男人。」說話時，她稍微嘟嘴，彷彿只是承認她無法抗拒巧克力。兩者都可以買到，愛麗絲心想，因爲遲早賈桂琳會得到她的馬力歐，但無論如何得付出代價。

「妳無聊了，對吧？」

賈桂琳抓住愛麗絲的手捏一下。怪的是，手很冷，修長、枯萎、留著長指甲的雙手。賈桂琳在深夜又喝醉的狀況下，盡力在這個動作貫注了所有情感。

「一點也不，」愛麗絲堅定地說，「挺好玩。」

但她已經決定明天一早就離開。她沒有訂位，但是沒關係。她會搭到火車的。

她們回到飯店。賈桂琳穿著高跟鞋腳步踉蹌。來吧，夜深了。她們在大廳吻別，沒發出聲音以免吵醒住客。「明天見？」愛麗絲什麼都答應。她上去自己房間，拿她的行李箱，再走下樓放在接待櫃台附近。現在她只帶了手提包。她溜到櫃台後面推開祕密休息室的門。

賈桂琳脫掉了她的鞋子，剛給自己倒了一大杯威士忌。此刻她落單，獨處，看起來她老了一百歲。

一看見愛麗絲出現，她微笑。忘了什麼東西嗎？她來不及說話，愛麗絲抓起電話聽筒用全力打在她的右側太陽穴。賈桂琳被打得暈眩倒地。她的眼鏡飛到了房間遠處。她抬頭看時，愛麗絲把巨大的樹脂電話砸到她頭上，這次用雙手。這是她殺人的方式——先重擊頭部。況且，沒武器的時候這是最快的方法。這次，三、四、五下嚴重敲擊，盡量高舉手臂，她就搞定了。老女人的臉已經血肉模糊，但她還沒死——這是攻擊他們頭部的次要好處：打暈他們但讓他們醒著迎接後續。在臉上再打兩下，愛麗絲發現賈桂琳戴著假牙。它扭曲半露垂掛在她嘴上，壓克力樹脂製品，前面的牙齒多半斷裂——剩下不多。血從她的鼻子流出來；愛麗絲慎重地退後一步。她用電話線綁住她的手腕和腳踝，如果這老婊子略作掙扎，也沒關係。

愛麗絲一向小心保護她的鼻子和臉——她保持距離做事，用手抓住一把頭髮。這樣也好，因爲壓克力樹脂接觸到硫酸後猛烈地冒泡。

當女老闆的舌頭、喉嚨和脖子融化時，她發出一聲野獸般的沙啞哀號，她的胃像氦氣球一樣膨脹。叫聲或許只是反射動作——很難判斷。但即使如此，愛麗絲希望那是因爲痛苦。

她打開面向庭院的窗戶，半開著門讓空氣流動，等到空氣可以再度呼吸，她關上門，讓窗戶開著。她想找一瓶Baileys，沒找到，嘗嘗還不錯的伏特加，坐到沙發上。看了老女人一眼。死去的她看起來全身脫臼，最慘的是她的臉——或者該說殘餘的臉。被酸液溶解的肌肉流出液態蛋白質形成噁心的肉漿。

好噁。

愛麗絲累壞了。

她拿起一本雜誌開始玩填字謎。

# 35

他們沒有進展。法官、天氣、調查，沒有一樣對勁的。連勒關也不正常。然後還有那個女孩，他們對她還是一無所知。卡繆看完了報告書；到處閒晃。他一直不太想回家。要不是有豆豆在等他……

他們每天工作十小時，他們做了幾十個證人的筆錄，重讀了幾十份報告與起訴書，相關資料，查核細節、時間，詢問很多人。什麼也沒有發現。讓人很懷疑。

路易從門後探頭，然後走進來。看到桌上散落的文件，他向探長示意「我可以看嗎？」。卡繆點頭。路易把文件轉過來；是那女孩的畫像。司法鑑識組製作的電腦模擬圖足以讓證人能夠指認她，但是沒有神韻，而迄今根據記憶，卡繆修改了她，讓她栩栩如生。這女孩或許沒有名字，但在素描中她有靈魂。卡繆畫過她十次、二十次，或許三十次了，彷彿跟她很熟。圖中她坐在桌邊，可能在餐廳裡，雙手捧著下巴好像在聽別人講故事，她眼神明亮，在笑。另一張她在哭，抬頭看著觀畫者——令人心酸；看來彷彿她有苦難言，嘴唇似在顫抖。下一張她走在街上，轉彎時駝著背——她看見了櫥窗裡的某種東西，玻璃反映出她驚訝的表情。在卡繆的素描中，她非常活靈活現。

路易想要說他覺得這些圖畫得很好，但是沒說出口，因爲他想起以前卡繆也像這樣畫艾琳。他的桌上總是有新的圖——他講電話時會隨手亂畫；好像他思考過程的無心產物。

所以路易沒說話。他們聊了一下。路易說他會加班，不會太晚——他有些事情要完成。卡繆了解，站起來，穿上他的大衣，拿了帽子離開。

途中，他遇到阿蒙。卡繆很驚訝這時候看到他在辦公室裡。阿蒙兩耳後面塞著兩根菸，掉線的外套口袋——露出四色原子筆的頂端。這是有新人在此工作的明顯跡象。阿蒙總是能把這種情況變成他的優勢。菜鳥在大樓裡隨便走兩步就一定會遇上最和善的同事，準備帶他穿越這座走廊迷宮，告訴他各種故事和謠言，直爽坦率的人，很能吸引年輕人。卡繆喜歡這套。好像魔術師表演，倒楣被叫上台的觀眾不知不覺間被扒走手錶或皮夾。在對話過程中，菜鳥會發現自己被拿走了香菸、筆、記事本、巴黎導覽、地鐵票、餐券、停車證、零錢、報紙和填字謎雜誌。因爲事後，已經太遲了。

卡繆和阿蒙一起離開警局。卡繆每天早上跟路易握手打招呼，但從未在晚上。

他和阿蒙在晚上握手，但從來不說什麼。

雖然大家都知道，沒人提過卡繆是習慣的動物，總是把新習慣套到每個人身上。其實那不只是習慣，也是儀式。讓他們能夠認識每個人的儀式。對卡繆而言，人生是永遠的慶典，只是沒人知道他們在慶祝什麼。那是一種語言。在卡繆看來，連戴上眼鏡的簡單動作都不簡單：它可以表示「我得想一想，」「讓我靜一靜，」「我感覺我好老，」或「再幹十年吧！」卡繆戴眼鏡的方式如同路易撥頭髮的方式，是密碼手勢的系統。或許卡繆因爲人矮才這樣；他必須感覺到腳踏實地。

阿蒙和卡繆握手後去趕地鐵，丟下他站在原地，無所適從。雖然當卡繆晚上除了回家之外別無選擇時，豆豆是很貼心的，她通常都盡力當個好伴侶……

卡繆在書上看過，就在你放棄希望的時候，會有拯救你的訊號出現。就在此刻，發生了。剛才似乎減緩的雷雨，現在又下了起來。頂著強風按住頭上的帽子，卡繆走向計程車招呼站。他前面有兩個人，拿著黑雨傘，焦躁不安。他們望著遠方，往街上探出身子，像不耐煩的乘客等待誤點的火車。卡繆看看錶。地鐵。他回頭，走了幾步，又轉回來。他停下看著計程車招呼站的情況。一輛車緩緩經過保留車道外面，其實速度慢得好像在提議載客，一種愼重、不顯眼的邀請，車窗放了下來……突然間，卡繆認爲他找到答案了。不要問爲什麼。或許因爲已經沒有其他的可能性。因爲時間因素不可能是公車，搭地鐵又太冒險——到處有太多監視器，引人側目的機率太高，因爲乘客一定不多。計程車也是同樣的問題：沒有更能讓人記住你的方式了。

所以。

所以，情況一定是這樣。他沒再多想，拍拍頭上的帽子，咕噥著道歉，搶在正要上前的男子前面，俯身到打開的車窗。

「去法米碼頭多少錢？」

「十五歐元。」駕駛人提議。

東歐人，但是哪個國家……？卡繆向來不擅長認口音。他打開後門上車。車子駛離，司機關上車窗。他穿著花紋看來像手織的羊毛衫。卡繆十年沒看過這種衣服了，自從把自己的丟掉之後。過了幾分鐘，卡繆放鬆地閉上眼睛。

「呃，我改變主意了。可以載我回去金匠碼頭（市警局所在地）嗎？」

司機看看照後鏡，看見卡繆．范赫文探長的警察證。

卡繆帶著獵物回來時，路易正要離開，正穿上他的亞歷山大．麥昆大衣。**路易，驚喜來了。**

「有空嗎？」卡繆說，但是沒等他回答。他把計程車司機帶進偵訊室，坐在他對面的椅子上。不用太久，卡繆老實告訴對方。

「心態相似的人總是很好相處，你不認為嗎？」

「心態相似的人」這個概念原來對五十歲的立陶宛人有點複雜。所以卡繆改用比較傳統實證的方法，粗魯而比較有效地解釋：

「我們——警察——可以整死你。我可以召集一個小隊封鎖所有的火車站，北車站、東車站、蒙帕納斯、聖拉札爾，甚至傷兵院那些專跑魯瓦西機場的計程車。我們一小時內會逮捕巴黎三分之二的無照計程車司機，讓其餘的至少停業兩個月。逮到的人，我們就帶來這裡，清查沒有證件、用假證件、證件過期的司機，罰他們等同一輛車價的罰金——而且我們還會扣車。是啊，很遺憾，法律就是這樣，愛莫能助，你懂嗎？等我們辦完，會把你們半數送上飛機遣返貝爾格勒、塔林、維爾紐斯（別擔心，我們會買單！），再把剩下的人關兩年。呃，你看呢？」

立陶宛司機不太會講法語，但是懂基本字彙。他嚇得屁滾尿流，低頭看著桌上自己的護照，卡繆小心地用手掌邊緣擦拭它，彷彿想要清理乾淨。

「如果你不介意，我還會留著這一本當作逮到你的紀念品。但是你可以拿回這個。」卡繆遞出司機的手機。探長的臉色隨即改變；他不是開玩笑的。他把手機丟在金屬桌面上。

「現在給我開始打電話。你要搞到非法車司機們雞飛狗跳。我在找一個女人，大約三十五歲，很漂亮，但她看起來應該很骯髒虛弱。週二晚上十一點左右某個司機載到她，在教堂與龐坦城門之間。我必須知道他在哪裡放她下車。我給你二十四小時。」

# 36

愛麗絲知道在籠子裡的折磨讓她大受動搖，她罹患了創傷後壓力症。光是想起她可能死在那兒，和老鼠一起……就讓她強烈顫抖到頭暈眼花。無法恢復平衡感，甚至無法站直。她駝著背；半夜被痛苦的肌肉痙攣嚇醒，像個拒絕消失的痛苦烙印。在火車上，在半夜，她都會驚叫。有人說，為了生存，大腦會壓抑壞的回憶，只保留好的，這或許是眞的，但肯定要花時間，因爲愛麗絲一閉上眼睛，她就恐懼得內臟翻攪，那些該死的老鼠……

等她走出火車站時，已經快要中午了。在火車上，她總算睡了一下。現在她醒來發現自己在巴黎市中心的街上——好像從混亂的夢境逃出來。她仍然半夢半醒。

她在鉛灰色的天空下拖著滾輪行李箱。蒙格街，有家旅館：唯一的空房間有扇窗子面向庭院，還有淡淡的菸味。她迅速衝進浴室，先放熱水，再放溫水，之後冷水；她洗完慣例穿上能把三流旅館變成窮人宮殿的毛布白浴袍。頭髮潮濕，四肢僵硬，餓著肚子，她看著全身鏡中的自己。對於自己的身體，她唯一喜歡的地方是胸部。她一面擦乾頭髮一面看著。她是晚熟的人。乳房發育時，她已經放棄等待，卻突然在她十三歲，不對，更晚，十四歲時冒出來。在那之前她是「洗衣板」，學校的女生們都這麼說。她的朋友早就穿上低胸上衣和緊身毛衣很多年了——有的還有看似鈦合金做的乳頭；她什麼也沒有。

其餘來得比較晚——當時她在讀中學。十五歲時，一切突然長得完美無缺：胸部、笑容、臀部、眼睛、她的身材。還有扭臀的樣子。在此之前愛麗絲很醜；她擁有委婉來說所謂的「不吸引人的身材」；身體似乎無法下定決心，雌雄同體，毫不優雅，沒有特色。可以勉強看出她是女生，但僅此而已。其實她母親叫她「我可憐的小女兒」——她聽起來很傷心，但實際上愛麗絲不吸引人的身材證實了她對女兒的所有看法。一場糊塗。愛麗絲第一次化妝時，她的母親哈哈大笑；她不發一語，只是大笑。愛麗絲跑到浴室，卸掉妝，看著鏡中的自己；她感覺好丟臉。她走回樓下後，母親什麼也沒說。她只淺笑一下，但宛如千言萬語。然後，當愛麗絲終於開始改變，她母親卻假裝沒發現。

這都是過去的事了。

她穿上胸罩內褲，並且在行李箱裡翻找。她想不起來她放到哪裡去了。她不可能扔掉它——她非找到不可。她把行李箱的內容物全部倒在床上，檢查側面口袋，絞盡腦汁。她回想自己站在街上：那晚她穿什麼衣服？突然她想起來了，在衣服堆裡搜尋一個小袋。

「有了！」

這是個小勝利。

「你是個自由的女人。」

他給她這張名片時，名片已經皺摺缺損——中央有個大裂縫。她撥號。望著名片，她說：「喂，菲利士．曼尼耶嗎？」

「請問是哪位？」

「嗨，我是……」

她腦中一片空白。她告訴他叫什麼名字？

「是茱莉亞嗎？哈囉，是茱莉亞？」

他幾乎用喊的。愛麗絲微笑，鬆了一口氣。

「對，我是茱莉亞。」

他的聲音聽起來很遙遠。

「你好像在開車，」她說，「現在不方便嗎？」

「不，是，我是說不會……」

他很興奮聽見她的聲音；他有點困惑。

「所以到底行不行？」愛麗絲笑說。

他輸了，但他是個好輸家。

「對妳，永遠沒問題。」

她頓了一兩秒，足以理解他的回答，並品味他所說的、對她說的話。

「你眞體貼。」

「妳在哪裡？在家嗎？」

愛麗絲坐到床上，在自己面前晃動雙腳。

「是啊……你呢？」

「在上班。」

接下來的沉默就像舞蹈，雙方都在等對方先伸出手來。愛麗絲很有信心。這招從未失敗過。

「很高興妳打來，茱莉亞，」菲利士終於說，「眞的很高興。」

那還用說。他當然高興。這時她聽著他的聲音，愛麗絲可以比較具體地想像他：被生活壓力折磨開始發胖的男人，粗大的雙腿和那張臉……想起來令人不悅，那張生動的臉，他哀愁、疏離的眼神。

「那你上班時都做什麼？」

說話時，愛麗絲躺到床上面向窗戶。

「看看本週的數字，因爲我明天放假，如果不親自檢查一切，等我一週後回來，呃，妳知道的……」

他突然閉嘴。愛麗絲還在微笑。眞好玩，她只要眨眨眼或沉默就能玩弄他，讓他的情緒起伏。如果她坐在他對面，她只需要用某種方式微笑，側眼看看他，讓他講到一半住口，或改變話題。她沉默，他立刻閉嘴——他發覺那不是該講的話題。

「嘿，」他說，「那不重要。妳呢？妳在做什麼？」

第一次，他們離開餐廳時，她照自己懂的方式玩弄他。方程式她牢記在心裡——有點可憐的步伐，下垂的肩膀，表情：低頭，睜大眼睛，裝天眞，嘴唇在他的注視下融化……那晚在街上，菲利士每個毛細孔都散發出性挫折感，幾乎迫不及待想跟她上床。所以難度不高。

「我躺著，」愛麗絲說，「……在我的床上。」

她沒說太多。沒有沙啞的語氣，沒有不必要的賣弄，只要足以散播懷疑、困惑、沉默。她彷彿能聽見菲利士掙扎著找話說，引發了腦中神經超載的聲音。他傻笑，而她沒有反應，她把能夠製造的所有張力投入她的沉默中，菲利士的笑聲突然停止。

「在你的床上……」

菲利士魂飛天外。此刻，他變成了他的手機；他與訊號融合飛過兩人之間的整個城市。他成了她呼吸的空氣，緩緩鼓起她被白色小內褲圍繞的結實小腹；他成了室內的空氣，她身邊飛舞的微小粉塵粒子；他一個字也說不出來——沒辦法。愛麗絲輕輕微笑；他聽得見。

「妳爲什麼在笑？」

「因爲你很搞笑，菲利士。」

這是她第一次叫他名字吧？

「喔……」

他不知所措。

「你今晚有什麼計畫？」愛麗絲說。

他猛嚥口水，兩次。

「沒有……」

「要請我吃晚餐嗎？」

「今晚？」

「ＯＫ，」愛麗絲冷淡地說，「顯然我打來的時機不對，很抱歉……」

她咧嘴微笑，聽著一大串藉口、合理化、承諾、解釋、細節、理由。她看看錶：晚上七點半。她打斷他的話：

「八點鐘？」

「好啊，八點！」

「去哪裡？」

愛麗絲閉上眼睛，在床上交叉起腿來：這眞是太容易了。菲利士花了一分多鐘才想出一家餐廳。她倚向床頭櫃記下地址。

「眞的很不錯，」他向她保證，「呃，很棒……妳看了就知道。如果妳不喜歡，我們可以去別家。」

「如果眞的不錯，何必去別家？」

「這……我不曉得，是品味問題……」

「正是，菲利士，我很有興趣看看你的品味。」

愛麗絲掛斷電話，像貓一樣伸展身體。

# 37

法官堅持團隊的每個成員都要在場。勒關、卡繆、路易、阿蒙。因爲他們終於有進展了。有大事，重要、新鮮的事，所以法官才堅持勒關召集所有手下。卡繆一踏進警局辦公室，勒關就用嚴厲的目光想讓他冷靜下來。卡繆已經感到腹中的壓力累積。他在背後猛搓手，彷彿即將進行重大手術。他看著法官進來。從他開始調查以來的表現看，顯然他認爲情報證據才有效。而今天，他不打算吃癟。

法官穿得完美無瑕：暗灰色西裝，暗灰色領帶——幹練的高雅突顯出強悍的正義。看到這種契訶夫式服裝，卡繆猜想維達打算演齣戲。他還不如省省吧。他的角色已經寫好了：這齣戲或許可以稱作「呼吸預兆編年史」，因爲整個團隊已經知道是怎麼回事。情節大概是這樣：「你們全是一群呆子。」因爲卡繆的推論剛剛遭受嚴重的打擊。

消息在兩小時前傳來。土魯斯有個飯店老闆賈桂琳．札內堤被謀殺。頭部遭到嚴重攻擊，然後被捆綁起來用高濃度硫酸殺害。

卡繆立刻打了通電話給德拉維涅。他們剛當警察就認識了——他是土魯斯的警察局長。他們在四小時內電話連絡了八次；德拉維涅很正直，忠誠，而且深深爲他的朋友范赫文感到丟臉。卡繆花了整個早上在辦公室聆聽證人筆錄與偵訊內容：他還不如親自去一趟。

「毫無疑問，」法官說，「我們面對的是同一個兇手。手法幾乎跟每件命案相同。根據案件檔案，札內提女士是在週五凌晨時分被殺。」

「檔案裡有飯店的名字，」德拉維涅稍早告訴卡繆。「其實暗地裡經營妓院——用英語來說，非常『謹慎』。」

德拉維涅喜歡在對話中夾雜英文字。這是他的怪癖，讓卡繆很火大。

「那女孩在週二抵達土魯斯，住進火車站附近一家叫Astrid Berma的旅館。隔天，她換飯店。週三，她住進札內提的店，普雷哈迪飯店，登記業主是蘿拉・布洛克。週四，三更半夜，她用電話毆打那個女人。迎面痛擊。然後，她用硫酸解決她，掏空了飯店的收銀機——大約兩千歐元——然後消失。」

「她有很多假身分，有一套。」

「嗯，顯然如此。」

「我們不知道她是搭汽車、火車，還是飛機。我們會查查火車站，租車公司和計程車，但是需要時間……」

「到處都有她的指紋，」法官強調。「在飯店房間，在札內提女士的私人休息室——顯然她不在乎被逮到。她知道前科檔案上沒有她，所以沒有理由擔心。她簡直像在嘲弄我們。」

即使有調查法官和分局長在場也無法改變其他警員遵守卡繆的規矩：簡報時，大家都要站著。卡繆倚著門口，不說話。他等著看接下來的發展。

「還有嗎？」德拉維涅說，「呃，週四晚上她跟札內堤去了一家叫做Le Central的舞廳，用英語來說非常『有特色』……」

「怎麼說？」

「那是寂寞老人的舞廳。老處女，愛上舞廳的人。白亞麻西裝、領巾、有皺摺和荷葉邊的洋裝……我個人覺得，用英語說相當『逗趣』，但我猜你們會覺得很沉悶。」

「我懂了。」

「不，我不認爲你眞的懂了……」

「有那麼糟糕？」

「你根本無法想像。Le Central應該列入日本觀光客行程中，英語所謂『成就的巔峰』……」

「亞伯特！」

「幹嘛？」

「別再講英語了好嗎？聽了眞的很不爽。」

「OK，老兄。」

「很好……她們出去那晚——跟命案有關嗎？」

「推測沒有。至少沒有任何證人供詞證實這個假設。那一晚很『神奇』，很『愉快』，有人甚至形容很『高尚』，所以顯然無聊透頂，但是沒有問題，沒有爭吵，除了一次那女孩沒參與的情侶鬥嘴。據證人表示，她很孤僻。彷彿她只是看在札內堤的面子跟著去。」

「她們互相認識嗎？」

「札內堤介紹她是她的姪女。不到一小時就查出她並沒有兄弟姊妹。她不可能有姪女，就像妓院不可能有處女。」

「你對處女懂多少了？」

「喔，這你就錯了！土魯斯的皮條客很懂處女的。」

「我知道你已經從土魯斯的同僚那兒聽說了，」法官說，「但有趣的部分不在這裡……」說吧，卡繆心想，繼續啊。

「有趣的是直到現在，她只殺比自己年長的男人；所以殺害五十幾歲的女人讓你的假設破功了。我指的是范赫文探長認爲殺人理由跟性有關。」

「法官大人，這也是您的推論。」勒闞說，也開始覺得有點惱怒了。

「我不爭論這點，」法官說。他幾乎是滿足地微笑，「我們都犯了同樣的錯誤。」

「那不是錯誤。」卡繆說。

大家轉頭看著他。

「所以，」德拉維涅說，「他們去舞廳。被害人親戚朋友的證詞都快堆到我們眼睛這麼高了。他們形容那個女孩非常迷人；他們都指認她就是你傳給我的電腦模擬肖像。漂亮、苗條、綠眼珠、紅褐色頭髮。不過有兩個女士堅稱那是假髮。」

「我想她們可能說對了。」

「所以她們當晚在Le Central跳舞，然後大約凌晨三點回到飯店。命案一定發生在隨後不久，因爲——這是估計，必須等驗屍報告才能確定——法醫認爲死亡時間在三點半左右。」

「發生爭吵嗎？」

「有可能，但一定是很嚴重的衝突才會用到硫酸。」

「沒人聽見任何動靜嗎？」

「沒有，抱歉……話說回來，你指望怎樣？那個時間大家都在睡覺。總之，用人造樹脂電話打了兩下——不會發出太大的聲音。」

「這個札內堤女士是獨居嗎？」

「就我們聽說的，她搶手過，但是最近，是啊，她獨居。」

「推論不重要，探長。你可以繼續堅持己見；但是對調查沒有幫助，很不幸也不會影響結果。我們面對一個迅速頻繁移動的兇手，無差別殺人，可以任意來去自如，因爲她沒有前科。所以我的疑問很簡單：分局長，你打算怎麼抓她？」

# 38

「OK，如果只要半小時我會回來……但是你會送我回來吧？」

這個節骨眼，菲利士什麼都會答應。怪的是在他印象中追求茱莉亞並不順利，她並不覺得這段對話特別高興。其實，當初他在餐廳外面認識她，他感覺自己配不上她，今晚稍早的電話中，他表現得也不太高明。他的理由是，接到她的電話完全措手不及；他不敢相信。還有今晚……餐廳——他在想什麼？他措手不及；他得想出地方……

一開始，她挑逗他取樂。首先，是她穿的衣服。她知道這對男人的影響。從來沒失敗過——他看到的瞬間，她以爲他的下巴要掉到地上了。然後，愛麗絲說：「嗨，菲利士。」伸出手放在他肩膀上，用手指撫摸他臉頰，非常短暫，表示熟稔。菲利士幾乎當場融化；這也讓他很緊張，因爲同樣可能表示「我們今晚有搞頭了」或「我們還是當朋友吧」，宛如他們是同僚。這種事愛麗絲很擅長。

她讓他談他的工作，關於掃描器和印表機、升遷機會、比他遜色的同事、最近這個月的數字；愛麗絲甚至讚許地說聲「喔！」菲利士對自己很滿意，以爲又有機會了。

才不，其實讓愛麗絲分心的是他的臉，激起一些強烈、惱人的情緒，尤其看到他慾望的強烈。所以她才這麼做。他想跟她上床；從他每個毛孔散發出來。他的男性獸慾只要最輕微的火花就會爆發。每當她向他微笑，他色慾高漲到幾乎可以把餐桌舉到半空中。他也像第一次的表現。會早洩嗎？愛麗絲猜想。

現在，他們在他車上，愛麗絲刻意把裙子拉高了一點，他忍不住。他們開車開了十分鐘左右，他把一隻手放在她腿上。愛麗絲沒說話，閉上眼睛，暗自微笑。當她再睜眼，她看得出他快要瘋掉了；如果可以，他會當場在這裡上她，就在環狀線上。

唉，環狀線……他們經過維烈特城門——這是特拉里厄被聯結卡車撞死的地方。愛麗絲神遊天外。菲利士把手往上摸；她阻止他。這個手勢——冷靜，有感情——感覺像是承諾而非禁絕。她抓他手腕的方式……如果他的老二再硬一點，他會在途中爆炸。車裡的氣氛溫暖、確實，兩人之間的沉默好像雷管上方的火焰。菲利士開得很快；愛麗絲不擔心。在三線車道之後，有棟住宅大樓，黯淡陰鬱的方塊高塔……他飆進停車場，轉向她，但她已經下車，用手掌整理她的洋裝。他頂著勃起走向大樓，她假裝沒發現。她抬頭看；大樓一定至少二十層高。

「十二樓。」他告訴她。

挺老舊的；污穢的牆壁上有猥褻塗鴉。幾個信箱被撬開了。他感到尷尬，似乎剛剛才想到他至少應該帶她去飯店才對。但在他們走出餐廳時提起「飯店」這個字就等於說「我想上妳」；他就是做不到。所以現在他很羞愧。她對他微笑示意沒關係，確實如此，愛麗絲認爲一點也不重要。爲了安撫他，她又伸手放在他肩上，當他摸索鑰匙，她在他後頸迅速印上溫暖的一吻，肯定會讓他發抖。他愣住，再試一次，打開門，開了電燈說：「先進去。我馬上回來。」

這絕對是單身男人的公寓。或離婚男人。他衝進臥室。愛麗絲脫下她的外套，放在沙發上再走回來看。床沒有鋪好；其實整個家裡好像垃圾場，他在匆忙整理。當他看見她在門口，尷尬地微笑、道歉，努力加快動作，急著整理好一切東西，趕快完成。沒有靈魂的房間——沒有女人的男性臥室。一台舊電腦、到處亂丟的衣物、老舊的手提箱、一座舊足球獎盃，一幅大量生產的裱框水彩複製畫，旅館房間常見的那種；菸灰缸滿出來了。菲利士跪在床邊，俯身拉直床單。愛麗絲走到他背後，用雙手把足球獎盃高舉過頭砸在他的頭蓋骨上；第一下，大理石底座的角落陷進去至少兩吋深。發出一聲悶響，像空中的震動。用力讓愛麗絲腳步不穩。她蹣跚側行，回到床邊尋找更好的角度，再次舉臂過頭，小心瞄準，使盡全力砸下獎盃。底座邊緣打碎了枕骨；菲利士俯臥癱在地上，身體嚴重痙攣……在她看來，他得到教訓了。最好省省力氣。

或許他死了，驚厥只是自律神經系統的反應。

她走近，俯身檢查，拉起他的肩膀：不對，他看來好像只是昏迷了。他在呻吟，但還有呼吸。他的眼皮猛眨；這是反射動作。他的頭骨破損得太嚴重，他已經半死不活。應該說死了三分之二。

所以，還沒死透。

這樣更好。

無論如何，他頭部受了重創，已經不構成威脅。

她把他翻面；他好重，但他沒有抵抗。有腰帶和領帶，她需要用來捆綁他手腕與腳踝的一切；只要花一兩分鐘。

愛麗絲走進廚房，途中拿了她的包包，再回到臥室。她拿出她的小瓶子，跨坐在他胸膛，用檯燈底座打斷幾顆牙齒強迫他張嘴，對摺一支塑膠叉子塞進他嘴裡把嘴撐開。她退後，把瓶頸硬塞進他喉嚨冷靜地倒入半公升濃硫酸。

毫不意外，此舉把菲利士從昏迷中驚醒。

但是持續不久。

她以爲像這種大樓會很吵鬧。其實，在夜晚非常寧靜，而且周圍的市區從十二樓看起來挺漂亮的。她尋找地標，但是在夜景中很難辨認方位。先前她沒注意到快速道路距離這麼近——想必是他們過來走的路線；或許巴黎在另一邊。愛麗絲的方向感不錯……

雖然公寓雜亂又疏於做家事，菲利士顯然很細心維護他的筆電：放在精美的盒子裡還有分格的檔案、筆與電線口袋。愛麗絲開機，登入後打開瀏覽器。她觀看他的瀏覽紀錄取樂：色情網站，線上遊戲；她往房間回頭——「眞頑皮唷，菲利士……」然後她在搜尋引擎輸入自己的名字。

什麼也沒有。警方還是不知道她的身分。她微笑，正要關上筆電，又改變主意輸入：警察——通緝——謀殺，跳過前幾個條目找到她在找的。協尋一名涉及幾起謀殺案的女子；募集證人。愛麗絲被認爲「有危險性」。以隔壁房間菲利士的狀況看來，形容得很貼切。電腦肖像也挺像的。他們一定是用特拉里厄拍的照片做出來的。他們顯然很內行。空洞的凝視總是讓臉孔顯得缺乏生命。改變髮型與眼睛顏色就會變成完全不同的人。她正打算這麼做。愛麗絲關掉筆電。

離開之前，她往臥室裡看了看。足球獎盃躺在床上。底座角落沾了血跡與頭髮。獎盃雕像是個顯然射門致勝的前鋒。躺在床上，贏家看起來沒那麼神氣了。酸液融解了他的整個喉嚨，只剩一團粉紅與白色的模糊血肉。看來彷彿如果用力一扯，可以把整顆頭拔起來。他仍然瞪大雙眼，但是帶著一片陰影，像面紗遮住了眼神：看來好像泰迪熊的玻璃眼珠。以前愛麗絲也有一隻玩具熊。

愛麗絲沒有別過頭，摸索他的外套口袋找鑰匙。突然她走出走廊，再下去停車場。在最後一刻她觸動了自動上鎖，就在她要上車時。五秒後，她退開。她放下車窗——陳年菸味好噁心。愛麗絲忽然想到菲利士剛剛戒菸了：算是好消息。

在開回巴黎之前，她稍微繞路把車子停在那座廠房兼倉庫的運河對面。籠罩在黑暗中，巨大的建築物看來好像史前動物。愛麗絲一想到她在裡面的經歷，就感覺一陣冷顫傳過背後。她打開車門，走了幾步，把菲利士的筆電扔進運河裡再回到車上。

在這種深夜，不用二十分鐘就到了國家音樂廳。她停到地下二樓的停車場，把鑰匙丟進水溝再走向地鐵站。

# 39

三十六小時後才找到那輛在龐坦鎮搭載那個女孩的無照計程車。比他們預計的多了十二小時，但至少他們有了結果。

三輛民用車緊跟在後面，他們正前往法吉耶街。離她被綁架處不遠。卡繆挺擔心。綁架那一晚，他們花了幾小時詢問鄰居卻毫無收穫。

「那晚我們遺漏了什麼嗎？」

「未必。」

但是……

這次的計程車司機是斯洛伐克人。臉孔像刀鋒、眼神狂熱的高個子。他年約三十，異常地早禿，主要在頭頂，像僧侶似的。他從肖像認出了那個女孩。除了眼睛，他說。這不意外——她的眼睛有時被說成綠色，有時又被形容爲藍色——她顯然用了瞳孔變色片。但肯定是她。

計程車司機開得異常小心。路易想說些什麼，但卡繆阻止他。他往前座俯身，雙腳終於碰到了地板——在這輛四輪驅動車裡，他幾乎可以站直，讓他更加不悅。他伸手放在司機肩膀上。

「開快點，我的朋友——沒人會開你超速罰單。」

斯洛伐克人一聽就懂了。他猛踩油門，卡繆又雙腳懸空攤在後座上：這樣不太好，司機立刻發現。他減速，低聲道歉——他寧可犧牲一個月的薪水、他的車子和老婆，讓探長忘了這件事。卡繆大怒；路易轉向他，伸手放在他手臂上表示：我們沒時間搞這種事了吧？他的表情倒沒有這麼說，比較像在說：無論多麼短暫，我們時間緊迫沒空發飆了，你想呢？

法吉耶街，拉布魯斯特街。

途中，司機向他們描述了一下。當時說好的車資是二十五歐元。當他在龐坦鎮附近的無人計程車招呼站接近她、提議搭載她時，那女孩很乾脆，只是打開車門躺到後座上。她累壞了而且身上發臭：汗味，泥巴味，天曉得。她全程沒說話，點著頭彷彿在努力趕走瞌睡蟲；司機覺得一切都很可疑。她吸毒了嗎？抵達她的社區後，他轉向她，但她沒看他，只是望著擋風玻璃外。她迴避他的目光彷彿是在找東西或失去了方向感，之後她指著右邊的空地說：

「我們等一下……在這兒停車。」

這跟他們說好的不一樣。司機抬高姿態。在他描述時，不難想像情景：女孩默默坐在後座，司機很生氣——他太常被搶劫，不想被一個女孩子使喚。但那女孩沒看他，只是說：

「別惹我。要是不想等，我就要下車。」

她不用補充說「我不付錢」。她可以說「不然我就報警」但是沒有，雙方都知道她不會；他們都處在敏感的立場。他們條件相當。他不知道她在等什麼。她要他面向街道停車；她望著一個特定的位置（他指著前方，他們看過去，但他們不知道該看前方的什麼）。她在等人來嗎？她要會見某人嗎？司機不以爲然。她似乎不具危險性，只是焦慮。卡繆聽著司機談到等待。他猜想，反正沒事做，司機會開始想像關於那女孩子的故事，嫉妒、外遇失控的故事，猜想她是否在等男人，又或許是女人——另一個女人，也可能是另有家庭的前男友；這種事比我們想像的更多。他瞄一下照後鏡。這女孩子不難看，如果她盥洗打扮一下應該不錯。但她好狼狽，讓人不禁猜想她去了哪裡。

他們等待了許久。她提高警覺。沒有動靜。卡繆知道她在等著看特拉里厄是否發現她逃脫了，他是否在埋伏等她。

過了一會兒，她拿出三張十歐元鈔票，不發一語下了車。司機看著她走掉，但是懶得看她去哪裡。他不想三更半夜在此久留，所以走了。卡繆爬下車。在綁架那一晚，他們地毯式搜索過這裡——發生了什麼事？

其餘警員也下了車。卡繆指向面前的大樓群。

「從這裡看得見她住處的門口。路易，呼叫兩隊支援來。你們其餘的人……」

卡繆分派他們的任務。大家已經忙來忙去。卡繆倚在計程車門上，思考。

「我可以走了嗎？」司機低聲說，好像怕被別人聽到。

「啥？不行，你跟著我走。」

卡繆看到對方愁眉不展。他向司機笑了笑。

「你被升職了。現在你是本探長的專屬司機。這個國家有很多出人頭地的機會，你不知道嗎？」

# 40

「很漂亮的女孩。」根據阿拉伯雜貨店老闆的說法。阿蒙負責對付雜貨店老闆。他總是樂意跟店員打交道，尤其雜貨店員，這可不是天天有的額外好處。他執行盤問時有點嚇人，因爲他看來像個遊民，在貨架走道上晃來晃去，他會很快離題作出不祥的暗示，同時自己動手揩油：一包口香糖、一罐可樂、再一罐，同時喃喃發問。店主看得出他往自己口袋猛塞巧克力棒、糖果包、餅乾、零嘴：阿蒙愛吃甜食。他沒問出多少關於那女孩的事，但他繼續問——她叫什麼名字？她總是付現，不用信用卡或支票嗎？她常來嗎？她穿什麼衣服？光顧的時候，她都買些什麼？——塞滿口袋之後，他說「呃，感謝你的合作。」走到警車倒出他的戰利品，他專爲這種機會準備了一些塑膠袋。

是卡繆找到了關納德女士。年約六十，略胖，戴髮箍。她像肉販的妻子一樣豐滿又紅光滿面，但她不願意看他的眼睛。而且她很激動，她眞的很緊張，像受到誘惑的女學生一樣坐立不安。探長覺得這種女人讓人火大；一點芝麻小事就報警，總是自以爲是的房東。不，她告訴他，她不只是那女孩的鄰居，她是……該怎麼說呢？她認識這個女孩，到底是或不是？嘗試了解她的答覆令人萬分挫折，說了和沒說一樣。

四分鐘內，卡繆就想把關納德老太婆脫衣搜身。蓋布莉爾。她滿嘴謊話，不誠實又僞善。心懷不軌。她和老公開了家麵包店。二〇〇二年一月一日，轉換使用歐元宛如上帝親自降臨人間。當祂化爲肉身，祂並不吝惜顯現神蹟。如同讓麵包和魚倍增，現在祂讓金錢倍增。七倍。一夜之間。上帝眞擅長簡化。

關納德女士守寡之後，開始出租她手中的產業——她堅稱這麼做只是爲了熱心助人。「如果只有我的話……」警方到處詢問目擊者那天她不在。「我會住在我姊妹家。」不過，當她回來發現警方在找的那個女孩意外地很像她的前房客，她沒通知警方。「我無法完全確定是她。我的意思是，如果我早知道……」

「我要逮捕妳，」卡繆說。

關納德臉色蒼白；威脅顯然奏效了。爲了讓她安心，卡繆補充，「憑妳存了這麼多錢，一定買得起監獄福利社那些小玩意。」

住在這裡的時候，那個女孩自稱艾瑪。有何不可？繼娜塔莉、莉亞、蘿拉之後，卡繆已經見怪不怪。關納德女士必須坐下來看模擬肖像。她不是坐下；她癱倒。「對，是她，絕對是她。唉，我的頭好暈……」她緊抓著胸口，卡繆以爲她可能要去邪惡王國陪她丈夫了。這個艾瑪只住了三個月，從來沒有訪客，而且她經常不在，其實上週她就匆忙離開；她剛結束在鄉下的臨時工作回來——她脖子抽筋了一下，她大受打擊——她說她要去法國南部，付了兩個月房租，家庭變故，她說過；她很懊惱必須這麼快離開。房東太太叨叨絮絮講她的事——她不知道怎麼樣才能滿足范赫文探長。要是她有膽子，她會給他錢。看著這個眼神冰冷的矮子警察，她隱約察覺這無關緊要。雖然資訊雜亂，卡繆設法拼湊出了故事。關納德女士指著櫥櫃；抽屜裡有張藍色紙條寫了她的轉信地址。卡繆不急——他心裡有數，但還是打開抽屜，同時從口袋掏出他的手機。

「這是她的筆跡？」

「不，是我的。」

「我猜也是。」

他用電話查詢地址之後等著。在他面前，櫥櫃上方有張雄鹿站在林中空地的裱框圖畫。

「妳這隻雄鹿，看起來好蠢……」

「我女兒畫的。」關納德女士說。

「妳眞煩人，你們都是。」

關納德女士絞盡腦汁。艾瑪在銀行工作——她想不起哪一家……外商銀行。毫不意外。卡繆繼續發問，不過他已經知道答案：因爲不過問房客的事，關納德收取很高的租金；這是在黑市租屋的默契。

地址是假的；卡繆掛斷。

路易帶著兩個鑑識員趕來。房東太太虛弱到無法陪他們上樓。她找不到新房客。他們已經知道在艾瑪家裡會找到什麼：莉亞的指紋，蘿拉的DNA，娜塔莉的痕跡。

「喔，我忘了，」卡繆走出大門時說，「妳還會被以謀殺罪共犯起訴。是複數。」

雖然她已經坐下來，蓋布莉爾．關納德伸手扶著咖啡桌穩住身子。她在冒冷汗，看來很痛苦。

「還有！」她突然在他們背後大喊，「搬家工人，我認識他。」

卡繆連忙回來。

「只有幾個箱子和可拆裝家具——她東西不多，你懂的。」關納德女士嘟起嘴唇說。他們立刻聯絡搬家公司；祕書不是很配合：不行，不知道對方是誰她就不能透露客人的資料。

「OK，」卡繆說，「我這就親自過去問。但我警告妳，如果我得親自出馬，我會讓你們停業一年，我會從你們開業第一年開始查稅，至於妳個人，我會以妨礙司法關進牢裡，如果妳有小孩，社工會負責照顧他們。」

雖然這麼虛張聲勢很離譜，但是有效：祕書驚慌失措，說出了那女孩存放物品的倉庫地址和她的名字：艾瑪．澤克里。

卡繆請她拼出來。

「S開頭，Z，對吧？OK，別讓任何人開鎖進去，懂嗎？誰也不准。聽清楚了？」

倉庫在十分鐘車程外。卡繆掛斷電話後往樓上大喊：

「我需要一組人，快點！」

他跑向樓梯間。

# 41

爲了預防萬一，愛麗絲走樓梯下去停車場。她的Clio汽車第一次就發動了。車子很舊。她看著照後鏡中的自己。她看起來很累；她用手指揉揉眼睛，對自己微笑再扮個鬼臉。她伸出舌頭，開車到出口。

但她還沒有脫離險境。在斜坡頂端，她插入她的停車卡，紅白色路障升起，她猛踩煞車。她前方站著一個警察。他舉起一隻手，示意她停車，然後他轉身，水平伸出手臂強調無路可逃。外面，一隊沒標記的車子鳴著警笛駛過。

在第二輛車上，有個幾乎看不到車窗外的禿頭。好像總統的陣仗。他們通過之後，警察揮手放她通過。她右轉。她駛離有點匆忙，行李廂裡，標示「私人」的兩個小箱子搖晃碰撞，但愛麗絲不緊張——酸液瓶放置得很安全。不用擔心。

# 42

接近晚上十點了。真是一場鬧劇。雖然很艱難，但卡繆恢復冷靜。只要他不想起倉庫管理員的笑臉，那個啥都不懂、戴著骯髒厚眼鏡的蒼白呆子。

至於溝通過程：那個女孩——什麼女孩？那輛車——什麼車？紙箱子——什麼紙箱？他們打開她租的倉庫，心臟停了一拍：全都還在，十個膠帶密封的紙箱，她的東西，她的私人物品。他們走過去看。卡繆想要立刻拆開。但他們得遵守程序——全部東西必須登錄，打電話給法官之後加快了速度。他們拿走了一切：紙箱，拆卸式家具。搞定之後，收穫不多，但他們希望能找到私人物品，藉以查出她的真實身分。對調查而言，這是關鍵時刻。

從安裝在每層樓的監視器查出一點東西的薄弱希望很快就破滅。不是錄影帶保存多久的問題；那根本是假監視器。

「可以說那都是裝飾用的。」主管笑著說。

花了整晚才列出清單讓鑑識科採集重要樣本與指紋。首先他們處理家具，到處買得到的量產貨：書架，餐桌，床架，床墊——技術人員用棉花球和鑷子卯起來幹活。之後，把紙箱內容物製作目錄。運動衣、泳裝、夏裝、冬裝。

「這些都是全世界各地買得到的連鎖店商品。」路易說。

書籍，幾乎整整兩箱，全是平裝本：塞利納、普魯斯特、紀德、杜斯妥也夫斯基、韓波。卡繆看看書名：《暗夜旅程》、《青樓紅杏》、《偽幣製造者》。同時路易顯得悶悶不樂。

「怎麼了？」卡繆說。

路易沒有馬上回答。《危險關係》、《幽谷百合》、《紅與黑》、《大亨小傳》和《異鄉人》。

「好像女學生的書單。」

他說得對。選擇似乎有學問，有代表性。這些書顯然被反覆閱讀過——有的還脫頁了。整段畫重點，有時候直到最後一頁。頁面邊緣有驚嘆號、問號、大叉、小叉，多半用藍色原子筆；某些地方的墨水幾乎透到背面。

「她讀她應該閱讀的東西——她想當個好女孩；她很用功。」卡繆加碼推測，「情感不成熟？」

「我不曉得。或許是退化。」

卡繆不一定懂路易說什麼，但他了解重點。這女孩很複雜。

「她顯然有點義大利又有點英國味。有些外國經典她開始看但還沒讀完。」

卡繆也發現了這點。《婚約夫婦》、《居無定所的情人》、《玫瑰的名字》，還有《愛麗絲夢遊仙境》、《格雷的畫像》、《伴我一世情》和《艾瑪姑娘》等書都是原文版。

「馬夏克案的女孩……有人提過外國口音，不是嗎？」

一疊觀光手冊證實了他們的推論。

「咱們的女嫌犯可不笨——她顯然很用功，而且會說好幾種語言——顯然不流利，但是暗示她出國學過語言……你能想像她和帕斯卡．特拉里厄在一起嗎？」

「或勾引史蒂芬．馬夏克？」

「或謀殺賈桂琳．札內堤？」

路易趕快記下來。從他們拿到的列印稿看來，他或許能重建這女孩的行程，至少一部分——某些旅行社手冊有日期；應該能把碎片拼湊在一起，但他們仍然查不出名字。沒有官方文件。一點可辨識的痕跡也沒有。一個女孩子過著怎樣的生活才會東西這麼少？

夜晚結束時，結論已經很明顯了。

「她清理過東西，不留私人物品。以防警方找到她的東西。這裡沒什麼幫得上我們的。」

兩人都站起來，卡繆穿上他的外套。路易猶豫——他很想多留一會兒，翻找，檢查東西……

「算了吧，路易，」卡繆說，「她已經收拾乾淨了，看看她的手法，我懷疑她有下一個目標。」

這也是勒關的意見。

今天是週六，早晨，法米碼頭。

勒關打電話給卡繆，這時兩人坐在La Marine餐廳的陽台上。或許是運河，水讓人想起魚，但他們點了兩杯濃白酒。勒關小心地坐下；他碰過許多無法承受他重量的椅子。這把還可以。

這是他們在辦公室外交談的慣例：他們天南地北亂扯，只在最後幾分鐘談正題，頂多幾句話。

顯然糾纏卡繆一整天的心事就是拍賣會。明天早上。

「你什麼都不留嗎？」

「不留，我全賣了，」卡繆說，「全部送走。」

「我以爲你要賣掉？」

「我賣的是畫。錢我要送給別人。大功告成。」

卡繆不知道他何時決定的——他就脫口而出——但他知道是深思熟慮的結果。勒關想說什麼，緊急忍住，但又忍不住。

「給誰？」

關於這方面，卡繆從來沒想過。他想把錢送掉，但他不知道該給誰。

# 43

「是節奏變快了還是我想太多了？」

「不，事情通常就是這樣發展，」卡繆說，「您只需要習慣就好。」

他說得輕鬆，但其實事態已嚴重惡化。菲利士．曼尼耶的屍體在自家公寓被發現。他沒現身參加他自己排定的「重要會議」，有個同事發覺不對勁。他被發現時死透了，頭從軀幹上垂下來，整個脖子被硫酸溶掉了。案件立刻知會了范赫文探長，到了下班時，他被法官叫去。這很嚴重。

案子處理得很快。被害人手機裡的通話紀錄，透露他最後一通來電是在他死亡當晚接到的，來自蒙格街的一家旅館。他們查出了她從土魯斯回來之後就住在這裡。當晚她安排跟他吃晚餐。他下班時和一名同事這麼說的。

雖然頭髮和眼睛顏色不同，蒙格街旅館的接待員肯定地指認她就是肖像裡的女孩。隔天早上她就走了。用假名退房。付現。

「這個叫菲利士的小子──是誰啊？」勒闊說，不等待回答，開始翻閱卡繆的報告。「四十四歲……」

「沒錯，」卡繆證實，「電腦公司的技術支援人員。分居中，正在辦離婚。肯定有酗酒習慣。」

勒關沒說話——他迅速瀏覽報告，偶爾發出聽起來像嗚咽的「嗯」聲。有些人碰到更小的事也會這樣。

「那麼筆電是怎麼回事？」

「不見了。但我可以保證竊取筆電不是她用雕像打他頭部、把半公升酸液倒進他喉嚨的原因。」

「是她？」

「顯然。或許他們透過e-mail連絡。也可能她使用過他的電腦，但不希望我們發現她做了什麼。」

「OK。所以呢？」

勒關很生氣——這不像他的作風。幾乎懶得報導賈桂琳·札內堤之死（土魯斯的飯店女老闆被殺有點算是，呃，地方新聞）的全國性媒體，終於被激起了義憤。聖丹尼斯的犯罪現場有點像是服務低收入顧客的地方，但使用酸液殺害他這點很有趣。只是一件命案，但手法有原創性，幾乎前所未聞。目前，有兩名被害人。類似連續殺人狂，但又不同。所以雖然上了新聞，但是沒有人太過興奮。再有第三名被害人，媒體就會開始炒作。本案會成爲八點檔新聞的頭條，勒關會被內政部長叫去頂樓，維達法官則會被叫到司法部去，事情會像格拉伏洛特戰役（the Battle of Gravelotte，一八七〇年普法戰爭中的一場戰役。）那樣連環展開。沒人敢想像如果雷姆斯和埃坦普的命案被洩漏給媒體會發生什麼事……媒體會貼出法國地圖（多多少少像卡繆辦公室裡那張）再用彩色大頭針釘上，加上感人熱淚的被害人傳記，並暗示連續殺人狂的公路電影「發生在法國」。喜悅。歡慶。

目前，勒關只需要應付「強大的上級壓力」——不算最糟，但令人頭痛。勒關面對上級壓力時是個好長官；他都自己扛下來。他們只會看到溢出的部分；但是今天，似乎到處氾濫了。

「你被樓上的修理了？」

勒關被這個問題嚇了一跳。

「卡繆，你怎麼會這麼想呢……？」

這就是老夫老妻的問題：場面有點重複。

「我是說，我們有個女孩被綁架和一群老鼠關在一起，有個綁架犯自殺讓一段環狀線堵塞了大半夜……」

例如這個場面，在卡繆和勒關的共事生涯中至少上演過五十遍了。

「……被綁的女孩在我們發現她之前逃脫了，我們發現她已經用硫酸幹掉了三個男人……」

卡繆總是認爲這有點像廉價鬧劇——他正要這麼說，但勒關繼續講話。

「……等我們湊齊各個檔案的時候，她又把土魯斯的一個老太太送上了飯店老闆的天堂，逃回巴黎……」

卡繆等著意料之中的結論。

「……她在這裡又宰了一個可能只想上床的傢伙，而你還問我是不是……」

「……被樓上的人修理了?」卡繆總結,替他堅定地說出來。

卡繆已經站起來,已經走到門口。他疲倦地開門。

「你要去哪裡?」勒關怒吼。

「如果我要被人修理,我寧可是維達。」

「老實說,你真沒品味。」

# 44

愛麗絲讓前兩輛卡車駛過去，然後第三輛。從她停車的位置，顯然可以監視卸貨區旁邊聯結車隊伍的動靜。這兩個小時以來，堆高機操作員已經裝卸了堆積如山的棧板貨物。

她昨晚來過這裡查探。她得測量牆壁。這可不容易；要爬到她的車頂上。萬一她被發現，一切就完了。但是沒有，她在牆頭上蹲了幾分鐘。每輛車標示牌的目的地右上方都寫著訂單號碼。它們都要去德國：科隆、法蘭克福、漢諾瓦、不來梅、多特蒙德。她需要前往慕尼黑那輛。她記下了車牌號碼，訂單號碼，但是無關緊要：從前方看來，不可能錯過那輛卡車。擋風玻璃頂端有張貼紙寫著巴比。她聽見警衛犬叫聲連忙跳下牆，顯然味道被狗發現了。

半小時前，她發現那個司機爬進駕駛座收拾他的東西，拿他的證件。他又高又瘦，身穿藍色工作服，短髮，像刷子似的小鬍子。他長怎樣並不重要——重要的是搭上他的車。她在車上睡，直到這裡大約清晨四點開門。熙來攘往的噪音大約半小時前開始，然後就沒停過。愛麗絲很緊張；她絕不能錯過機會，因爲萬一失手，她沒有應變計畫。她唯一的選擇是——怎樣？呆坐在旅館房間裡等警方來抓？

終於，快到早上六點時，那個人走到他怠轉了至少十五分鐘的卡車，檢查他的文件。愛麗絲看著他和一名堆高機操作員以及兩個司機說笑，最後，爬上他的駕駛座。這時她下車，繞到後方去，打開行李廂，拿出她的帆布背包，在打開的行李廂後方，查看沒有其他卡車開出來擋住她需要的那輛，確認之後，她跑到車輛出口。

「我從來沒在路上搭過便車。太危險了。」

巴比點頭。對女孩子，這不是好主意。他欣賞她的足智多謀；在貨運公司門口等待而非在公路上豎起拇指攔車。

「但是我們有這麼多卡車，一定有人願意載妳。」

巴比很驚訝愛麗絲的技巧非常靈光。不過她不是愛麗絲。對他而言，她叫克洛伊。

「我是羅伯，」他說，伸出手跟她握手。「不過大家都叫我巴比。」他指著貼紙。

他還是很驚訝她竟敢搭便車。

「最近機票很便宜，妳花四十歐元就能網路購票。但顯然總是在冷門時段，如果你的時間有彈性……」

「我寧可留著我的錢花在目的地。況且，旅行就是要認識新朋友，不是嗎？」

這傢伙很單純又友善——他一看到她就毫不猶豫地搭載她。愛麗絲沒注意他的反應，只注意反應的性質。她最怕看到色瞇瞇的表情。她不想花上幾小時抵擋色狼司機的騷擾。巴比的照後鏡掛著一尊聖母瑪麗雕像，還有個小玩意貼在儀表板上，用漸層轉換效果顯示照片的數位相框：融解，百葉窗，翻頁。影像無限循環——看起來很累人。這是他在慕尼黑買的。

三十歐元。巴比喜歡提起東西的價格，不是因爲期待讚賞，而是因爲他喜歡精確，鉅細靡遺的描述。他喜歡描述東西。他幾乎花了半小時談幻燈片秀、他的家人、他家、他的狗；大多數照片是他的三個小孩。

「兩男一女：紀倫、羅曼、瑪莉安；九歲、七歲和四歲。」

他喜歡精確。但他懂得如何自制；他從不轉移話題到家庭之外的事情。

「說穿了，人們對別人的生活不太感興趣，嗯？」

「不，說眞的，我有興趣……」愛麗絲反駁。

「妳的教養眞好。」

一天很愉快地過去；駕駛艙裡很舒適。

「如果妳想睡一下，沒問題。」

他用拇指指向背後的臥鋪。

「我得趕路，但是妳……」

愛麗絲接受提議，睡了一個多小時。

「這是哪裡？」她爬回前座時梳著頭髮說。

「喔，妳醒了。妳一定很累。我們快到聖梅內烏爾德了。」

愛麗絲假裝高興他們進度很快。她睡得不安穩。不只是習慣性焦慮，還有憂鬱。到邊界這趟路是個痛苦的轉捩點，結局的開始。

話題枯竭後，他們聽廣播、聽新聞、聽音樂。愛麗絲留意休息站，規定的間隔休息，巴比需要買杯咖啡的時候。他有隨身瓶、一些食物、開車所需的一切，但他們還是得停下來休息；令人生氣。前方有休息站時，愛麗絲就提高警覺。如果是休息區，她會假裝睡覺——人太少，所以被人發現的風險太高。如果是服務站，風險較低，她會下車走一走，買巴比的咖啡；他們成了好夥伴。其實，不久前，當他們一起喝咖啡，他問她去德國有什麼事。

「妳是學生嗎？」

即使他也不可能相信她是學生。她或許外表年輕，但她知道自己看來至少三十歲，而且疲倦會顯得更老。她決定敷衍過去。

「不，我是護士。到那邊之後我想找工作。」

「恕我多事，幹嘛去德國？」

「因爲我不會講德語。」愛麗絲盡力表示坦誠地說。

羅伯竊笑；他不確定他聽懂了。

「那麼妳應該去中國。除非妳會講中文。妳會嗎？」

「不會。眞正的理由是我男朋友在慕尼黑。」

「喔……」

他露出了解一切的表情。他嚴肅地搖搖頭，鬍子在發抖。

「那麼妳男朋友做哪一行的？」

「他在ＩＴ產業。」

「他是德國人？」

愛麗絲點頭；她不知道對話會如何進展——她只領先他一兩步而已，她不喜歡這種感覺。

「你老婆呢，她有工作嗎？」

巴比把塑膠杯丟進垃圾桶。被問到他老婆的事並不生氣，而是難過。這時他們又上路了；他們翻閱幻燈片秀找到他老婆的照片，年約四十、直髮的平凡女性。她有病容。

「多重硬化症，」巴比解釋，「妳能想像嗎？還有小孩？我們現在只能聽天由命了。」

他說話時往照後鏡下面輕微晃動的聖母瑪麗雕像側頭。

「你想她會設法幫你嗎？」

愛麗絲並無意這麼說。巴比轉頭看她。他的口氣沒有怨恨——只是陳述事實而已。「救贖的報酬就是原諒。妳想呢？」

愛麗絲不懂；她從來不懂宗教的概念。先前她沒留意，但這時她看到儀表板上有張貼紙：「**祂將復臨。你準備好了嗎？**」

「妳不信神，」巴比笑說，「看得出來。」

這個心得並無批評之意。

「我跟妳說，如果我沒有宗教……」他說。

「但是讓你陷入這個困境的正是上帝，」愛麗絲說，「你不埋怨嗎？」

「上帝在考驗我們。」

「呃，」愛麗絲說，「這點我無法反駁……」

突然對話中斷；他們望著路面。

稍後，巴比說他需要休息一下。有個小鎮規模的服務區。

「我總是在這裡停歇，」他微笑解釋，「只需要一小時。」

他們距離梅茲只差三十公里。

巴比先爬下車伸展手腳，深呼吸一下；他不抽菸。愛麗絲看著他在停車場來回漫步。他在甩手臂；她想是因爲她在看著他。他獨處時也會這麼做嗎？然後他回到車上。

「抱歉，」他爬進臥鋪時說，「別擔心，我這兒有鬧鐘。」他指自己的額頭。

「趁你睡覺，我去散步一下好了，」愛麗絲說，「而且我得打個電話。」

巴比覺得說出「代我問候他！」很有趣，同時拉上臥鋪簾子。

愛麗絲在停車場裡，走在無數廂型車和卡車之間。她得走走路。時間經過越久，她心情越沉重。是天黑的緣故，她想，但她知道這不是實話。是旅程的問題。

她出現在這條高速公路上，只是突顯她幾乎已經窮途末路的事實。她假裝她玩膩了，但事實上她害怕眞正的結局。明天就會發生；很快就會來臨。

愛麗絲開始啜泣，雙手抱胸，站在排列如同睡眠昆蟲的巨大卡車之間。人生總是會追上我們——沒人逃得掉。

她暗自複誦這些話，抽鼻子，擤鼻涕，努力深呼吸紓解胸中的壓力，讓疲倦沉重的心重新開機，但很困難。拋開這一切——她如此告訴自己振作起來。事後她不必再去想這些；一切都會處理好。因此她才在這條高速公路上，因爲她要拋開一切。想到這裡，她的胸口輕鬆多了。她繼續走。涼風讓她精神抖擻，讓她冷靜，恢復活力。再深呼吸幾下，感覺好多了。

頭上有架飛機飛過——她勉強看得見閃亮的三角形。她仰望著它許久，看它慢得催眠似的越過天空；其實它飛得挺快，不久就消失了。

飛機總會讓人想起一些事。

服務區橫跨在高速公路上。人行陸橋的另一邊是零食店、書報攤、迷你超市和各種商店。橋的另一邊是反方向，回巴黎的路。愛麗絲默默爬回卡車駕駛艙避免吵醒巴比。她回來干擾了他的睡眠，但幾秒鐘後她又聽見緩慢深沉的呼吸，每次結尾都是嘶聲。

她把背包拉過來，穿上她的外套，檢查她有沒有遺落任何東西，有沒有東西從口袋掉出來：對，全部都在，沒問題。

她跪在座位上輕輕拉開簾子。

「巴比……」她低聲叫他。

她不想嚇到他。但他睡得很沉。她轉身，打開置物箱——什麼也沒有——再關上。她摸索座位底下——沒東西。在司機座位下她找到一個塑膠工具箱；她拉出來。

「巴比。」她又向他俯身說。這次他醒了。

「什麼？」

他其實沒有全醒。他是本能地發問；他的神智還沒恢復。沒關係。她像握匕首般握著螺絲起子，俐落地一下，插進他的右眼。非常精準的動作。這不意外，因爲她是護士。這強力的一擊讓螺絲起子穿入了他的頭顱深處——看來像是深埋在大腦裡。顯然沒有，但當巴比揮舞雙腿想坐起來，肯定深入到足以減緩他的反射動作。他在慘叫。所以愛麗絲把第二支螺絲起子戳進他喉嚨。同樣非常精準，不過她不能居功——她有很多時間瞄準。就在喉結下方。慘叫變成一種聽不清楚的咕嚕聲。其實，愛麗絲彎下腰皺眉：**聽不懂這傢伙在說什麼**。但她成功避開了巴比亂揮的雙臂，因爲這個壯漢的一擊就可能翻倒一頭牛。

雖然混亂，愛麗絲照著計畫進行。她從他眼窩拔出螺絲起子，護住自己，再戳進他的頸側；血立刻噴了出來。然後，她慢條斯理地回去找她的背包。反正巴比喉嚨裡插著一支螺絲起子什麼都做不到。等她回到他身邊，他已奄奄一息。沒必要把他綁起來；他還有呼吸，但很微弱；他的肌肉似乎癱瘓，她聽得見垂死的喘息聲。最困難的部分是強迫他張嘴——若不用鐵鎚會耗上很久。所以她拿了鐵鎚。這種小工具箱眞棒；你需要什麼東西都有。愛麗絲敲斷上面與底下的牙齒，留出足夠空間把硫酸瓶頸插入巴比的嘴裡。不可能分辨他的感受、他的狀態，被酸液倒入他的嘴巴與喉嚨是什麼感覺；沒人能眞正知道他的感受，這也不重要。俗話說，想法才重要。

愛麗絲拿起她的行李準備好離開。她看巴比最後一眼，他已經上天堂去感謝天主的恩賜了。好神聖的景象。男子的一隻眼睛被螺絲起子直插到柄平躺著，看起來像降臨人間的獨眼巨人。破壞頸靜脈在短短幾分鐘內造成了大量出血，他的臉色已經白得像床單——至少上半部，因爲下半部已經血肉模糊；沒有其他字眼可形容。整個臥鋪都被血染紅。等血凝固之後，一定是個奇觀。

這樣子殺人不可能保持乾淨。頸靜脈傷口到處亂噴血。愛麗絲翻找她的背包，更換T恤。利用剩下的瓶裝水，她迅速清洗雙手和前臂，再用舊T恤擦乾，扔在座位上。接著，背上背包，愛麗絲走過人行陸橋到公路的另一邊，回頭往巴黎走。

她選擇快車是因爲她不想浪費時間。車牌來自上塞納省區域。她不太懂車子，但她看得出這輛跑很快。司機是個苗條、黑髮、年約三十的高雅女子，散發出令人不自在的貴氣。她滿臉笑容，立刻同意讓愛麗絲搭便車。愛麗絲把她的袋子丟在後座上了車。年輕女子已經坐在駕駛座上了。

「走吧？」

愛麗絲微笑，伸出她的手。

「嗨，我叫愛麗絲。」

# 45

回到巴黎，愛麗絲取回她的車子開到魯瓦西機場。她花了很多時間望著出境告示板：南美洲遠超出她的預算，美國本身是個警察國家，只剩歐洲了，而且在她看來歐洲只剩瑞士。這是最理想的目的地。是不斷有人來人往的國際樞紐，匿名的天堂，人人都可以用假身分。在瑞士，他們幫販毒者洗錢、漂白戰犯——是個歡迎兇手的國家。愛麗絲買了隔天早上八點四十分出發去蘇黎世的機票，利用在機場的時間買了個漂亮行李箱。她一向不買奢侈品的。這是第一次；沒有更適合的時機了。她看上一個皮箱，但最後改買一個時髦的單色皮革旅行袋。花了不少錢。但她很喜歡。她也在免稅店買了一瓶 Bowmore 威士忌。她全用信用卡付帳。她心裡盤算過了：有點危險，但應該沒事。

買完之後她前往維勒班特，綿延不絕的工廠和散落的連鎖旅館。除了一兩處沙漠之外，沒有比這裡更鳥不生蛋的偏遠地方了。瓦盧比利斯旅館。標榜「舒適與隱私」的普通連鎖旅館。所謂舒適不過是一百個停車位，而隱私呢，一百個必須預付的相同房間：信任不在這個方程式裡面。愛麗絲又用信用卡付帳。「去機場要多久？」她問道。「二十五分鐘。」接待員提供標準答案。愛麗絲決定慎重行事，訂了早上七點的計程車。

她顯然累了——她幾乎認不得電梯鏡子裡的自己。

三樓。這裡的地毯也累了。房間無法形容。已經有無數房客住過這裡，無數個寂寞的夜晚、不安的夜晚、失眠的夜晚。有多少對不倫男女滿懷激情走進這個房間，倒在床上，離開時感覺他們毀了自己的人生？這時愛麗絲把行李丟在門邊，望著令人反感的裝潢，猜想接著該怎麼辦。

剛好晚上八點。她根本不必看錶——她聽得見隔壁房間的電視新聞開播聲。她晚點再洗澡；目前，她摘下金色假髮，拿出盥洗包，取下深藍色瞳孔片沖進馬桶裡。接著換上一條寬鬆牛仔褲和緊身毛衣。她把所有東西倒在床上，空背包甩到肩膀上，離開房間，走樓梯而不搭電梯。走到一樓之後，她等了片刻直到接待員消失，衝出門回到她的車上。突然感覺格外寒冷。天已經黑了。她起了雞皮疙瘩。停車場上空，飄過天空的厚重雲層遮蔽了飛機的怒吼聲。

她買了一捲垃圾袋。她打開車子行李廂。眼中充滿她拒絕看見的淚水。她打開那兩個標示「私人」的紙箱，不給自己時間考慮，開始拿出裡面的東西，夾雜著她拒絕聽見的啜泣，把東西全部塞進垃圾袋：書籍、信函、私人日記的片段、墨西哥銀幣。偶爾她用袖口擦擦眼睛，但她沒停下來，她不能停，不可能，她必須看破一切，拋開一切——服裝首飾，照片——她必須全部丟掉，不考慮也不記住——小說、烏木雕刻頭像、紅色鬆緊帶綁的一撮金髮，刻著小學時代初戀男友名字丹尼爾、字跡已經褪色的心形鑰匙圈。愛麗絲綁好第三袋，但是太多太重拿不動，她轉身，沉重地坐下，癱在打開的行李廂上，雙手撐著頭。她真正想做的是尖叫。要是能夠就好了。要是她還有力氣。有輛車緩緩駛過停車場通道。愛麗絲趕快站起來假裝在行李廂找東西；車子經過之後停在遠處，靠近旅館大廳：少走一點路總是好的。

三個垃圾袋放在地上。愛麗絲鎖上行李廂，拿起袋子走過停車場。隔開停車場與馬路的滑門顯然多年沒用了；曾經是白色的油漆底下有鏽蝕。外面，馬路上幾乎沒人：幾輛迷路的車子在找旅館，一台輕機車，但沒有行人。除了愛麗絲，有誰會想要在這種荒郊野外亂走呢？這些完全相同的街道上，有哪裡可以去？每家廠商的門外都沿著路邊排列著破舊的貨櫃；有好幾十個。愛麗絲走了幾分鐘，突然決定：這個。她打開貨櫃，把垃圾袋丟進去，卸下背包也丟進去，然後關上蓋子走回旅館。愛麗絲的一生躺在這裡，不快樂，兇殘，有計畫，虛弱，誘人，失落，沒有前科。今晚愛麗絲是大女生了：她擦乾眼淚，深呼吸一下，果斷地走著，到了旅館後門，這次慢步直接經過在看電視的接待員。愛麗絲回到她的房間，脫掉衣服洗了個熱水澡。她把水溫調到炙熱，在蓮蓬頭下張大嘴巴。

# 46

決策有時候很神祕。例如，卡繆就無法解釋他剛作的決定。

今晚稍早，他思索案情，關於在他們抓到她，將她隔離保護之前，這女孩子還會搞出幾起犯罪。但主要是在思索這個女孩，他畫了上百次的面孔，思考著她是如何讓他恢復了活力。今晚，他發現了他的錯誤。這女孩和艾琳毫無關係；他只是把兩個人、兩種狀況混爲一談。顯然遭綁架立刻讓她和艾琳有了關連，從那一刻起卡繆就無法擺脫這兩人，因爲本案激發出類似的情緒，類似的恐懼，在他心中激起類似的罪惡感。正是因此警探不該被指派到涉及自己的案子。但卡繆看得出在本案中，他沒有落入陷阱，而是製造陷阱。他朋友勒關終究只是給他機會面對自己的恐懼。卡繆可以移交這個案子，但他沒有。他的遭遇是他自己想要的；他需要的。

卡繆穿上鞋子，穿上外套，拿起車鑰匙，一小時後他緩緩駛過克拉瑪森林外圍的沉睡街道上。

右轉，左轉再直走，道路穿過高大的樹下。上次他來，腿間還夾著警用左輪槍呢。

他看見前方五十米的建築。車頭燈反映在污穢的窗戶上。高大狹窄、密集排列，在工廠常見的那種窗子。卡繆停車，熄掉引擎，讓車頭燈亮著。

那天，他曾經懷疑：萬一他錯了呢？

他關掉車頭燈爬下車。這裡的夜晚比巴黎冷，也可能只是他的感覺。他讓車門開著，走向房子。直升機差不多是在這裡突然從樹梢上衝下來吧。卡繆差點被巨響、被下吹氣流衝倒，他開始跑步。至少他記憶中是這樣。隔太久了很難記住細節。

這座畫室是獨立平房，曾經是管理員的住所，他早已過世。從遠處看來，好像小屋，在開放式門廊上你會預期看到搖椅。卡繆走的這條路在他小時候走過幾百次了，青少年時期，當他來看媽媽的時候，來看她工作，在她身邊做事。小時候，他從未被森林吸引過；頂多只會好奇地走進去幾步——他總是說寧可待在室內。他是個孤獨的小孩。他很認命，因爲覺得很難交到朋友，以他的身高。他不喜歡老是成爲笑柄。他寧可不和別人玩。事實上，森林嚇死他了。即使現在，那些高大的樹……卡繆五十歲了，快滿了，所以這時害怕精靈王嫌老了一點。但他現在並不比十三歲時高，無論怎麼努力，他還是覺得黑暗、森林、這棟孤立的房子，都令人不安。這是他母親工作的地方，但也是艾琳死去的地方。

# 47

在旅館房間裡，愛麗絲雙手抱胸。她會打電話給她哥哥。當他認出她的聲音，他會說：「喔，是妳啊……這次又想幹什麼了？」他會從一開始就生氣，但是沒辦法。她拿起旅館電話，查看貼紙確認怎麼用，撥0接外線。她發現一個可以跟他碰面的地方——很接近那座工廠；她有記下地址。這時她翻找，找到了，深呼吸一下撥了他的號碼。語音信箱。眞意外——即使半夜，他從來不關手機的；他總是說工作很神聖。或許他正在隧道裡，又或許他把手機留在大廳桌上，誰曉得？這不重要：她留了話。「嗨，我是愛麗絲。我要找你。有急事。十一點半在奧奈市朱文奈大道一三七號見。如果我遲到，等我一下。」

她正想掛斷，又說：「但是別讓我等太久。」

這時她又陷入房間裡的氣氛了。愛麗絲躺在床上作了一會兒白日夢——時間過得很慢，她的夢來得很自然又合理，一個接一個。她聽見隔壁房間傳來模糊的電視聲；人們都不懂他們的電視有多吵、多麼煩人。她想要的話可以讓它安靜。她可以起身，到隔壁去敲門，有人會驚訝地開門；他會像她殺過的那些普通男人——多少個？五個、六個，更多？她會照例親切地微笑，說：「嗨我是隔壁的，」往她的房間歪歪頭。「我一個人，可以進來嗎？」驚訝的男子會退開讓她進來，她會立刻說：「你想看我裸體嗎？」語氣就像別人說：「你可以拉上窗簾嗎？」男子會嚇得瞠目結舌。他應該是三十幾歲，顯然會有點肚子——他們長得都一樣；她殺過的男人都有一點肚子，即使帕斯卡．特拉里厄——願無限殘忍的魔鬼折磨他——也有啤酒肚。她會掀開她的浴袍問：「你看怎麼樣？」只做一次的話，會很好玩。打開她的浴袍，裸體站著問：「你看怎麼樣？」並且確定有何反應，確信對方會張開雙臂，她可以融化在他懷中。在眞實生活中，她會說的是：「麻煩你把電視關掉好嗎？」男子會結巴地道歉，笨拙地摸索遙控器，爲這位神奇的訪客驚慌失措。他彎下腰，背對著她——如果她想要的話，她可以用雙手抓起床邊的鋁製檯燈，敲擊他右耳後方；沒有更簡單的事了。一旦他暈眩，就易如反掌；她知道打哪裡能讓他暈眩並準備下一擊；用床單捆綁他，倒入半公升濃酸液到他喉嚨裡就搞定了，再也沒有電視噪音，這傢伙不可能再調高音量，她可以清靜一晚。

這就是愛麗絲躺在床上雙手枕著頭所作的白日夢。她讓自己神遊天外。畢生的回憶湧現。她沒有遺憾：無論如何，她都得殺了這些男人；她必須讓他們受罪，必須看著他們死。不，她不後悔殺任何人。其實，原本可能死更多人，多很多。故事的自然發展就是這樣。

現在該喝點酒了。她考慮在塑膠刷牙杯裡倒點Bowmore，但改變主意直接用瓶子喝。愛麗絲也後悔她沒有買包菸。畢竟，她在慶祝。她戒菸已經十五年了。她不知道爲什麼她希望今晚有買菸；她向來不是很喜歡抽菸。她只是從眾。她遵循每個年輕女生的夢想：和別人一樣。她不擅長喝威士忌——少量就會讓她頭暈。她哼著不知道歌詞的曲子，同時收拾她的東西，一件一件摺好衣服小心地放進新買的旅行袋裡。她喜歡東西放整齊——她的家裡就值得人欣賞，其實，她整個家裡總是完美無瑕。在浴室裡，有菸燒痕跡的乳白色塑膠小櫃子上，她擺放著盥洗用具：牙膏、牙刷。她從盥洗包裡拿出她的快樂藥瓶。有根頭髮卡在瓶蓋下面。她打開瓶子，拿掉頭髮讓它像葉子飄落；她希望有一大把讓她可以製造一陣雨，或雪；小時候她會和朋友這麼做，坐在草坪上用水管互相噴水。是威士忌的效果，因爲她一邊唱歌，仍然一邊用瓶子喝酒，雖然她喝得很慢，但她相當醉了。

整理完成，她發現自己有點暈眩。她很久沒吃東西了；喝點酒她就一塌糊塗。她沒多想。這令她發笑，緊張緊繃的笑，擔心的笑；她總是這樣：擔心是她的第二天性；還有殘忍。小時候她從來沒想到自己能夠這麼殘忍，她邊想邊把她的新袋子放進壁櫥裡。以前她是很溫和的小孩——大家都這麼說：「愛麗絲好貼心，她太可愛了。」無可否認，她太矮太醜，所以他們總是急著誇獎她的個性。

分分秒秒，夜晚就這麼過去。

愛麗絲喝著喝著，最後她也痛哭起來。她沒想到她體內有這麼多眼淚。

因爲今晚是極度孤寂的時刻。

# 48

宛如黑暗中的槍聲，當卡繆一踩上木製臺階時，臺階就應聲裂開。他差點跌倒，他穩住身子，設法站直，一腳困在破裂的木板裡。他受傷了。他拚命掙脫，被迫坐下。他身在此地，背對著工作室，望著車子，車頭燈仍然亮著，留在原地直到緊急救援趕來。他不太正常——他們發現了他，神智錯亂，坐在原地不動。也可能他曾經倚著欄杆站了一陣子。

卡繆站起來，謹慎地走過同樣軋軋作響、可能塌陷的門廊木板。他記不清楚當晚他在哪裡了。

努力回想有什麼用？殺時間罷了。

卡繆轉向大門。被匆忙用木板封死了，但他不用擔心，因爲兩扇山形牆窗戶都被打破了，一片玻璃也不剩。他爬上窗台，跳下另一邊。腳下老舊的紅色地磚仍然發亮；他的視力開始適應黑暗。

他心臟猛跳；雙腿幾乎站不住。他走了幾步。

蒼白的牆上布滿了塗鴉。有人來過這裡，占住這裡；地上有個舊床墊，已經撕裂了，到處有燃燒蠟燭的痕跡、空的瓶罐。風颳過室內。一部分屋頂塌陷了；可以看見外面的森林。

這一切無比悲哀，因爲已經不剩任何東西可寄託他的哀傷。連他的哀傷也不一樣了。突然，出乎意料，他想起一個殘忍的畫面。

艾琳與嬰兒的屍體。

卡繆跪倒在地哭了起來。

# 49

愛麗絲在旅館床上緩緩滾來滾去；裸體，沉默，閉著眼睛。她伸直手臂舉著T恤，像體操用綵帶一樣揮舞，讓影像浮現出來：她又看到自己的死狀，看著影像以隨機奇異的順序閃過，如同T恤——她的錦旗——飛揚，拍打著房間的牆壁。她想起浮腫的臉孔，雷姆斯那個咖啡館老闆突出的眼珠，名字她已經忘了。其餘回憶也湧現回來；愛麗絲跳舞，她不停旋轉，錦旗變成武器。這時她看見卡車司機巴比驚恐張嘴的表情。至少她記得他的名字。她把T恤纏在拳頭上搥打旅館房門，宛如把螺絲起子戳進一顆想像中的眼睛。她扭轉手像要鑽入更深。門把在壓力下尖叫，愛麗絲猛力扭轉，她的武器插入之後消失。愛麗絲很高興——她在握起的拳頭周圍揮動武器。她大笑著在房裡雀躍跳舞，她反覆殺人，她反覆看見被害人們的臉孔。最後舞蹈膩了，舞者累了。那些男人眞的想要她嗎？坐在床上，雙膝夾著威士忌酒瓶，愛麗絲想像男人的慾望是什麼樣子：例如菲利士——她看見他狂熱的眼神。他爲她語無倫次。如果他坐在對面，她會望著他眼睛深處；她會微張雙唇，拿著她的T恤伸出手，溫柔老練地撫摸他，雙膝夾著的威士忌酒瓶，像個巨大陽具，而菲利士會爆炸，其實他確實如此，在空中爆炸，彈頭脫離火箭飛越整個房間。

愛麗絲把T恤丟上空中，想像它沾滿血，像海鷗輕輕落在門邊的破沙發上。

稍後——此時天色已經全黑——她的鄰居關掉了電視睡覺，懵然不知住在愛麗絲隔壁而仍然活命是個多大的奇蹟。

站在洗臉盆前，她盡量退後以便看見鏡中的自己全身，裸體，嚴肅，有點肅穆，愛麗絲望著自己。沒什麼，只是望著自己。

原來這就是愛麗絲；這就是她剩下的樣子。

當你獨處面對自己時不可能不哭。

她體內有某種東西斷裂。她感覺一個裂縫張開，感覺自己被吸進去。

她在鏡中的影像太強烈了。

突然她轉過身，背對鏡子；她毫不猶豫地跪下來，用後腦猛撞洗臉盆邊緣，一下，兩下，三下，四下，五下，一次比一次用力，每次都撞到後腦同一個部位。發出可怕的碰撞聲，像銅鑼，因爲愛麗絲使盡了全力。最後一下讓她頭暈目眩，失去方向，掉下淚來。她頭腦中有些破裂折斷的東西，不只是今天。它們斷裂很久了。她搖晃著站起來，走到床邊倒下去。她的頭好痛；疼痛穩定地一波波襲來；她緊閉著眼睛，猜想她是否流血沾到了枕頭。她努力準確地伸出左手，抓到鎮靜劑瓶子放在她肚子上；小心翼翼地（她的頭很痛）把藥丸倒在手上全部吞下去。她笨拙地用手肘撐起身子，轉向床頭櫃，頭暈眼花，拿起威士忌緊抓著；她直接從瓶口喝，喝到她的呼吸能支撐爲止。短短幾秒鐘內，她灌了半瓶，然後放開酒瓶聽著它在地毯上滾開。

愛麗絲躺回床上。

她困難萬分地壓抑一陣作嘔。

她溶化在淚水中，只是她沒發覺。

她的肉體在此，但靈魂已經飄到別處。

它蜷曲成一團。一切都纏繞著她的人生；剩下的自動纏上來。

突然她腦子陷入恐慌，但只是神經反應。

這時發生的事只跟肉體有關；最後的時刻，再也不能回頭的時刻。愛麗絲的靈魂已經在別處。

如果還有別處的話。

# 50

這裡被徹底搜遍了。所有出口被封鎖，停車場被隔離；有幾輛警車閃著警示燈，好多制服警員。這一切在旅館住客眼中看來，就像電視劇似的，只差現在不是晚上。在警匪影集中，這種場面總是發生在晚上。現在早上七點，正常活動的時候，人人都急著趕飛機。經理拚命向房客道歉了一個多小時，提出各種安撫。不禁讓人懷疑他承諾了什麼。

卡繆和路易現身時旅館老闆就站在門口。了解狀況之後，路易帶頭進去。他習慣了這種狀況——他要先和老闆談過；如果讓卡繆負責，半小時內就會演變成內戰。

所以看來充滿同情與憐憫心的路易把老闆帶到一旁，留出通道。卡繆跟著一個地方警員，最先趕到現場的人。

「我馬上發現是尋人啓事的那個女孩子。」

他在等誇獎，但是沒等到；這矮子不太友善，他走路很快，看起來也很有自信，非常孤僻。他拒絕搭電梯，所以他們走沒人用的水泥樓梯間，裡面的回音好像大教堂。

雖然很怪，警員補充說：「我們沒讓任何人進來。在等你們過來。」

事情發展很奇妙。因爲房間仍然被隔離等候鑑識人員，而路易在樓下應付旅館老闆，卡繆單獨一人踏入房間，宛如探視去世親屬的家人——而且出於尊重隱私，暫時讓他和死者獨處。

在不氣派的地方，死亡總是相當庸俗。這個年輕女子也不例外。她用床單裹著自己，後來由於驚厥而裹得更緊，以致她看來像個即將做成木乃伊的埃及屍體。一手倦怠地垂在床邊，女性化又逼眞得嚇人。她臉上有瘀青。她睜著眼睛，凝視著天花板。在她的嘴角有嘔吐痕跡，大多數可能還在嘴裡。整個場面痛苦到無法形容。

如同任何死亡，房裡似乎彌漫著神祕感。卡繆留在門檻處，雖然他已經很習慣屍體；這輩子看過很多——他當了二十五年警察，這一點也不意外——遲早他必須把數字算清楚，但肯定有一座村子那麼多。有些對他造成了影響，有些沒有。潛意識會決定。這一個很痛苦。心痛。他不知道爲什麼。

他第一個念頭是他總是來得太遲。艾琳因此而死；他的本能錯了，他太固執了，太晚趕到，所以她已經死了。但是不然，現在他置身此地，知道不是那麼回事，歷史並不是自然重演，沒有任何死去的女人能代替艾琳。首先最重要的，因爲艾琳是無辜的；但他無法相信這個女子也是。

但他仍然很不安，無法解釋理由。

他感覺，他知道，有些事情他還沒發覺。或許從一開始就是。這個女孩帶走了她的祕密。卡繆想要過去，看清楚一點，俯身去發覺。

她活著時他追捕她；如今她死在這裡，他還是對她一無所知。她幾歲？她從哪裡來的？還有最重要的，她本名叫什麼？

她的提包放在他身邊的椅子上。他從口袋掏出乳膠手套戴上。他拿起提包，打開——女人家裝在提包裡的東西眞是神奇——他找到她的身分證，打開。

三十歲。死者從來不像他們生前的樣子。他看看大頭照，再回看床上死去的女子。兩張臉孔都不像他過去幾週內根據電腦肖像畫過的無數素描。所以這女孩的臉孔仍然神祕難解。哪個是她的眞實面貌？身分證上蓋鋼印的形象？照片中的她可能大約二十歲；過時的髮型，而且她沒笑容，只是茫然望著前方。或者是連續殺人狂的模擬肖像，冷漠，兇狠，充滿惡意，列印過上千次？或者是死在床上這女子的僵硬臉孔，身體雖然已與靈魂分離，仍然帶著無法言喻的痛苦？

卡繆感覺她竟然好像費南・佩雷茲（Fernand Pelez，1843-1913，十九世紀西班牙裔法國畫家）的畫，《被害人》：死亡來襲時的驚人效應。

卡繆被她的臉迷惑，忘了他還不知道她的名字。他又看看身分證。

愛麗絲・裴佛斯特。

卡繆暗自複誦這個名字。

愛麗絲。

蘿拉死了，還有娜塔莉、莉亞、艾瑪。

她是愛麗絲。

應該說她曾經是……她曾經是。

# 第三部

# 51

維達法官很高興。死亡原因是自殺，是他的機靈、技巧與專心一志組成的合理推論。如同所有虛榮男人，出於隨機和情境的事情都歸功於自己的才能。不像卡繆，他歡欣鼓舞。私下竊喜。他越保留，顯然越感覺得意。卡繆從他的嘴型、肩膀、穿上SOCO（犯罪現場幹員）防護衣的誇張模樣看得出來。看到維達戴上醫療口罩、身穿藍袍的感覺眞古怪。

他可以站在走廊上輕鬆看到現場的，反正鑑識人員已經在工作了，但是不行——三十歲的連續殺人犯，尤其是死掉的，就像打獵場面，是必須靠近觀察的。他很滿足。他踏進房間時簡直像羅馬皇帝。他俯身到床上，嘴唇抽動彷彿在說：「很好，很好」，離開時他的表情顯示：結案。爲了卡繆好，他指指現場幹員們。

「我要盡快看到報告，知道嗎？」

意思是他要舉行記者會。很急。卡繆馬上同意。

「當然，」卡繆說，「我們會查清楚。」

法官正要離開。卡繆聽見砲彈上膛的聲音。

「我們得趕快了結這檔事，」法官說，「爲了大家。」

「你是說爲了我吧？」

「如果你要我坦白，沒錯。」

他邊說邊脫掉防護服。帽子和鞋套不太搭配他發言的威嚴。

「你在本案中顯示了特別缺乏洞察力，范赫文探長，」他終於說，「你不斷被事件牽著走。連這女孩的身分都不是你查到而是她自己透露的。你逃過一劫，但只是幸運；要不是這件……幸運的『事件』，」他往房間側頭，「我不確定你還會留在這個案子中。我強烈認為你就是沒有……」

「……才能（雙關語：亦指身高）？」卡繆接話，「說吧，長官，話已經在你舌尖上了。」

法官惱怒，沿著走廊走了幾步。

「對您是結束了，」卡繆說，「你沒有膽子說出自己的想法，也不誠實相信自己所說的。」

「那好吧，我就告訴你我的想法……」

「我嚇得雙腳發抖呢。」

「我想你不適合再處理重案。」

他頓了一會兒強調他的想法，身爲一個聰明人，深知自己的地位，他說話從不委婉。

「讓你回來上班眞是失策。你或許退出比較好。」

# 52

第一時間，所有東西被送往鑑識實驗室。做完之後，東西被丟在卡繆的辦公室裡。或許看不出來，但卻占了很多空間。阿蒙把東西集中在兩張桌子上用床單蓋住，推開辦公桌、衣帽架、椅子、沙發，然後仔細地把全部的東西展示出來。看著這些幼稚的東西，發現其實它們屬於一個三十歲的女人，感覺很怪。彷彿她從未長大。為什麼有人會保留鑲假鑽的廉價粉紅色髮片，或是電影票？

這些東西都是四天前從旅館收集到的。

離開女性死者的旅館房間後，卡繆回到門廳，阿蒙正在做接待員的筆錄，那個年輕人的頭髮用髮膠黏在一側，活像被打了一耳光。顯然為了務實的理由，阿蒙把據點設在房客們吃早餐的餐廳裡。

「你不介意吧？」他說，不等回應就自己拿了一壺咖啡、四個可頌麵包、一杯柳橙汁、一碗麥片、一顆煮蛋、兩片火腿和兩片起司。他一面吃，一面詢問接待員，之後他顯然很專心聽，即使塞了滿嘴，還是能夠糾正對方。

「剛才你說是晚上八點半。」

「對，」接待員說，很驚訝這個瘦子的好胃口，「但是有五分鐘誤差，很難說……」

阿蒙點頭表示理解。完成訪談之後，他說：「我猜你不會有紙箱之類的吧？」他沒等回答；反而攤開三條紙巾，倒入一整籃麵包、用蝴蝶結打包；看起來像個禮物。他向擔心的接待員說：「晚點用的……我們有很多工作要忙，沒時間吃午餐。」

這時才上午七點半。

卡繆走進被路易徵用來做證人筆錄的會議室。他正在盤問發現愛麗絲屍體的打掃女傭，年約五十的婦人，臉色蒼白擔憂。通常她上夜班，在晚餐後打掃，然後回家，但是有時候，人手不足她必須早上六點回來上班整理臥室。她是個胖子，有腰痛的毛病。

她的工作要在接近中午時離開臥室，即使那時候，也只能大聲敲門和等待，因爲她見識過的場面……足以講一大堆故事，但是剛走進房間看著他們的警察令她膽怯。他什麼也沒說，只是站在那兒，雙手插在從進門之後就沒脫過的大衣口袋裡；那個人顯然不是生病就是怕冷。但是今早，她犯了個錯。317號房在她的責任清單——客人已經退房，意思是她可以打掃房間了。

「字寫得不好，」她解釋，「我看成了314號房。」

她相當激動；她不想扛這個責任。又不是她的錯。

「如果房號寫清楚了，這一切都不會發生。」

爲了讓她冷靜、安撫她，路易把修剪整齊的手放在她手臂上閉上他的眼睛；有時候他看來好像樞機主教。從她誤闖314號房以來，清潔女傭第一次發現除了她一直嘮叨的寫錯房號之外，有個三十歲的女人自殺了。

「我立刻發現她死了。」

她沉默下來，拚命斟酌適當的字眼；她這輩子看過很多屍體。但是，每次都是意外撞見。眞的會嚇死人。

「可把我嚇壞了。」

她一想到就伸手掩口。路易默默同情她。卡繆沒說話；只是看著，等著。

「那麼年輕漂亮的女孩子。她好像還活著……」

「妳以爲她好像活著？」

是卡繆問的。

「呃，不是，不是在房間裡……我不是那個意思……」

看兩名男士沒有反應，她繼續說；她想要做正確的事，想要幫忙。因爲弄錯了房號，她以爲他們會因此責怪她什麼。她必須爲自己辯護。

「前一晚我看到她的時候她似乎很活潑——我是這個意思。她走路的樣子；似乎很勇敢。我不知道該怎麼解釋。」她變得焦躁。

路易冷靜地說：「前一晚妳在哪裡看到她？」

「在旅館外面的馬路上。她拿垃圾袋出去……」

她沒機會把句子說完；兩名男士已經消失。她看著他們跑向大門。

途中卡繆叫住阿蒙和三個警員，他們全都衝出去。在街上往左右兩邊散開，約五十米外有輛垃圾車的作業員正在匆忙地清空垃圾箱；警察們大喊但是距離太遠，他們沒聽見。卡繆和阿蒙沿路奔跑，猛揮手；路易跑向另一邊，三人都亮出警察證；其餘警察拚命大聲吹哨子；結果清潔工完全愣住：他們全部停止動作。警察們繼續跑，喘得上氣不接下氣。清潔隊員不常看見警方想要逮捕垃圾箱。

迷惑的打掃女傭被帶出戶外，好像被粉絲與狗仔隊包圍的名人。她指出昨晚看見死者時她站的位置。

「我騎著我的小綿羊，在那邊，她在這裡——呃，差不多啦；我無法精確地指出來。」

大約二十個垃圾箱被推到旅館停車場去。經理立刻慌了。

「可是你們不能——」

「不能怎樣？」卡繆打斷他。

經理投降；今天看來不好過了：垃圾箱內的東西全部倒在停車場上，彷彿有人自殺還不夠慘。

結果是阿蒙找到了那三個垃圾袋。

他有熱情。還有經驗。

# 53

週日早上，卡繆替豆豆開窗，因爲她喜歡看市場景色。吃完早餐之後——還不到早上八點，他睡得很不安穩——他陷入了經常遭遇的漫長猶豫期，所有可行的方案互相抵銷，做或不做某件事似乎同樣無關緊要。猶豫期最困難的一點，就是在他內心深處，他知道自己最後會選哪個做法。假裝猶豫只是用佯裝理性掩飾可疑決定的方式罷了。

今天是他母親畫作的拍賣日。他一直告訴自己不要去。現在他確定不去了。

卡繆設想自己未來的狀況；幾乎像是拍賣已經結束。他的念頭轉到拍賣所得，以及不保留這筆錢，要將錢送給別人的主意。迄今，他一直不願去猜想會有多少錢。雖然他不想計算，他的腦子已經算出了數字；他忍不住。他永遠不會像路易那麼富裕，但即使如此也要算。據他計算，應該會賣到十五萬歐元。或許更多，或許二十萬歐元。他很生氣自己在算，但誰不會呢？艾琳過世後，保險金付清了他們一起買的房子的貸款。他立刻把它賣掉。他用賣屋所得買了這戶公寓，辦了賣畫所得能夠輕易還清的一小筆貸款。這種念頭是他出於善意的第一個錯誤。他告訴自己，我可以付清貸款把其餘的錢送掉。然後變成了付清房貸、升級成換車再送掉餘款。這是惡性循環。直到再也沒有「餘款」爲止。最後他會只捐兩百歐元給癌症研究機構。

算了吧，卡繆心想，振作精神。專注在重要的事情上。

將近上午十點，他丟下豆豆，走過市場——天氣晴朗溫和——就這麼一路走向警察局。慢慢來。憑卡繆的短腿能走多快算多快。不出所料，他的決定和決心半途消失，他改搭地鐵。

今天雖是週日，路易說過他一點鐘左右會來辦公室陪他。抵達之後，卡繆一直在和大桌上攤開的東西默默溝通。這看來好像小女孩的清倉大拍賣攤位。

愛麗絲被發現身亡的隔天晚上，她哥哥來殯儀館認屍之後，她母親裴佛斯特太太被問到她是否在遺物之中認得什麼。

裴佛斯特太太是個矮小精明的婦人，稜角的臉孔跟她的白髮和破舊衣物非常一致。她全身散發出同樣的訊息：我們出身貧寒。她不想脫掉外套或放下手提包；她急著想離開。

「太多事情她無法同時承受，」第一個和她交談的阿蒙說，「女兒謀殺了至少六個人之後在昨晚自殺——再怎麼樣，都難免驚慌失措。」

卡繆在走廊和她慢慢談，讓她準備接受震撼；她會面對很多她女兒小時候到青少年時期的私人物品，沒什麼價值，但在女兒死去那天會令人十分心碎的東西。裴佛斯特太太打起精神，她沒哭，她說她能理解，但她一面對放滿回憶的桌子，她崩潰了。有人拿了把椅子給她。身為旁觀者，這種時候很痛苦；讓你不斷換腳轉移重心，被迫有耐心，什麼也不做。裴佛斯特太太仍緊抓著包包，彷彿她在訪友；她坐在椅子上，指著那些東西：有很多她從未看過或記不得的。她經常顯得困惑懷疑，好像面對著她不認得的女兒形象。對她而言，這些就像備用零件。把她女兒貶抑爲這堆垃圾目錄似乎很殘酷。她的哀傷轉爲屈辱；她開始左顧右盼。

「她中了什麼邪才會留這些垃圾？你確定是她的東西嗎？」

卡繆攤開雙手。她的反應很眼熟——這是人抵抗這種殘酷狀況的防衛機制，這種侵略性，是震驚的人常見的反應。

「話說回來，這個肯定是她的。」

她指著黑色木雕頭像。她似乎想說什麼故事，但改變主意。然後指著從不同小說撕下來的紙頁。

「以前她看很多書。看個不停。」

路易抵達時，快到兩點了。他從破舊的紙頁開始看。《明天戰鬥時想著我》、《安娜卡列妮娜》。有些段落用紫墨水畫了底線。《米德鎭的春天》、《齊瓦哥醫生》。路易全都看過。《奧雷里安》、《豪門世家》。有個證人提過她有全套莒哈絲作品，但這裡只有出自《戰爭回憶錄》的幾頁。路易看不出這些作品之間的關聯；有浪漫主義的元素，這一點也不意外——年輕女孩跟連續殺人犯都是心軟的動物。

他們去吃午餐。吃飯時，卡繆接到主辦今早拍賣會的母親友人來電。沒多少話好說的。

卡繆再次道謝——他不知道還能怎麼樣，所以他謹慎地提議讓他分點錢。路易看得出對方的意思是他們改天再談，他是爲了慕德才做這件事。卡繆沉默下來，他們說好近期內碰面，明知道他們永遠不會。卡繆掛斷。拍賣所得遠超過預期：二十八萬歐元。光是那幅小自畫像，次要作品，就賣了一萬八千歐元。

路易不驚訝。他很熟悉價格與估算；他對這種事有經驗。

二十八萬。卡繆不敢相信。他試著計算這是多少年的薪水。很多年。想到自己現在這麼有錢就讓他不自在；像肩上的重擔。他伸了一下懶腰。

「賣掉所有的畫，是做傻事嗎？」

「未必，」路易謹慎地說。

不過，卡繆還是懷疑。

# 54

剛刮過鬍子，方下巴，充滿決心，眼神炯炯，厚唇，性感，外向。他站得筆直；要不是棕色鬈髮往後綁成馬尾，他看起來簡直像軍人。銀色帶扣的腰帶突顯出企圖符合他社會地位的鼓起腰線，是商業午餐會、婚姻、壓力，也可能以上全部造成的。他看來好像四十幾歲。其實他才三十七。他六呎高，肩膀寬廣。路易不胖，但他很高——站在這個人旁邊會像個青少年。

他來殯儀館認屍時，卡繆見過他一次。他俯身到鋁製解剖台上，表情嚴肅，痛苦。他沒說話，只點點頭確認，是她，床單又被拉起來遮住。

在殯儀館那天，他們沒有交談。這很棘手，死者明明是摧毀六個家庭的連續殺人犯，還是得致哀。很難措辭；幸好，大家預期警察會這麼做。

他們走回去的走廊上，卡繆沉默。路易說：「他似乎比我上次看到時變了很多……」

卡繆記得路易是在調查帕斯卡．特拉里厄之死期間第一次見到他。

今天是週一，下午五點，在刑警大隊總部。

路易（Brioni西裝，Ralph Lauren襯衫，Forzieri皮鞋）坐在辦公桌邊。阿蒙坐在他旁邊，襪子垂到了腳踝上。卡繆坐在房間另一端的椅子上，晃著雙腿，彷彿事不關己地盯著一本素描簿。這時他正根據看過的墨西哥硬幣印象畫著瓜達盧佩．維多利亞（Guadalupe Victoria，1786-1843，墨西哥第一任總統）的肖像。

「何時會發還遺體？」

「快了，」路易說，「很快。」

「已經四天了……」

「我知道，這種事好像都會拖很久。」

客觀來說，這是路易很擅長的事。這副極度憐憫的表情一定是他小時候就學會了，因爲家族傳統，社會階級。現在，卡繆眞想把他描繪成扮演威尼斯總督的聖馬可。

路易撿起他的記事本，他的檔案夾，彷彿他想盡快擺脫痛苦的禮節。

「那好吧。湯瑪斯．瓦蘇爾，一九六九年十二月十六日出生。」

「我想檔案裡有寫。」

不冒犯，但是帶刺。焦躁。

「喔，對，對，」路易輕快地說，「只是我們得照這個順序核對一切。結束這個案子。據我們所知，令妹殺了六個人，五男一女。她死了，所以無法拼湊這些事件。我們必須要有東西告訴家屬——相信您一定了解。更別說法官了。」

唉，對了，法官，卡繆心想。他急著開記者會呢。他不用多久就能贏得長官支持；人人都想開記者會。這算不上什麼勝利，自殺的連續殺人狂——不如逮捕那麼精彩——但從保全、大眾安全、社會安寧等等屁話觀點值得吹噓。兇手已經死了。就像中世紀城鎮的報馬仔宣布惡狼已經死了；人人都知道這不會改變世界，但是令人鬆了口氣，強化有某種崇高的力量在照顧我們的印象。在本案中崇高的力量可是洋洋得意。維達出現在聚集的記者面前裝出很不情願的樣子。聽他講話，你會以爲警方圍困了兇手，她只好在投降與自殺之間抉擇。卡繆和路易在當地酒館裡看了電視轉播。路易很想看。卡繆暗自竊笑。光榮的時刻過後，法官冷靜下來。在鏡頭前，他侃侃而談，但是現在調查走到尾聲，刑警大隊必須負責收尾。

所以重點在於他們要告訴家屬什麼。湯瑪斯．瓦蘇爾了解；他點點頭，仍然不太高興。路易埋頭在檔案夾裡一會兒，然後抬頭看，用左手撥開臉上的頭髮。

「呃，生日：一九六九年十二月十六日。」

「對。」

「您是遊戲機出租公司的業務主管。」

「沒錯。我們跟賭場、酒吧、夜店配合；我們出租吃角子老虎。遍布全法國。」

「您已婚，有三個小孩。」

「對，這下你什麼都知道了。」

路易仔細地記下來，接著又抬頭。

「所以您比愛麗絲大……七歲？」

這次湯瑪斯．瓦蘇爾只點頭。

「愛麗絲從來不知道她父親是誰。」路易說。

「不知道，我父親很年輕就死了。家母隔了很久才懷了愛麗絲，但她不想和那傢伙長期交往。他就跑掉了。」
「所以，您可以算是她唯一有過的父親角色？」
「我照顧她，對。我負責帶她；她需要我。」
路易沒說話，讓沉默延續。瓦蘇爾繼續說。
「即使當年愛麗絲也……我是說，愛麗絲個性不穩定。」
「對，」路易說，「不穩定……令堂也這麼說。」
他稍微皺起眉頭。
「我們沒有心理轉變紀錄；她似乎沒作過治療或診斷。」
「愛麗絲沒有瘋，她只是不穩定！」
「因爲她從小沒父親……」
「主要是她的人格。即使小時候，她朋友也不多，她很畏縮，孤立，沉默寡言。而且她不太乖巧。」
路易作了個表示理解的表情，見瓦蘇爾沒說話，他又說：「她需要管教……」
很難看出這是疑問句、陳述或是評論。瓦蘇爾判斷這是個疑問。
「正是。」
「靠令堂還不夠。」
「無法取代父親。」
「愛麗絲有提過她父親嗎？我是說，她有沒有發問？要求見他？」

「沒有，她需要的一切家裡都有了。」

「就是你和令堂。」

「家母跟我。」

「愛與紀律。」

「如果你要這麼說的話。」

勒關分局長應付維達。他扮演他和卡繆之間的緩衝。他具備所有必要的條件：才幹、自制、耐性。無論大家對法官如何評價，他當然有時很討人厭，但卡繆眞是個累贅。從那女孩自殺後，已經七天了，有謠言流傳。范赫文跟以前不同了；他很難合作；他無法處理大規模的調查。人人都在談他，一個女孩子兩年內幹掉六個人的故事肯定會吸引注意力——姑且不論她怎麼做到的——而且確實整個調查期間卡繆看起來好像跟不上進度。直到最後。

勒關重讀了卡繆最終報告的結論。一小時前他們剛開過會。

「你確定是這樣嗎，卡繆？」勒關說。

「當然。」

勒關點點頭。

「既然你這麼說……」

「呃，如果你想要，我可以……」

「不，不，不，」勒關打斷他，「我會處理。我親自去見法官解釋。結果我會通知你。」

卡繆舉起雙手作勢投降。

「得了，卡繆。你跟法官們到底是怎麼搞的？你老是從一開始就跟他們不和——好像你忍不住似的。」

「這你得去問法官大人。」

分局長的疑問背後有個尷尬的暗示：是卡繆的身高讓他不斷想要挑戰權威嗎？

「所以這個帕斯卡．特拉里厄，你在學校認識他嗎？」

湯瑪斯．瓦蘇爾往後仰頭不耐地呼口氣，好像要吹熄天花板上的蠟燭。他擺明了他覺得很難忍受；他咕噥著說出一聲肯定、簡短的「是」，通常用來嚇阻對方別再問下去的那種語氣。

這次，路易沒有躲在檔案夾後。他有優勢，因爲一個月前他訪談過瓦蘇爾。

「我第一次問你話的時候，你說，引述原文：『帕斯卡總是拿他那個女朋友娜塔莉來煩我們……不過我想至少他交過一個了。』」

「所以呢……？」

「我們現在知道了這個娜塔莉其實是令妹愛麗絲。」

「現在你們或許知道，但是當時我不知情。」

看路易不說話，瓦蘇爾覺得必須再說明一下。

「你要了解，帕斯卡是個複雜的人。他從未眞正交過女朋友。其實，我以爲他只是在吹牛。他老是在談這個娜塔莉，但我們沒有人見過她。老實說，我們一笑置之。像我就從來不當一回事。」

「但是你把愛麗絲介紹給你朋友帕斯卡。」

「不是我，而且他不算是我朋友。」

「眞的？所以他算什麼？」

「聽著，我就坦白跟你說了。帕斯卡是個他媽的白癡；他的智商跟海膽差不多。OK，我在學校認識他，他是從小認識的朋友，如果你偏好這麼說——我偶爾會遇到他。但他不是『我朋友』。」

在此，他笑得頗大聲，以強調這個看法多麼可笑。

「你偶爾會遇到他……」

「偶爾我去打招呼時會在酒吧裡看到他。我在克利希區還是認識很多人。我出生在那裡，他也是，我們一起上學。」

「在克利希區。」

「正是。你或許會說我們以前在克利希是朋友。你希望這樣嗎？」

「這樣就夠了，謝謝。」

路易又擔心地躲到檔案夾後面了。

「所以照你的說法，帕斯卡和愛麗絲也是『以前在克利希的朋友』？」

「不，他們不是『以前在克利希的朋友』，你一直扯克利希這件事開始把我惹毛了。如果你……」

「冷靜。」

這是卡繆說的。他沒有提高音量。他像個拿蠟筆躲在角落的小孩，他們都忘了他在場。

「我們發問。你只管回答。」

瓦蘇爾轉向他，但卡繆沒有抬頭看；他繼續畫素描。只補充說：「在這裡規矩就是這樣。」

最後，他抬頭看，挑剔地伸直手臂拿開圖畫，稍微傾斜，然後越過素描簿看著他說：「如果你再發飆，我就控告你妨礙公務。」

卡繆把素描簿放到桌上，再次俯身下去看之前，他說：「希望我說得夠清楚了。」

路易愣了一下。瓦蘇爾手足無措，來來回回看著路易和卡繆，瞠目結舌。現場氣氛就像突然發生暴風雨的夏末日子，你突然發現沒穿外套出門，天色陰暗而且離家很遠。瓦蘇爾看來彷彿快要拉起外套衣領了。

「所以呢？」路易說。

「所以什麼？」瓦蘇爾困惑地說。

「所以，愛麗絲和帕斯卡．特拉里厄也是『以前在克利希的朋友』嗎？」

「不，愛麗絲沒住過克利希區，」瓦蘇爾說，「我們搬家了，原本她有可能，我不確定，當時我才四五歲。」

「那麼她怎麼認識帕斯卡．特拉里厄的？」

「我不知道。」

一陣沉默。

「所以，令妹認識你的所謂朋友帕斯卡．特拉里厄純屬巧合……」

「我猜是吧。」

「而她向他自稱名叫娜塔莉。後來她在尙皮尼鎭用鏟子殺了他。這一切都跟你毫無關係。」

「你到底想怎樣？殺他的是愛麗絲，不是我！」

他動怒了，聲音變得尖銳，然後突然回神。他非常冷淡，緩慢地說：「還有你們爲什麼偵訊我？你們有不利我的證據嗎？」

「沒有，」路易趕緊說，「但是請您諒解，帕斯卡失蹤後，他父親，尙—皮耶．特拉里厄，去找你的妹妹。我們知道他找到她了，在她家附近綁架她，當作人質，折磨她；我們相信他打算殺她。神奇的是，她逃脫了……剩下的你都知道。但這正是我們感興趣的地方。她竟然用假名跟他兒子交往，很令人意外。她想要隱瞞什麼？但更加意外的是，尙—皮耶．特拉里厄怎麼找到她的？」

「我哪知道。」

「呃，我們有個小小推論。」

講這種句子卡繆會特別過癮；聽起來像威脅，或指控——弦外之音會很沉重。至於路易，這只是個陳述。這正是路易的優點——類似英國警察的一面。決定什麼就做什麼。沒什麼可以令他分心，或阻止他。

「你們有個推論，」瓦蘇爾覆述，「可以告訴我是怎樣嗎？」

「尋找他兒子的時候，尚─皮耶·特拉里厄走訪他想到或認識的每個人。他給每個人看一張畫質欠佳的帕斯卡跟娜塔莉合照。就是愛麗絲。但是他探訪了那麼多人，唯有你一定認得自己的妹妹。我們猜想實際狀況正是如此。我們認爲你把她的地址告訴了他。」

沒反應。

「不過，」路易繼續說，「鑒於特拉里厄先生的激動狀態和明顯敵意的態度，給他地址等同於施加嚴重的肢體傷害。至少如此。」

這個資訊逐漸滲透到整個房間。

「我爲何要這麼做？」瓦蘇爾說，似乎眞的很好奇。

「那正是我們想知道的事，瓦蘇爾先生。他兒子帕斯卡的智商──用您的說法──跟海膽差不多。父親的進化程度也沒多高，不需要動腦筋就知道他的意圖是什麼。我說過這等同於害令妹被毆打，但其實任何人都會發現他很可能殺了她。你希望這樣嗎，瓦蘇爾先生？讓尚─皮耶·特拉里厄殺了令妹？殺了愛麗絲？」

「你有什麼證據？」

「啊哈！」

這又是卡繆說的。開頭是喜悅的叫聲，結尾是感謝的笑聲。

「哈，哈，哈！我喜歡！」

瓦蘇爾轉頭看他。

「當一個證人問我們有什麼證據，意思是他不反駁我們的結論，」卡繆說，「他只是想脫身。」

「OK，」湯瑪斯．瓦蘇爾剛作了決定。他很冷靜，雙手平放在面前的桌上。他盯著靜止不動的雙手同時說：「有人可以告訴我，我來這裡做什麼嗎？」

語氣很強烈，整句話像命令一樣擲地有聲。卡繆起身，不再畫畫，不再耍詐，不提證據：他大步走過來站在湯瑪斯．瓦蘇爾面前。

「你開始強暴愛麗絲時她幾歲？」

湯瑪斯抬頭看。

「喔，原來如此……」

他微笑。

「你何不直說？」

小時候愛麗絲斷斷續續地寫日記。偶爾寫幾行，有時候隔好久沒寫。她甚至未必寫在同一本冊子上。從垃圾袋裡的東西，他們發現了很多。有本習字簿的前六頁寫滿了細長的字跡，有本精裝筆記簿印著馬匹在夕陽下奔跑的圖片。

像小孩子的筆跡。

卡繆只念出一句：「湯瑪斯進了我的臥室。他幾乎每晚都來。媽媽知道。」

瓦蘇爾站起來。

「OK，各位，恕我失陪了……」

他走了幾步。

「我不認爲這樣子就會沒事了。」卡繆說。

瓦蘇爾轉身。「是嗎？依你看，事情會怎麼發展呢？」

「在我看來，你要坐下來回答我們的問題。」

「關於什麼的問題？」

「你性侵害令妹的事。」

瓦蘇爾看看路易和卡繆，假裝害怕地說：「是嗎？她打算提出控告嗎？」

他顯然覺得好笑。

「你們這些人，全是一群小丑。我不會跟你們掏心掏肺，讓你們稱心如意。」

他雙手抱胸，像尋找靈感的畫家歪著頭，用淫穢的口氣說：「事實是，我很喜歡愛麗絲。非常喜歡。難以形容。她是個可愛的小女孩，你們無法想像。有點瘦，臉蛋也有點平凡，但她很可口。很甜美。對了，還有，不穩定。你們必須了解，她需要嚴厲的管教。加上很多愛心。對待小女孩通常是這樣。」

他轉向路易，攤開雙手，掌心朝上，露出微笑。

「你自己說的，我是她的父親。」

然後他又滿意地抱胸。

「說說看，各位，愛麗絲提出了強暴控告嗎？我可以看看副本嗎？」

# 55

根據卡繆的計算，交叉比對檔案之後，當湯瑪斯「進入她的臥室」，愛麗絲不滿十一歲。他十七歲。達成這個結論必須作一些假設與排除。異父兄長。保護者。

天啊，這個故事太殘暴了，卡繆心想。大家還說我殘暴呢。

他回頭察看愛麗絲。他們有幾張童年照片，都沒有日期，所以他們必須依賴背景元素（衣物，車型）來估計年分。此外，還有愛麗絲的外型。她成長得很穩定，從一張照片到下一張。

卡繆花了很多時間查閱家譜。母親卡洛．裴佛斯特是看護助理，在一九六九年嫁給畫家法蘭索瓦．瓦蘇爾。當時她二十歲。湯瑪斯在同一年出生。父親在一九七四年過世後，這孩子剛滿五歲，很可能對父親沒什麼印象。愛麗絲生於一九七六年。父不詳。

「他是個沒用的傻屌。」裴佛斯特太太堅決地說，沒留意雙關語。她沒什麼幽默感。話說回來，身爲殺害六個人的女兒之母，顯然沒有心情開玩笑。卡繆想讓她省略被迫看著從愛麗絲遺物中發現的影像這種折磨，把東西從桌上收走。他只問她有沒有什麼照片。她帶了一疊。他和路易一起整理，註記是何時在哪裡拍的，還有裴佛斯特太太指出的人名。至於湯瑪斯，沒提供任何照片，聲稱他手上沒有。

愛麗絲小時候的照片看來瘦得可怕，臉色憔悴，顴骨突起，有黑眼圈，嘟著薄嘴唇。她的姿勢很彆扭，很勉強。有一張是在海邊拍的：有海灘球和陽傘，鏡頭逆光。據裴佛斯特太太說，是在勒拉旺杜拍的。兩個小孩都在畫面裡，十歲的愛麗絲和十七歲的湯瑪斯。他的頭部和肩膀高過她。她穿著兩截式泳裝；她其實不太需要穿上半身泳裝——只是炫耀用途。她手腕好瘦，用兩根手指就足以環繞；她的腿瘦到膝蓋突出來；雙腳有點內八字。要不是臉長得太醜，她看起來病弱瘦小或許就不重要了。連她的肩膀都不太對勁。當你知道自己看到的是什麼，實在是個折磨。

大約這個時期，湯瑪斯開始半夜潛入她的臥室。稍早一點，或晚一點，都不重要。因為下一批照片看來也不太妙。愛麗絲十三歲的時候。團體與家族照片。愛麗絲站在右邊，母親在中間，湯瑪斯在左邊。在某郊區房子的庭院拍的。生日派對。「那是我已故兄弟的家，」裴佛斯特太太說，迅速畫個十字。簡單的手勢有時可以開啓新觀點。裴佛斯特家族顯然有信仰，或曾經有——至少他們會作表面工夫。卡繆感覺這女孩子前途堪憂。在照片中，愛麗絲長大了一點，但只有身高。她還是很瘦長；她這副模樣顯得尷尬又不自在。她讓人想要保護她。在團體中她站在其餘人稍後方。在照片背面，愛麗絲寫道：「母后」。裴佛斯特太太看來沒什麼皇家威嚴，倒像是盛裝打扮的女傭。她轉向兒子面露微笑。

「羅伯．普拉德瑞。」

阿蒙這時接手偵訊。他用新原子筆在新簿子上記載答案。今天可是刑警隊的大日子。

「從來沒聽過。是愛麗絲的被害人之一，是嗎？」

「對，」阿蒙說，「他是卡車司機。他的屍體在靠近德國邊界的高速公路服務站、自己車上的駕駛艙裡被發現。愛麗絲用螺絲起子插進他眼睛，另一支插在他喉嚨，然後倒了半公升硫酸在他嘴裡。」

瓦蘇爾若有所思。

「愛麗絲一向很尖酸刻薄……」

阿蒙沒笑。這是他的長處；他假裝不懂或不在乎——其實，他全神貫注。

「或許是吧……」他說，「就我所知她確實脾氣不好。」

「女人嘛……」

暗示：你知道女人是什麼樣子。瓦蘇爾就是口無遮攔又左顧右盼尋求支持的那種人。你以爲只有老色狼、懦夫、變態狂才會這樣，但其實在形形色色的男人都很常見。

「那麼，這個羅伯．普拉德瑞，」阿蒙繼續說，「你沒聽說過他的名字？」

「沒有——幹嘛，我應該要嗎？」

阿蒙沒回應；他翻閱檔案夾。

「那麼柏納德．蓋特諾呢？」

「你打算一個一個全部問過嗎？」

「只有六個人；不會花太久。」

「這些人關我什麼事？」

「跟你有關是因為你其實認識柏納德．蓋特諾。」

「這倒新鮮了。」

「喔，一點也沒錯………回想一下。蓋特諾在埃坦普開修車廠。你向他買過一輛機車，時間是，」他看看檔案，「……一九八八年。」

瓦蘇爾考慮了一下，然後點頭。

「或許吧。很久以前了。一九八八年我才十九歲；你指望我記得什麼？」

「不過……」

阿蒙翻閱檔案夾裡零散的紙頁。

「有了。我們有份蓋特諾先生朋友的目擊證詞，他似乎對你印象深刻。當年你們兩人都是大型機車的狂熱車迷。你們曾經一起騎車遊玩。」

「什麼時候？」

「一九八八和八九年。」

「我猜你記得在一九八八年認識的所有人？」

「不記得，但回答問題的人不是我，是你。」

瓦蘇爾顯現出厭倦的表情。

「OK，好吧，或許我二十年前跟這個人出去騎過車。那又怎樣？」

「所以，這是個連結。你不認識普拉德瑞先生，但你認識蓋特諾先生，而他認識普拉德瑞先生。」

「任何兩個人彼此多少都能牽扯上一點關係。」
阿蒙想找個巧妙的反證但是想不出來。他轉向路易。
「佛里傑思・卡林西（Frigyes Karinthy，1887-1938，匈牙利作家）的六度分隔理論？」路易說，「對，我們很熟悉這個理論；很吸引人。但是恐怕我們離題了。」

圖比亞納小姐六十六歲，身材像小提琴一樣凹凸有致。她強調「小姐」這個字，驕傲地聲明她單身。卡繆兩天前認識她。她剛從當地游泳池走出來，他們在對街的咖啡館聊了一下；她潮濕的頭髮摻雜著許多白髮。她是喜歡變老的女人，因爲能突顯出她的活力。有時候連她以前的學生都看不出來她的年紀。她會大笑。當她遇見跟她談論子女問題的家長，她會假裝有興趣。她不僅不記得，而且一點也不在乎。「我該感到羞恥。」她說。但她對愛麗絲的印象多過她教過的許多女生——她認得照片中的她，瘦得驚人。
「可愛的孩子，老是在我辦公室跑進跑出。她下課時間常來找我；我們挺合得來。」
愛麗絲不多話，但她也是有朋友的。驚人的是她的嚴肅。「有時她會突然變得很嚴肅，」過一會兒她又開始有說有笑。「彷彿她消失了一陣子，好像她掉進了某種洞穴——非常奇怪。」遇到麻煩時，她會有點結巴。圖比亞納小姐稱之爲「語無倫次」。
「起初我沒發現。這很罕見，因爲通常我會注意這種事。」
「或許是在學年度中途發生的。」
圖比亞納小姐也這麼想；她點頭。卡繆告訴她濕頭髮坐在戶外會感冒。她回答沒關係，她每年秋天都會感冒。「就像疫苗似的——讓我在其他時候保持健康。」

「所以妳認爲當年可能發生了什麼事造成口吃？」

她不知道。她搖頭，盯著照片中的謎團；她沒話說，毫無頭緒——她向來感覺好親近的小女孩逐漸變得遙遠。

「妳向她母親提過口吃的問題嗎？建議找口語治療師？」

「我以爲她天生口吃。」

卡繆專心觀察這個老女人。她很有個性。不是對這種問題毫無想法的人。感覺有點不對勁，但他無法確定是什麼。

「那個哥哥，湯瑪斯，他會來接她放學嗎？」

「會啊，一直都是。」

這點符合他母親所說：「她哥哥總是照顧愛麗絲。」高大的男孩——「英俊的孩子，」圖比亞納小姐記得很清楚。卡繆笑不出來。湯瑪斯也在當地的職業學校上學。

「她很高興哥哥來接她嗎？」

「不，當然不會。你以爲呢？小女孩總是想要當大人；她想要自己走路上下學，或跟朋友一起。她哥哥是大人了，你懂的……」

卡繆大膽試探：

「愛麗絲被她哥哥強暴過；從她在妳班上那年開始的。」

他讓她慢慢理解這句話。沒有爆炸性發展。圖比亞納小姐看著別處，咖啡館的櫃台，陽台，街上，彷彿她在等人。

「愛麗絲試著找妳商量過嗎？」

圖比亞納小姐揮揮手打發這個問題。

「有，或許吧，但我們如果聽信每個小孩子說的話…………況且，那是家務事；不關我的事。」

「所以特拉里厄、蓋特諾、普拉德瑞……」

阿蒙似乎很滿意。

「很好……」

他穿插排列一些文件。

「啊，史蒂芬·馬夏克。我猜你也不認識他？」

瓦蘇爾沒說話。他顯然在等著看事態如何發展。

「在雷姆斯的咖啡館……」阿蒙提示。

「我沒去過雷姆斯。」

「更早之前，他在埃皮奈鎮開咖啡館。據你的雇主迪斯崔法的紀錄，他從一九八七到一九九〇年是你的客戶；你租給他兩台彈珠檯。」

「有可能。」

「很確定，瓦蘇爾先生，絕對沒錯。」

湯瑪斯．瓦蘇爾改變策略。他看看錶，似乎在盤算什麼，然後靠在椅背上雙手抱著腹部，有必要的話準備耗上很久等這件事過去。

「如果你願意告訴我你想問什麼，或許我能幫你。」

一九八九年。照片是諾曼地的一棟房子，埃特雷塔和聖瓦萊里之間，磚造石砌、木板屋頂、前院有大片草坪、吊床和花圃的別墅；全家到齊——里洛伊家族。父親會對旁人說「里洛伊，全家福」，彷彿會有人懷疑似的。他的品味很奢華。他開DIY連鎖店發了財；從陷入遺產爭奪戰的家庭手中買了這棟房子，從此就以莊園主人自居。他辦的烤肉會很棒，向員工發出的邀請函含有徵召令的意味。他有意競選市議員，夢想從政，因爲名片上的頭銜會比較體面。

他把自己的女兒叫做蕾涅（Reinette）——意爲「小皇后」——對女生而言眞是個蠢名字；這傢伙什麼事都敢做。蕾涅確實對她父親沒什麼好評。是她主動告訴卡繆這些事；他什麼也沒問。

她和愛麗絲合照，兩個女生擁抱著大笑。照片是她父親在某個晴朗的週末拍的。天氣很熱。女孩們背後，灑水器的水花在陽光下構成一個扇形。畫面構圖欠佳。里洛伊先生顯然沒什麼攝影天分。他只有生意頭腦。

訪談在蒙田大道旁R. L. Productions公司的巴黎辦公室進行。最近，她都自稱「蕾妮」而非「蕾涅」，卻沒發現這樣讓她更像她父親。她是電視製作人。父親死後，她賣掉了諾曼地的房子，用這筆錢成立自己的製作公司。她在一處客廳兼會議室接見卡繆。忙碌聰明的年輕人跑來跑去，顯然相信他們的工作很重要。

一看到低陷的長毛絨沙發，卡繆就決定不坐下。他站著談話。他沒說什麼，只讓她看照片。愛麗絲在背面寫道：「我親愛的蕾涅，我心中的女王。」用紫墨水寫的童稚筆跡帶著很多圓圈裝飾。他們在愛麗絲遺物中找到的墨水筆裡面有個空的紫色墨水匣，他們找到一支廉價紫色原子筆——顯然這在當年是流行的顏色，又或許，如同愛麗絲的許多物品，只是想故弄玄虛。

拍照當時，女孩們還在念四年級。蕾涅留級了一年，所以雖然他們同班，蕾涅快滿十五歲了，比愛麗絲大了兩歲。在照片中，她好像烏克蘭女孩，頭髮很細，緊密的辮子綁到腦後。此時目睹，她嘆了口氣。

「天啊，我們看起來好蠢……」

蕾涅和愛麗絲曾是密友，如同任何十三歲左右的小女生。

「我們形影不離。整天黏在一起，傍晚回家之後我們還會講很久的電話。雙方父母都禁止我們再打電話。」

卡繆提了些問題。蕾涅很擅長說笑。她不是容易被嚇唬的人。

「那麼湯瑪斯呢？」

卡繆厭煩了這整個故事。拖得越久，感覺越煩。

「他在一九八六年開始強暴他妹妹。」他說。

蕾涅點了根菸。

「當時你們是朋友；她有沒有向妳提起過什麼？」

「有。」

回應很明確。彷彿在說，我知道你想問什麼，有話直說吧。

「有……說什麼？」

「什麼也沒說。你指望怎樣？你認爲我該代替她報警嗎？才十五歲？」

卡繆沒說話。如果他不是這麼累，有很多話可以說，但他現在需要的是資訊。

「她怎麼跟妳說的？」

「他傷害她。每一次，她都很痛。」

「你們當時有多親近？」

她微笑。

「你想知道我們有沒有一起睡過？才十三歲的年紀？」

「愛麗絲十三歲，妳已經十五了。」

「那倒是。OK，對。用流行話來說，我啓發了她。」

「關係維持了多久？」

「我忘了，不久。愛麗絲不是太……投入，你懂我的意思。」

「不，我不懂。」

「對她而言只是玩玩。」

「玩玩？」

「我的意思是，她沒興趣固定交往。」

「但是妳設法說服了她？」

蕾妮．里洛伊不喜歡這句話的口氣。

「愛麗絲自己作的決定！她完全能夠自己作主。」

「才十三歲？還有她那種哥哥？」

「當然，」路易再次接手，「我絕對相信會有幫助，瓦蘇爾先生。」

他似乎有點心不在焉。

「有個小細節我想先釐清。你說你不記得馬夏克先生，埃皮奈鎮的咖啡館老闆，但是根據迪斯崔法的紀錄，你在四年內至少探訪過他七次。」

「當然，我探訪很多客戶……」

蕾妮．里洛伊按熄她的香菸。

「我不知道究竟發生了什麼事。有一天，愛麗絲就消失了。她離開了好幾天。她回來之後，一切結束。她再也沒跟我說話。後來，我父母搬家，我們搬走，我再也沒有見到她。」

「那是什麼時候？」

「我無法告訴你們，事隔太久了。接近年尾。或許一九八九年……我真的無法確定。」

# 56

從辦公室的遠端，卡繆仍在聆聽。同時畫圖。照例，全憑記憶。是愛麗絲大約十三歲的肖像，在諾曼第家中的草坪上，跟好友合照，互相攬腰，手拿著塑膠杯。卡繆正努力捕捉照片中她的笑容。她的臉。他有點難以掌握。在旅館房間裡，她的眼神毫無生氣。他無法捕捉她的表情。

「OK，」路易說，「接著談談賈桂琳．札內堤吧。你比較熟悉她嗎？」

沒回答。網子正在收緊。路易就像國家官員的縮影，嚴謹，體貼，仔細，有條理。而且很難纏。

「那麼，說說看，瓦蘇爾先生，你爲迪斯崔法工作了多久？」

「從一九八七年開始，你很清楚。我警告你，如果你去找過我老闆……」

「什麼？」卡繆從房間遠處打斷他。

瓦蘇爾轉過身，一臉不悅。

「如果我們去找你老闆……」卡繆覆述，「在我聽來好像威脅。但是請便，繼續，我很想聽。」

瓦蘇爾沒時間回答。

「你開始爲迪斯崔法工作時幾歲？」路易說。

「十八歲。」

「請問一下……」卡繆又插嘴。

瓦蘇爾不斷被迫從路易和阿蒙轉向卡繆再轉回來，於是他站起來，生氣地調整椅子角度以便同時看到他們三個人，不必再轉來轉去。

「什麼？」

「當時你和愛麗絲的關係良好嗎？」卡繆說。

瓦蘇爾微笑。「我跟愛麗絲一向關係良好，局長。」

「是探長。」卡繆糾正他。

「探長，局長，隊長，我才不在乎。」

「你被公司派去受訓，」路易接著說，「應該是在一九八八年，而且……」

「OK，好吧，行了，我認識札內堤。我跟她上過一次床——不用大驚小怪。」

「你在不同時候去過土魯斯三次，每次一週……」

瓦蘇爾的表情彷彿在說**我哪知道，你以爲我全都記得嗎？**

「對了，你放心，我們查過，你停留了三次，每次一週，從十七日到——」

「OK，好啦，我去過三次！」

「別發火。」又是卡繆說的。

「你們三個套好招的，就像喜劇的舊橋段，」瓦蘇爾說，「翻閱檔案的小帥哥，負責發問的流浪漢跟手拿著色簿坐在教室後方的侏儒。」

卡繆大怒。他跳下椅子衝過來。路易已經站著了，他伸手到上司胸前攔住，閉上眼睛好像在說「我會處理」。這是他應付卡繆的慣例，他假意作出適當行爲，希望探長能克制，但這次沒有用。

「你呢，你這死胖子，你有什麼專長？『是啊，她十歲時我上了她而且好爽』──你以爲這種事會有什麼後果？」

「我……我沒這麼說。是你捏造的。」瓦蘇爾顯得很受傷。他很冷靜，但似乎也很焦慮。「我沒說過這麼可怕的話。不，我說的是……」

他即使坐下都比卡繆高；很滑稽。他慢慢來，強調每個字。

「我說的是我愛我的小妹。很疼愛。我猜這應該沒有惡意。這不犯法，對吧？」他又用委屈的語氣補充，「或者這年頭友愛變成犯罪了？」

他的話充滿厭惡與反感。但他的微笑表現出完全不同的意思。

這張照片，上面有日期。是生日。在背面，裴佛斯特太太寫道：湯瑪斯，一九八九年十二月十六日。滿二十歲。照片是在他們家戶外拍攝的。

「喜悅車廠的Malaga。」裴佛斯特太太驕傲地指出那輛車，「顯然是中古車，否則我不可能買得起。」

湯瑪斯倚在打開的車門上，可能爲了讓人看到人造皮革的內裝。愛麗絲站在他旁邊。

爲了拍照，他伸手保護地摟著妹妹的肩膀。如果你知道內情，看到的完全不同。因爲照片很小，卡繆得用放大鏡觀察愛麗絲的臉。他昨晚睡不著，根據記憶畫了這張臉——他無法捕捉到她的表情。她在照片中沒有笑容。當時是冬天，她穿著厚外套，但她顯然還是很瘦；她十三歲。

「那麼湯瑪斯和妹妹的感情好不好？」卡繆問。

「好，非常好，」裴佛斯特太太說，「他總是會照顧妹妹。」

**湯瑪斯進了我的臥室。他幾乎每晚都來。媽媽知道。**

瓦蘇爾不悅地看看錶。

「你有三個小孩。」卡繆說。

瓦蘇爾感覺到風向變了。他抿起嘴唇。

「對。三個。」

「而且有女兒？兩個，對吧？」

卡繆俯身看著攤開在路易面前的檔案。

「沒錯，一個叫卡蜜兒（在法文中和卡繆是同一個單字）——唉呀，跟我一樣——還有艾洛蒂……這對小寶貝，他們現在多大了？」

瓦蘇爾咬牙切齒，沒說話。路易決定轉移話題，推動對話。

「那麼，賈桂琳．札內堤……」他開口，但他沒時間說完句子。

「九歲和十一歲！」卡繆說。

他得意地把手指戳在檔案上。他的笑容瞬間消失。他轉向瓦蘇爾。

「你的女兒，瓦蘇爾先生，你也很愛她們嗎？你不用擔心，父愛並不犯法。」

瓦蘇爾更用力咬緊牙根，下顎肌肉明顯地抽動。

「她們也不穩定嗎？她們需要管教嗎？不過，當然小女生需要管教，通常也需要愛心。每個父親都懂……」

瓦蘇爾瞪著卡繆許久，然後壓力突然顯得鬆懈；他抬頭對天花板微笑，長嘆一聲。

「你眞的很不穩定，探長……以你的身高來說令人意外。你眞的以爲我會上鉤嗎？一拳打在你臉上讓你有機會——」

他環顧三個警察。

「你們不只笨拙，各位，而且平庸。」

說著，他站起來。

「你敢踏出辦公室一步……」卡繆說。

沒人知道這怎麼回事。情勢變緊張了。他們都站了起來，包括路易；這是對峙。路易想要化解。

「當你住在她的旅館，賈桂琳·札內堤正跟一個名叫菲利士·曼尼耶的男子交往，比她年輕很多——至少差十二歲。當時你是十九歲，或二十歲？」

「你不用旁敲側擊。賈桂琳是個老婊子！她唯一在乎的是搞上年輕男人。她可能上過旅館的半數客人。我一走進門她就看上我了。」

「所以，」路易總結，「札內堤女士認識菲利士．曼尼耶。有點像剛才我們提過的人際連結：你認識的蓋特諾，跟你不認識的普拉德瑞是朋友，而你認識的札內堤女士，跟你不認識的曼尼耶先生很熟。」

路易擔心地轉向卡繆。「我好像說得不夠清楚。」

「嗯，恐怕聽起來一點也不清楚。」卡繆說。

「我想也是。讓我再釐清一點。」

他轉向瓦蘇爾。

「無論直接或間接，你認識令妹殺害的所有人。」他轉回來看上司。「這樣好一點了？」

卡繆似乎不怎麼滿意。「抱歉，路易，無意冒犯，但你還是說得不夠清楚。」

「你認爲？」

「對，我認爲。」

瓦蘇爾的頭轉來轉去；這些該死的混蛋……

「你不介意吧？」

路易行個騎士揮手禮退到一旁。

「所以，瓦蘇爾先生，」卡繆說，「令妹愛麗絲……」

「嗯？」

「你究竟販賣過她多少次？」

沉默。

「我看看：蓋特諾、普拉德瑞、曼尼耶……是這樣的，我們不確定這個名單完整。所以我們需要你協助，因爲你既然主導一切，肯定知道你邀了多少人去侵犯愛麗絲。」

瓦蘇爾氣壞了。

「你是說我妹妹賣淫嗎？你對死者毫無尊重嗎？」

他嘴上隱隱浮現微笑。

「那麼告訴我，各位，你們打算怎麼證明這些事？我再說一次，你們要找愛麗絲作證嗎？」

他讓警察看到了他的機巧。

「你要叫顧客們站上證人席嗎？這可不容易。這些指稱的顧客，他們的健康狀況並不太好，對吧？」

無論寫在習字簿或記事本上，愛麗絲從不標註日期。她寫得很含糊——她懼怕文字，即使跟她的日記獨處時；她似乎就是說不出口。彷彿她難以措辭。她寫道：

週四，湯瑪斯帶了一個朋友來，帕斯卡。他們一起上學。帕斯卡似乎真的很笨。湯瑪斯要我站在他面前，他用那種表情看我。他朋友竊笑。當我們走進臥室，他還在竊笑，笑個不停。湯瑪斯說：妳要乖一點照顧我這個朋友。事後，只有他和我在臥室裡，他壓在我身上大笑，即使弄痛我的時候，好像他停不下來。我不想在他面前哭。

卡繆不難想像那個白痴一面搞那女孩一面傻笑。說什麼他都很容易相信：或許還說她也樂在其中。但日記裡說到帕斯卡．特拉里厄，說到湯瑪斯．瓦蘇爾的東西都意味深遠。

「這些都很有趣，」瓦蘇爾拍打大腿說，「但是時候不早了。各位，問完了吧？」

「不好意思，還有一兩件小事。」

瓦蘇爾誇張地看看錶，猶豫片刻，然後答應路易的要求。

「那好吧，但是請盡快；家人會開始擔心。」

他雙手抱胸，彷彿是說：我在聽著呢。

「可以的話，我想要向你說明一下我們的推論，」路易說。

「好。我個人喜歡事情清清楚楚，尤其關於理論的話。」

他似乎真的很開心。

「當你開始跟妹妹上床時，愛麗絲十歲而你十七歲。」

瓦蘇爾擔心地看看卡繆和路易。

「我們不是說好了，各位，你們一直講的只是純粹臆測。」

「當然，瓦蘇爾先生，」路易立刻說，「我只是說明我們的推論，而且只要求你指出其中的矛盾……或許並非事實的東西，諸如此類。」

路易或許聽起來好像過分熱心了，但這其實是他的一貫風格。
「好吧，」瓦蘇爾說，「那麼，你們這些假設……」
「首先是你在令妹剛過十歲時性侵害她。根據刑法第二三二條，是犯罪，最高可處二十年徒刑。」
瓦蘇爾豎起手指，口氣很專業。
「如果有人提告，如果獲得證實，如果……」
「當然，」路易打斷他，不再微笑。「這只是假設。」
瓦蘇爾滿意了；他是要求一切照本宣科的那種人。
「我們第二個假設是，你性侵她之後，把她出借，甚至可能租給其他男人。拉皮條，違反刑法第二二五條，最高可處十年徒刑。」
「等等，等等！你剛才說『出借』。另一個警官……」他往辦公室遠端的卡繆側頭，「說的是『販賣』。」
「我提議用『出租』。」路易說。
「成交！開玩笑的……OK，姑且說是『出租』吧。」
「出租給別人。先是帕斯卡．特拉里厄，學校的老朋友，然後蓋特諾先生，顧客（雙重含意，因為你也租給他彈珠檯）。蓋特諾先生顯然把你的服務推薦給他朋友普拉德瑞先生。至於札內提女士，住在她旅館又有親密關係的女士，她毫不猶豫地把你的服務轉介給她的小情人菲利士．曼尼耶先生，可能是拉攏他的方式。或許為了確保他不會甩掉她。」

「這不只是個推論，簡直是整個圖書室了。」

「而且沒有事實根據？」

「在我看來，完全沒有。但我欣賞你的推理。還有你的想像力。愛麗絲自己可能也會佩服。」

「佩服什麼？」

「你們爲了一個死去的女孩子這麼努力。」

他交互看看兩位警察。

「反正她又不會在乎。」

「你想令堂會在乎嗎？尊夫人呢？你的孩子呢？」

「喔，不會！」

他先看路易，再看著卡繆的眼睛。

「各位，作出這種沒有證據也沒有證人的指控，恐怕會是誹謗，就這麼簡單。你們知道這是犯罪吧？」

湯瑪斯説我會喜歡他，因為他叫菲利士，跟卡通貓一樣。他母親付錢讓他來的。他看起來一點也不像貓。從頭到尾，他只是盯著我，什麼也沒説。但他有種詭異的笑容，看來好像想要吃掉我的頭。事後許久，我還是經常想起他的頭，他的眼神。

筆記本裡沒有其他地方提到菲利士，但後來有一條，在習字簿裡。非常簡短。

貓回來了。他又盯著我好久，像上次一樣微笑。後來，他叫我換成不同的姿勢，弄得我很痛。他和湯瑪斯不高興，因為我哭得太大聲了。

當時愛麗絲十二歲，菲利士二十六歲。

尷尬的沉默延續了好久。

「在這個推論的『圖書室』裡，」路易終於說，「只剩一點我們必須釐清。」

「那就快點搞定吧。」

「愛麗絲是怎麼找到這些人的？因爲，畢竟，原始事件發生在將近二十年前。愛麗絲改變了很多；我們知道她用過很多假名，她不慌不忙，有策略。在每次遭遇中，她都很有方法。對他們每個人，她扮演的角色都很有說服力。對帕斯卡·特拉里厄是個相當邋遢的胖妹，對菲利士·曼尼耶是個古典美人……但問題是：愛麗絲怎麼找得到這些人？」

瓦蘇爾看看卡繆，看看路易，再回來看卡繆，彷彿不知道該看哪裡。

「你該不會是說……」他假裝驚恐地說，「……你們沒有推論吧？」

卡繆轉身。有時候幹這個差事必須作犧牲。

「其實我們有，」路易謙遜地說，「我們有個推論。」

「喔……那就說吧，我洗耳恭聽。」

「如同我們懷疑你把令妹的姓名地址給了尚—皮耶．特拉里厄，我們懷疑你也協助令妹找到了這些人。」

「但在愛麗絲幹掉這些人之前……假設我認識他們，」他專斷地晃動一根手指，「事隔二十年我怎麼會知道如何找到他們？」

「關於第一個問題，他們很多人仍然住在二十年前的住所。第二個問題，我懷疑你只告訴她名字，愛麗絲自己作了搜尋。」

瓦蘇爾慢慢拍手，然後突然停住。

「那我爲什麼要做這種事呢？」

# 57

裴佛斯特太太想讓全世界知道她不怕貧窮。她是個平凡的女人，她不是含著金湯匙出生，她獨力養大兩個孩子，她不虧欠任何人……這些老套從她在椅子上坐得筆直的樣子明顯可見。她可不會任人擺佈。

週一，四點鐘。

他兒子被傳喚在五點抵達；卡繆安排了這次訪談以確保他們不會碰面，沒有機會串供。

第一次，在殯儀館認屍那天，她應邀前來。這次情況完全不同：她是被傳喚，但她似乎不太在意——這女人所建立的生活像一座堡壘。她決心要捍衛這座堡壘。她所保護的東西在她內心深處。這是個艱難的任務。她不是來殯儀館指認女兒的；她告訴卡繆這件事她無法承受。如今看到她坐在對面，卡繆懷疑她會如此脆弱。但無可否認即使她一本正經，眼神堅毅，抗拒的沉默，她還是有些畏懼刑警大隊總部，還有身旁的這個矮子，雙腳離地晃盪，專注地盯著她問：「湯瑪斯和愛麗絲之間的關係妳具體知道多少？」

她面露驚訝，彷彿在說兄妹關係還有什麼「具體」好知道的？話雖如此，她短暫地眨眨眼。卡繆按兵不動，但這是零和遊戲。他知道，她也知道對方的盤算。一陣單調沉悶。卡繆沒耐性了。

「妳知道令郎在什麼年紀開始強暴愛麗絲？」

她激動起來。不出所料。

「裴佛斯特女士，」卡繆微笑說，「別把我當傻瓜。我勸妳盡一切力量協助我，否則我一定會讓令郎被關完下半輩子。」

威脅她兒子有了期望的效果。她不在乎自己怎麼樣，但沒人可以碰她兒子。即使如此，她堅持不屈。

「湯瑪斯很愛他妹妹；絕對不會傷害她一根寒毛。」

「我們談的不是她的毛髮。」

裴佛斯特太太對卡繆的幽默無動於衷。她搖搖頭；很難判斷這表示她不知道或她拒絕透露。

「如果妳知道發生什麼事而且默許它繼續，妳就是加重強暴罪的共犯。」

「湯瑪斯沒碰過他妹妹！」

「妳怎麼知道？」

「我了解我兒子。」

他們一直在兜圈子。這太困難了：沒有罪名，沒有證人，沒有罪行，沒有被害人，沒有劊子手。

卡繆嘆氣點點頭。

湯瑪斯進了我的臥室。他幾乎每晚都來。媽媽知道。

「令嬡呢？妳很了解她嗎？」

「就像其他母親了解女兒一樣。」

「聽起來很有希望。」

「你說什麼——」

「不，沒什麼。」

卡繆拿出單薄的檔案夾。

「驗屍報告。既然您了解令嬡，我猜您知道裡面寫什麼。」

卡繆戴上眼鏡。意思是：我累壞了，但是來看吧。

「有些術語。我會解釋。」

裴佛斯特太太從抵達之後眼皮眨都沒眨一下。她坐得筆直，每根骨頭都僵硬，每塊肌肉都繃緊，全身上下表現出抗拒。

「令嬡的狀況很可怕，不是嗎？」

她望著前方的分隔牆。她看來好像屏著呼吸。

「據病理學家說，」他繼續，翻閱著報告，「令嬡的生殖器部位顯示出酸液灼傷的跡象。我猜是硫酸。以前大家稱作礬……這些都是深層嚴重的灼傷。陰蒂完全溶解了——似乎是某種女性割禮——酸液融解了大陰唇和小陰唇，滲透深入陰道。酸液是以足量直接倒進陰道破壞一切。黏膜幾乎完全毀壞，肌肉名副其實地融解，整個陰部看起來像熔岩。」

卡繆抬頭看著裴佛斯特太太，用力瞪她。

「病理學家的用語是這樣：『血肉的熔岩』。這一切可能發生在很久以前；愛麗絲當時還是小女孩。有想起什麼事嗎？」

裴佛斯特太太看著卡繆；她蒼白得像死人，像機器人猛搖頭。

「令嬡從未跟您提起過？」

「從來沒有！」

這句話像一陣暴風噴出，像家族徽章突然破裂。

「我懂了。令嬡不想要用她的小問題煩妳。可能剛發生：有人倒了半公升酸液進她的陰道，她若無其事地回家。眞是愼重的楷模。」

「我不知道。」

她毫無改變：表情不變，姿態不變，但她的語氣很嚴肅。

「病理學家們還指出了其他怪異之處，」卡繆繼續說，「整個陰部大受影響，神經末梢損毀，天然的開口永久性閉合與變形。令嬡永遠無法擁有正常的性關係。更不用說她原本可能懷抱的其他希望。但是，如我所說，怪的是……」

卡繆住口，放下報告，摘下他的眼鏡放在面前，雙手抱胸狠狠瞪著愛麗絲的母親。

「……尿道被殘忍地『修復』。因爲顯然這是威脅生命的狀況。肌肉融合在一起，她幾小時內就可能死掉。據我們的病理學家說，很拙劣，又粗暴：用插管硬穿過尿道把尿道打通。」

一陣沉默。

「據他說，結果簡直是奇蹟。而且如同屠宰。他在報告裡沒有這麼寫，但意思是這樣。」

裴佛斯特太太想嚥口水，但是喉嚨乾澀；她似乎要噎到，要咳嗽，但沒有，完全沒事。

「顯然他是個醫師。而我是警察。他作觀察；我的工作是下結論。而我的推論是這個動作必須迅速完成。以確保愛麗絲不必上醫院。因為他們勢必會問一堆尷尬的問題，例如這件事是誰幹的──我猜想是個男人──因為傷害程度大到不可能是意外，所以一定是蓄意。愛麗絲，她是個勇敢的小女孩，不想驚動別人；妳了解她，這不是她的作風，她一向謹慎……」

裴佛斯特太太終於嚥下了口水。

「告訴我，裴佛斯特女士，妳當助理護士多久了？」

湯瑪斯．瓦蘇爾低下頭。他不發一語聽著驗屍報告的結論。這時他望著正在大聲念出報告的路易，見瓦蘇爾沒有反應，他問道：

「你有什麼話說嗎？」

瓦蘇爾攤開雙手。

「這太悲慘了。」

「所以你知情？」

「愛麗絲跟大哥之間沒有祕密。」瓦蘇爾微笑說。

「那麼，你應該能解釋這是怎麼回事，對吧？」

「恐怕不行。愛麗絲概略提過，如此而已。我是說這很隱私……她很低調的。」
「所以你沒有東西可以告訴我們？」
「抱歉。」
「你不知道詳情……」
「不知道。」
「沒有細節。」
「沒有。」
「沒有推論？」
「呃，我猜……或許某人有些生氣。非常生氣。」
「某人……你不知道是誰？」
瓦蘇爾又微笑。
「不知道。」
「所以你認爲『某人』生氣……是爲了什麼事？」
「很難說。只是我的猜想。」
迄今，他幾乎像是在測試水溫，最後判定他可以接受。這些條子，他們沒有咄咄逼人，他們沒有對他不利的立場，沒有具體證據——這都表現在他的臉上。況且，挑釁是他的天性。
「你知道的……愛麗絲有時候很麻煩。」

「怎麼說？」

「呃，她會很固執。她亂發脾氣，你可以想像。」

眼見沒人反應，瓦蘇爾不確定他表達得夠清楚。

「我的意思是，對那樣的女孩子你很難不生氣。或許是因爲沒父親，但她有些……叛逆性。內心深處，我想她不服從權威。所以有時候，心情不好，她會說『不』，什麼事都問不出來。」

感覺好像瓦蘇爾在重演而非回憶那個情景。

「她就是這樣。突如其來，毫無理由，她會發飆。我發誓她有時眞的讓人很火大。」

「事情就是這樣？」路易用微弱、幾乎聽不見的聲音問。

「我不知道，」瓦蘇爾謹愼地說，「我又不在場。」

他向警察們微笑。

「我只是說愛麗絲是終究會出事的那種女孩。她很頑固，執拗……你遲早會失去耐心……」

阿蒙這一小時以來不發一語，動也不動。

路易臉色蒼白；他開始按捺不住了。對他而言，表現在外的就是誇張的禮節。

「但是……我們說的可不是普通的略施薄懲，瓦蘇爾先生！我們說的是對不到十五歲又被賣身給成年男人的女孩做出野蠻殘暴的行爲！」

他強調每個字，清楚說出每個音節。卡繆看得出他有多憤怒。仍然非常鎮定的瓦蘇爾再次占了上風，而且決定在傷口上撒鹽。

「如果你的賣淫推論是眞的，我會說這算是職業傷害。」

這次，路易驚慌失措。他回頭看看卡繆。卡繆對他微笑；這種場面他見多了，也能夠應付。他點頭彷彿表示了解，好像同意瓦蘇爾的結論。

「令堂知情嗎？」他說。

「知道什麼？喔，那個啊——不……愛麗絲不想用小問題讓她擔心。我母親的問題夠多了……不，家母並不知情。」

「眞可惜，」卡繆說，「她應該能夠提供忠告的。我是說，身爲護士。她能夠採取急救措施。」

瓦蘇爾只點點頭，顯出受傷的表情。「還能怎麼辦？」他無奈地說，「我們又不能改寫歷史。」

「所以當你發現這件事，你不想提出指控嗎？」

瓦蘇爾驚訝地看著卡繆。

「但是……針對誰？」

卡繆聽到的是「但是，爲什麼？」

# 58

現在晚上七點。夜色無聲無息地籠罩，沒人發現訪談已經在昏暗中進行了一陣子，讓一切顯得有點奇幻。

湯瑪斯．瓦蘇爾累了。他掙扎著站起來，彷彿剛打了一整夜的牌，雙手扠腰，拱著背發出一聲解脫的嘆息，伸展僵硬的雙腿。警察們仍然坐著。阿蒙看著檔案夾表現冷靜。路易謹慎地用手背擦桌子。卡繆也站了起來；他走到門口，轉過身疲倦地說：

「你的異父妹妹愛麗絲勒索你。如果你不反對的話，我們何不從這件事說起。」

「不了，抱歉，」瓦蘇爾打呵欠。他的表情歉疚：他想幫忙，樂意從命，但是沒辦法。他放下捲起的袖子。

「我眞的該回家了。」

「你可以打電話回去……」

瓦蘇爾揮揮手彷彿拒絕再多留片刻。

「我說眞的……」

「你有兩個選擇，瓦蘇爾先生。不是坐下來回答我們的問題，大概要花一兩個小時……」

「不然呢……？」瓦蘇爾雙手平放在桌上。

他低著頭往上看，像即將拔槍的電影主角蹙眉凝視，但是緩和下來。

「不然我逮捕你，讓我可以至少拘留你二十四小時。我們或許可以獲准拘留你四十八小時——法官很同情被害人；他一點也不會介意我們多留你一陣子。」

瓦蘇爾睜大眼睛望著他。

「逮捕我……用什麼罪名？」

「這不重要——加重強暴、傷害、拉皮條、謀殺、重傷害，隨你選，我個人一點也不在乎。但如果你有偏好的請說無妨……」

「可是你沒有證據！什麼也沒有！」

他發飆了。他一直保持耐性，很有耐性，但現在結束了。這是警方濫權。

「去你的！我要走了。」

這時，一切都發生得非常快。

瓦蘇爾說了句沒人聽懂的話，抓起他的外套，旁人來不及動作，他已經衝到門口，打開門一腳踏出去。走廊上站崗的兩名制服警員立刻介入。瓦蘇爾停步，轉回來。

「我想，」卡繆說，「或許最好逮捕你。就用謀殺罪吧。你同意嗎？」

「你沒有證據。你只是要激怒我，如此而已，不是嗎？」

他閉上眼睛，再次準備撐過去，慢慢走回辦公室裡。他發現自己快要戰敗了。

「你有權利打一通電話給家屬，」卡繆告知他，「還有看醫生。」

「不，我要找律師。」

# 59

勒關通知法官逮捕瓦蘇爾的消息，阿蒙負責辦其他手續。因爲警方拘留權僅限二十四小時，這一向是和時間賽跑。

瓦蘇爾沒提出任何抗議；他希望這件事趕快收場。他必須向老婆交代，一切都怪這些混蛋。他同意取下他的鞋帶、腰帶，讓他們採指紋，還有DNA——他們想要怎樣都行——他只在乎動作快一點。他等待律師期間拒絕說話。他會回答行政上的問題，但除此之外他什麼也不說；他在等待。

他也打給了他老婆。

「這是工作——沒什麼大不了，但我現在走不開。別擔心。以前我也被耽擱（雙關語：拘留）過。」

在此情境，如此措辭似乎很不妙；他想要掰個藉口，但他沒有準備，他不習慣自我辯解。所以他沒有藉口，專橫的語氣顯然是說：別用這些小事煩我。線路另一頭尷尬地沉默，拒絕諒解。

「我已經說過了，我現在走不開！」瓦蘇爾吼道。他忍不住。「妳只好自己去了。」

卡繆懷疑他會不會打老婆。

「明天我就會回家。」

他沒說是什麼時候。

「對，我得走了……是啊，我也是。好，我晚點再打給妳。」

這時晚上八點十五分。瓦蘇爾的律師在晚上十一點抵達，是個沒人見過、強勢積極的年輕人，但他顯然很內行。他有半小時和客戶商談，告訴他如何表現，勸誡謹慎，無論如何都要愼重，並且祝他好運——因爲沒看過案卷，他在這三十分鐘內沒辦法做什麼。

卡繆決定回家，洗澡，換衣服。幾分鐘後，計程車把他送到家門口。他搭電梯，卡繆一定是累壞了，才會決定不走樓梯。

郵包在門外等著他，用牛皮紙包裝，麻繩捆綁。卡繆馬上知道這是什麼。他拿著郵包走進自己的公寓。只敷衍地摸一下豆豆的頭。

看到慕德．范赫文的自畫像，他感覺很怪。一萬八千歐元。

一定是路易。今天早上他離開辦公室，直到下午兩點才回來。對路易而言，花一萬八千歐元買幅畫沒什麼。但是卡繆仍覺得不自在。在這種情況很難判斷虧欠對方多少，對方有何預期，該怎麼辦。接受，拒絕，該說話？說什麼？送禮總是暗示著某種形式的交換物——路易期望得到什麼回報？脫衣服洗澡時，卡繆不甘願地回到他該怎麼處理賣畫所得的憂慮。全部捐給慈善機構是個餿主意——這是告訴他母親我不想再和你有什麼瓜葛。

他要這麼想有點嫌太老了，但是對父母而言，你永遠是小孩——看看愛麗絲。他擦乾身體，重新認可他的決定。他會冷靜執行。放棄金錢不算是斷絕母子關係。只是收尾的方式。

我真的要這麼做，全部捐掉嗎？

另一方面，他打算留著自畫像。他穿衣時看著它；他把畫豎立在對面的沙發上。他很高興能拿回來。這是幅好作品。他並不生母親的氣——當然想留著這幅畫就是這個意思。生平第一次，這個總是聽說自己像父親的男人在畫中看到了跟母親的相似處。令他安慰。他在整理他的人生。他不知道往後會怎樣。

動身回警局之前，卡繆想起豆豆，開了個貓罐頭。

當卡繆回到局裡，遇到正在收拾東西的那個律師。阿蒙喊停了客戶簡報時間。湯瑪斯・瓦蘇爾仍在大辦公室裡。阿蒙開了窗讓空氣流通。這時現場感覺相當冷。

路易出現時，卡繆向他會意地點點頭，但路易一臉迷惑；卡繆示意他們晚點再談。

瓦蘇爾看起來很不自在；他的鬍渣生長速度似乎快得驚人，好像肥料廣告，但他臉上還有一絲微笑表示：**你們想抓我，但你們沒有證據，也不會找得到。你們想開戰？放馬過來。你們一定以爲我是大白痴**。他的律師勸他靜觀其變——向來是上策——探他的口風，不要妄動。對瓦蘇爾，跟時間賽跑是逆向的：他必須拖延，讓事情過去。律師說爲了延長拘留期，他們必須帶著新事證回去找法官，他們什麼也找不到。卡繆從瓦蘇爾嘴巴開闔的樣子，他挺胸的樣子看得出來，他在作呼吸練習。

聽說見面的前幾分鐘主導了整個人際關係的縮影。卡繆想起他第一次見到瓦蘇爾，馬上就討厭他。這對他如何進行調查有重大的影響。維達也知道這點。

內心深處，卡繆和法官沒有太大的不同。真是個令人洩氣的發現。

勒關告訴卡繆，維達贊成他的策略。懷疑永遠不會停止。此刻，卡繆的感覺很複雜。既然法官已經堅定地站在他這邊，卡繆必須重新思考如何進行。真是煩人。

阿蒙開始大聲念出日期和時間，然後是在場者的名字和階級，宛如希臘悲劇的合音團。卡繆負責帶頭。

「我們開始之前，先說明，我們不接受你所謂『推論』這種鬼話。」

戰術改變。卡繆說話時，他一邊整理著自己的念頭，同時看看錶。

「所以，愛麗絲在勒索你。」

他的語氣有些緊張。好像他在擔心別的事。

「說來聽聽，」瓦蘇爾說。

卡繆轉向阿蒙，他猝不及防，一路翻閱檔案夾，似乎要花很多時間。便利貼註記和零散紙張到處飛舞；讓人不禁懷疑法國政府是否所託非人。但他找到了：阿蒙總會找到他想要的東西。

「二〇〇五年二月十五日，你的雇主迪斯崔法借你兩萬歐元。你的房子已經滿額貸款，無法再向銀行借錢，所以找上你的老闆。你用收入的一部分逐月攤還這筆錢。」

瓦蘇爾面露懷疑。

「那又怎樣？」

卡繆示意阿蒙，忠誠頑強的警探，由他接手。

「你的銀行證實二〇〇五年二月十五日，你存了一張雇主開出、面額兩萬歐元的支票，並在二月十八日提領出同額現金。」

卡繆閉上眼睛，默默歡呼。他又睜開眼睛。

「你爲什麼需要兩萬歐元現金呢，瓦蘇爾先生？」

猶豫片刻。即使你有所準備，最壞的事情仍有可能在日後反咬你一口；瓦蘇爾臉上就是這個表情。他們去找過他老闆。他已經被拘留五小時，還得撐十九個小時；幹了一輩子業務員，瓦蘇爾並未受過承受震撼的訓練。他此時大受打擊。

「賭債。」

「你和令妹打賭輸了，是嗎？」

「不，跟愛麗絲無關……是別人。」

「誰？」

瓦蘇爾呼吸困難。

「咱們省省時間，好嗎？」卡繆說，「兩萬歐元顯然是打算給愛麗絲的。當我們在旅館房間發現她的屍體時，她還有將近一萬二千歐元。我們在幾處塑膠防僞帶上採到了你的指紋。」

他們查了這麼多事。他們到底知道了多少？他們知道什麼？他們還想知道什麼？

卡繆從瓦蘇爾額頭上的皺紋、他的眼神、他雙手的顫抖看得出這些疑問。這很不專業，卡繆絕對不會向別人承認，但他痛恨瓦蘇爾。他鄙視他。他想宰了他。他要宰了他。他兩週前對法官也有同樣的觀感。我會幹這一行不是意外，他心想；我是個潛在的殺手。

「OK，好吧，」瓦蘇爾承認，「我借錢給我妹妹。犯法嗎？」

卡繆放鬆，彷彿他剛在牆上用粉筆畫了個十字。他微笑，但不是善意的笑。

「你很清楚這不犯法，爲什麼說謊？」

「不關你們的事。」

這正是不該說的話。

「以你的處境，還有什麼不關警方的事？」

勒關來電。卡繆走出辦公室。分局長想知道他們有何進展。很難說。卡繆傾向安撫他。

「還不錯。我們快搞定了。」

勒關沒回應。

「你那邊怎麼樣？」

「延長拘留。會很困難，但我們能搞定。」

「那我們最好再加把勁。」

「令妹——」

「繼妹。」瓦蘇爾糾正他。

「那就你的繼妹。有什麼差別嗎？」

「當然。差得遠了——你至少該精確一點。」

卡繆看看路易和阿蒙，彷彿在說：「看，他自制力很強。」

「那麼，就稱呼她愛麗絲吧。是這樣的，我們一點也不相信愛麗絲有打算自殺。」

「呃，她就那麼做了。」

「確實。但你比任何人都了解她；或許你可以跟我們解釋。如果她想死，爲什麼還計畫出國？」

瓦蘇爾抬起一側眉毛；他沒聽懂這個問題。

卡繆只向路易點點頭。

「令妹……抱歉，愛麗絲過世當晚用本名買了機票，隔天早上飛往蘇黎世，十月五日上午八點四十分。其實，在機場的時候，她還買了旅行袋，我們在她旅館房間裡發現她已經打包好，隨時可以離開。」

「我沒聽說……或許她改變主意了。我說過，她個性不穩定。」

「她住進機場附近的旅館；雖然她的車就在旅館停車場裡，她還預約了計程車。她顯然不希望浪費時間找停車位，或許會錯過班機。她想快速離開。她也丟棄了許多私人物品——她不打算留下任何東西，連那瓶酸液也是。對了，我們請法醫檢驗過：跟她用來殺人的一樣，八〇%濃度的硫酸。她想逃走，離開法國。她在逃亡。」

「你要我說什麼呢？我無法代替她回答。現在沒人能代她回答。」

瓦蘇爾看看阿蒙和路易，尋找確認，但他很心虛。

「當然，你無法代愛麗絲回答，」卡繆說，「但你能回答自己的行爲。」

「當然，如果我可以……」

「當然可以。愛麗絲去世當晚，十月四日，你在哪裡，就說在晚上八點到午夜之間吧？」

瓦蘇爾遲疑。卡繆催促。

「我們幫你吧……阿蒙？」

怪的是，或許爲了加強此刻的戲劇性，阿蒙站了起來，像被指名起立背誦的學童。他乖乖地大聲念出他的筆記。

「你的手機在晚上八點三十四分接到一通電話；當時你在家。尊夫人說：『湯瑪斯接到公司的語音留言，好像是急事。』在那種時間接到公司來電非常罕見。『他很不高興，』她告訴我們。尊夫人在她的證詞中說，你在大約晚上十點離家，直到午夜過後才回來。她無法說得更精確——她在睡覺所以沒注意時間，但不可能是午夜之前，因爲她午夜才就寢。」

瓦蘇爾有很多資訊要消化。他老婆被偵訊過了。稍早他曾經懷疑過。還有什麼？

「然而，」阿蒙繼續說，「我們知道這不是事實。」

「何以見得，阿蒙？」卡繆說。

「因爲瓦蘇爾先生在八點三十四分接到的那通電話，是愛麗絲打的。電話有紀錄，是因爲她是用旅館房間的電話撥打的。我們當然會比對瓦蘇爾先生的通聯紀錄，但他老闆證實了當時沒有緊急事故。其實他說：『做這一行，我們不會在三更半夜接到電話召集。我們又不是開救護車。』」

「很敏銳的觀點……」卡繆說，轉回去看瓦蘇爾。但他沒時間乘勝追擊。

「愛麗絲留話給我，」瓦蘇爾脫口而出，「她要見我，叫我十一點半去奧奈市找她。」

「奧奈市……很接近她去世的維勒班特。OK，八點半，你親愛的妹妹打來。你怎麼辦？」

「我去了。」

「你們經常這樣子碰面嗎？」

「不盡然。」

「她想做什麼？」

「她要求我去見她，給我一個地址——應該只要花上一小時。」

瓦蘇爾繼續斟酌措辭，但在激烈討論中卡繆看得出他想要全部說出來；句子像機關槍似的連續不斷。瓦蘇爾拚命想保持鎮定，堅守他的策略。

「所以你認爲她想幹什麼？」

「我不知道。」

「眞的？你不知道？」

「她沒告訴我。」

「簡單地說：去年，她向你勒索了兩萬歐元。在我們看來她的手段是威脅破壞你的小家庭，告訴尊夫人與子女說你在她十歲時強暴她，還逼她賣淫……」

「你沒有證據！」瓦蘇爾站起來大罵。

卡繆微笑。瓦蘇爾失去冷靜是個優勢。

「坐下，」卡繆冷靜地說，「我說在我們看來——這是推論。我知道你最喜歡推論了。」

他等了幾秒鐘。

「其實，說到證據，愛麗絲有明確證據顯示她的童年並不愉快。她只需要去找尊夫人。這種事情女人會互相傾訴，甚至讓她們看證據……如果愛麗絲讓尊夫人看她私處的傷痕，我敢打賭一定會在瓦蘇爾家掀起一個小風暴。所以，回到我剛說的……在我們看來，既然她打算隔天出國，她銀行帳戶幾乎沒錢，只有一萬二歐元現金……她打給你是想要更多錢。」

「她在留言中沒提到錢的事。反正，三更半夜叫我去哪裡弄錢？」

「我們認為愛麗絲想要讓你必須快點籌錢，在她到國外安頓之前。而你想要讓自己脫困，因為她會需索無度……逃亡是很花錢的。但我相信以後會談到那一點。目前我們知道你三更半夜離開家……你做了什麼？」

「我去了她給我的地址。」

「什麼地址？」

「朱文奈大道137號。」

「朱文奈大道137號是什麼？」

「怪的是，什麼也沒有。」

「什麼也沒有，怎麼說？」

「我不知道，就是沒有。」

路易根本不需要卡繆瞄他一眼；他已經把地址輸入線上地圖網站。幾秒後，他示意卡繆過去。

「唉呀呀，你說得對，什麼也沒有。135號是辦公室，139號是乾洗店，夾在中間的137號是待售的店面。用木板封死了。你想她打算買店面嗎？」

路易移動滑鼠探索螢幕上的地圖；從他的表情看來顯然沒有發現。

「顯然不是，」瓦蘇爾說，「但我不知道她想幹什麼，因爲她沒出現。」

「你沒試過打電話給她？」

「號碼停用了。」

「沒錯，我們查過。愛麗絲三天前取消了她的手機門號。可能是爲了準備出國。那你在這個待售店面門口等了多久？」

「直到午夜。」

「你眞有耐性，很好。愛就是耐性，大家都懂。有人看到你嗎？」

「我想沒有。」

「眞不巧。」

「對你，或許吧，必須提出證據的是你，不是我。」

「不是對你或對我不巧，就只是不巧；這留下一個灰色地帶，產生懷疑，讓你的說法聽起來像捏造。但是別在意。我猜想事情就這樣了，令妹沒有出現，你就回家了。」

瓦蘇爾沒回答。作斷層掃描就會顯示出他的神經元正在掙扎著想辦法。

「怎樣？」卡繆說，「你回家了嗎？」

雖然絞盡腦汁，瓦蘇爾的腦子還是想不出一個令人滿意的說法。

「沒有。我去了旅館。」

他冒險直說。

「唉呀呀，」卡繆驚訝地說，「所以你知道她住哪家旅館？」

「不知道。愛麗絲打電話給我，所以我回撥最近的一通來電號碼。」

「真聰明！然後……？」

「沒人接。被轉到答錄機。」

「啊，真可惜。所以你就開車回家了。」

這次左右兩半的腦子只有互相衝突。瓦蘇爾閉上眼睛。他有預感這個策略不對，但他不知道還能怎麼辦。

「不，」他終於說，「我說過了，我去那家旅館。打烊了。沒有接待員值班。」

「路易？」卡繆轉向搭檔。

「櫃檯開放到十點半。然後，必須輸入密碼才進得去。住房客人抵達時就會告訴他們。」

「所以。」卡繆轉向瓦蘇爾，「後來你就開車回家了。」

「對。」

卡繆轉向同僚警員。

「嗯，真是奇遇！阿蒙……你好像很懷疑……」

這次阿蒙沒有站起來。

「出自雷布朗格先生和法瑞妲女士的證人供詞。」

「你確定嗎？」

阿蒙再看看他的筆記。

「不，抱歉，你說得對。法瑞妲是她的名字。法瑞妲・薩陶威女士。」

「請原諒我的同事——他老是搞不清楚外國人名。所以這些人是……？」

「……旅館的住客，」阿蒙繼續說，「他們在十二點十五分回去的。」

「ＯＫ，ＯＫ！」瓦蘇爾大吼，「ＯＫ。好吧！」

# 60

第一聲鈴響勒關就接了。

「我們要收工了。」

「有什麼進展？」

「你在哪裡？」卡繆說。

勒關遲疑，意思是他跟女人在一起，所以他談戀愛了——勒關不會隨便玩玩，這不合乎他的個性——所以意思是……

「尙，我最後一次聲明，我不會再當你的證婚人。想都別想！」

「對，我知道，別生氣。我現在並不打算談戀愛。」

「我可以記下這句話嗎？」

「當然可以。」

「這下你害我眞的開始擔心了！」

「你那邊怎麼樣？」

卡繆看看錶。

「借錢給妹妹，接到妹妹的電話，進了妹妹住的旅館。」

「很好。能夠成立嗎？」
「應該夠了；我們必須有耐性。我只希望法官——」
「別擔心。到目前爲止，他站在我們這邊。」
「很好。呃，那麼現在最好去睡一下。」

然後到了晚上。

凌晨三點。他忍不住，一反常態，起來設法自己解決。敲了五下，不多，不少。鄰居都很喜歡卡繆，但即使如此，在這種時候往牆上敲釘子……第一下槌子聲是驚訝，第二下吵醒人，第三下是震撼，第四下動搖，第五下惹得鄰居敲牆壁抗議……沒有第六下：恢復寧靜。卡繆可以把慕德．范赫文的自畫像掛在客廳牆上了；釘子卡得很穩。卡繆也是。

他們走出警局大樓時他原本打算追上路易，但路易已經走了，不見蹤影。他明天再找他。他會怎麼說呢？卡繆相信他的直覺，還有情境；他打算留著這幅畫，向路易道謝——眞體貼的行爲——然後補償他。或許不用。關於二十八萬歐元這件事仍在他腦海盤旋不去。

自從獨居以來，他睡覺都開著窗簾；他喜歡被朝陽曬醒。豆豆爬到了他身邊。他睡不著。他整夜坐在沙發上，抬頭望著自畫像。

偵訊瓦蘇爾顯然是個苦差事，但這不是唯一的理由。

前幾晚在蒙特佛的畫室裡想起的，在旅館房間裡面對愛麗絲．裴佛斯特屍體時，襲擊他的感覺，如今就在眼前。

這個案子讓他得以釋懷艾琳之死，並且和母親達成和解。

愛麗絲的形象，長相平凡的小女孩，讓他泫然欲泣。

她日記裡的童稚筆跡、她保存的卑微物品，整個故事都令他心碎。

他感覺彷彿內心深處，他和別人沒兩樣。

即使對他而言，愛麗絲只是通往結果的方式。

他利用了她。

在接下來十七個小時裡，瓦蘇爾有三次從牢房中被借提，帶回警局辦公室。其中兩次，阿蒙在場迎接他；最後一次是路易。他們核對細節，阿蒙讓他確認了他停留在土魯斯的具體日期。

「那是二十年前了——有什麼該死的差別？」瓦蘇爾怒道。

阿蒙看他一眼表示：喂，別拿我出氣，我只是奉命行事。

瓦蘇爾準備好什麼都簽字，什麼都同意。

「你們沒有證據，絕對沒有。」

「那樣的話，」這時主導偵訊的路易說，「你就沒什麼好怕的，瓦蘇爾先生。」

時間慢慢過去，過了幾個小時，瓦蘇爾相信這是個好跡象。他從牢房又被帶出來，要求他簽署證實他當業務員時與史蒂芬·馬夏克會面日期的文件。

「我才不在乎。」他說完就簽了。

他看看牆上的時鐘。沒人能指控他任何罪名。

他沒刮鬍子也沒梳洗過。

他又被帶出來。這次輪到卡繆說話。他一走進房間，就抬頭看牆上的時鐘。晚上八點。眞是漫長的一天。瓦蘇爾很得意，準備宣告勝利。

「隊長，怎麼樣了?」他滿臉笑意說，「很遺憾我們快要分手了。我沒有惡意，OK?」

「快要?你爲什麼說『快要』?」

瓦蘇爾不是傻瓜——他有種扭曲的感性；他很敏銳；有第六感。他立刻知道接下來會怎樣。證據就是他不說話，只是變得蒼白，緊張地翹起腿。他等著。卡繆沉默地望著他半晌。好像誰先移開目光就算輸的瞪眼比賽。電話鈴響。阿蒙走過去，拿起話筒說：「喂，」聽了一下，說：「謝謝。」然後掛斷。

卡繆的目光仍然沒有離開瓦蘇爾，只說：「法官剛同意了我們延長拘留二十四小時的要求，瓦蘇爾先生。」

「我要求見這個法官!」

「很抱歉，瓦蘇爾先生，很抱歉。維達先生表示遺憾，但他的工作繁重沒辦法陪我們。我們只好再多相處一陣子了。沒有惡意，OK?」

瓦蘇爾東張西望，決定大鬧一場。他忍住笑意；他替他們感到難過。

「然後你們要怎麼辦?」他說，「我不知道你向法官說了什麼才獲准延長，說了什麼謊話，但無論現在或二十四小時之後，你們還是必須釋放我。你們真……」

他斟酌措辭。

「……可悲。」

他被押回牢房。之後他們幾乎不再問他。他們可以試著累垮他，但卡繆認爲這樣比較好。最低限度。會比較有效。但什麼都不做，或幾乎不做，非常困難。他們都盡力專注。他們想像釋放，想像瓦蘇爾穿上他的外套，打好領帶，他們想像他臉上會有的微笑，他會說的話，他已經想好的告別台詞。

阿蒙設法找來了兩個菜鳥，一個在二樓，一個在四樓。他囤積香菸和原子筆。花了不少時間。但讓他保持忙碌。

上午某個時間，有一連串怪異的交談，卡繆想把路易拉到一旁談畫像的事，但似乎不太順利。路易一直被人叫走；卡繆感覺得到兩人之間的氣氛變得尷尬。他打報告時，一面看著時鐘，發現路易做的事情嚴重破壞了他們的工作關係。卡繆可以說謝謝，但又如何？他可以還錢給路易，然後呢？路易的行爲有點家長作風的味道。這件事拖越久，卡繆越覺得送畫這件事是路易想要教育他什麼。

大約三點鐘，他們終於在辦公室裡獨處。卡繆沒有停下來考慮。他說：「謝謝。」——這是他的第一句話。

「謝謝，路易。」

他得多說幾句；他不能就這樣晾著。

「那——」

但他住口。從路易疑惑的表情，他發現自己大錯特錯了。送畫這件事情，跟路易無關。

「謝什麼？」

卡繆改口：「這一切，路易。這個案子……你的協助。」

「不客氣。」路易驚訝地說，他們沒有互相說這種話的習慣。

卡繆原本希望想出適當的措辭，他想到了；他自己對這意外的告白也很驚訝。

「這個案子，算是我的復出。我知道我有時是個難以相處的混蛋，所以……」

路易的存在，這個他如此熟悉卻又毫無了解的神祕年輕人，突然令他十分感動，或許比畫像失而復得更強烈。

瓦蘇爾再次被借提出來說明一些細節。

卡繆去勒闊的辦公室，敲了門直接進去。從分局長的表情看來，顯然他預料有壞消息。卡繆立刻舉起一隻手安撫他。他們討論案情。他們都盡了自己的職責。現在只能等待。卡繆談起母親畫作的拍賣會。

「你說多少錢？」目瞪口呆的勒闊說。

卡繆重複金額，他覺得越來越抽象的數字。勒闊似乎很佩服。

卡繆沒提起自畫像。迄今他有不少時間思考，現在想通了。他會打電話給母親的朋友，主辦拍賣會的人：他一定從賣畫賺了不少，顯然決定送幅畫謝謝卡繆。沒什麼大不了。卡繆如釋重負。

他去打電話，留言後回自己的辦公室。

幾小時又過去。

卡繆決定晚上七點動手，時候到了：現在晚上七點。瓦蘇爾蹣跚走進辦公室，坐下來直盯著牆上的時鐘。他顯然累壞了；這四十八小時以來他幾乎沒睡，完全顯示在他的臉色裡。

# 61

「是這樣的……」卡繆開口，「我們對令妹之死有些小小憂慮。抱歉，你的繼妹。」

瓦蘇爾沒反應。他掙扎著想理解這是什麼意思，但是不得要領——以他的疲倦來說並不意外。他考慮可能的語意，可能隨之而來的問題。他感覺冷靜了點。就愛麗絲之死而言，他沒什麼好自責的。他的臉色如此表示。他深呼吸一下，放鬆，默默雙手抱胸，再看看時鐘，最後當他開口，內容完全無關。

「拘留期限到八點爲止，對吧？」

「我看你對愛麗絲之死似乎無動於衷。」

瓦蘇爾望著天花板彷彿在尋找靈感，彷彿在餐廳裡選擇甜點的人。聞言，他尷尬地嘟起嘴唇。

「我當然難過，」他終於說，「事實上，非常難過。你也知道家人是怎麼回事：血濃於水。但你還能怎麼辦？這眞是令人鬱悶。」

「我指的不是她死了，而是她的死法。」

瓦蘇爾懂了，他點頭。

「鎮靜劑，是啊，眞可怕。她告訴過我她睡不著，說不吃藥她根本不能睡。」

他說話時聽著這些字眼；雖然疲倦，他必須努力不拿她閉上的眼睛亂開殘酷的玩笑。最後，他採用誇張憂慮的語氣。

「藥物就是這樣——應該加強管制，你不認爲嗎？雖然我猜她是護士，所以她想要什麼都弄得到。」

瓦蘇爾突然若有所思。

「我不知道服鎮靜劑過量死亡是什麼樣子……我猜會導致驚厥。」

「除非迅速插管，被害人會陷入昏迷，」卡繆說，「保護性的呼吸本能會喪失；他們會把嘔吐物吸入肺中然後噎死。」

瓦蘇爾露出厭惡的表情。噁。他認爲這樣太沒尊嚴了。

卡繆理解地看看他。要不是他的手指微微顫抖，你會以爲他認同瓦蘇爾的意見。他往後靠到椅子上，呼吸一下。

「可以的話，我想回到愛麗絲去世當晚你去旅館的情況。那是午夜過後不久，對吧？」

「你們有證人——何不去問他們？」

「我們問過了。」

「然後呢……？」

「十二點二十分。」

「那好吧，就當作十二點二十分，對我都沒差。」

瓦蘇爾在椅子上坐穩。他不斷瞄向牆上的時鐘，明顯可見。

「所以，」卡繆繼續，「你跟著我們的兩名目擊者溜進去，他們沒想到有什麼奇怪。只是巧合……碰巧同時回來的旅館住客。證人說他們最後看到你是在等電梯。後來，他們不知道發生了什麼事。他們的房間在一樓。所以，你進了電梯……」

「沒有。」

「眞的？但是……？」

「我要上哪裡去？」

「那正是我們搞不懂的問題，瓦蘇爾先生。你當時要去哪裡？」

瓦蘇爾皺眉。

「聽著，愛麗絲打電話給我，叫我去見她，沒說理由，然後她放我鴿子！我去了旅館，但是櫃檯沒人——我能怎麼辦？敲遍兩百扇房門去問：『不好意思，你有沒有看見我妹妹？』」

「你的繼妹！」

瓦蘇爾咬緊牙根，呼吸一下，假裝沒聽見。

「總之，我坐在車上等了很久，她打電話給我的旅館就在兩百米外——換成誰都會像我這麼做。我進去是因爲猜想櫃檯會有住客名單，我總會找到她的名字。我不確定，對吧？但是進去之後，什麼也沒有。接待區被鎖起來。我看無計可施，就回家了。就是這樣。」

「你的意思是你沒有想清楚。」

「正是，我沒有仔細想清楚。」

卡繆很不安；他左右搖頭。

「什麼？」瓦蘇爾不滿地說，「那又有什麼差別？」

警察們動也不動；他們冷靜地盯著他。

他的目光飄回時鐘上。時間慢慢過去。他微笑，恢復輕鬆。

「沒差，」他自信地說，「都沒差，對吧？除了……」

「嗯？」

「除非如果我找到了她，這一切都不會發生。」

「意思是？」

他交纏著手指彷彿希望不要說錯話。

「我想我會有機會救她。」

「但不幸你沒有。她死了。」

瓦蘇爾無奈地雙手一攤。他微笑。

卡繆專心看。

「瓦蘇爾先生，」他緩緩說，「我必須告訴你，病理學家對愛麗絲的自殺有所懷疑。」

「懷疑？」

「對。」

卡繆讓這個消息慢慢滲進他腦中。

「其實，我們相信令妹是他殺，被兇手布置成好像自殺。在我看來，手法相當笨拙。」

「這是什麼鬼話？」他全身都透露出驚訝。

「首先，」卡繆說，「愛麗絲的行爲不像打算自殺的人。」

「她的行爲……？」瓦蘇爾皺眉說。

「去蘇黎世的機票，打包好行李，預約隔天早上的計程車。這些事各自獨立的意義不大，但我們另有理由懷疑這不是自殺。例如，她的頭猛烈撞擊過浴室裡的洗臉台。好幾次。驗屍指出頭顱有幾處受傷，顯然被猛力撞擊過幾次。我們認爲有別人跟她在一起。此人殘暴地毆打她……」

「但是……誰呢？」

「呃，老實說，瓦蘇爾先生，我們認爲是你。」

瓦蘇爾站起來大叫，「什麼？」

「我勸你先坐下。」

花了點時間，但瓦蘇爾再度坐下，靠在椅面邊緣，隨時準備跳起來。

「這跟令妹有關，瓦蘇爾先生，我知道這對你多麼痛苦。但是，我不希望顯得太過務實而冒犯你，我必須說自殺被害人會選擇特定方式。他們跳樓；他們割腕。有時候他們自殘；有時候他們服毒。但他們很少兩者並用。」

「這關我什麼事？」

從他急切的語氣聽來顯然重點已經跟愛麗絲無關了。他的態度從驚訝轉變爲憤怒。

「你的意思是？」

「我說，這跟我有什麼關係？」

卡繆用絕望的表情看看路易和阿蒙，像個怎麼也無法清楚表達自己意念的人，然後轉回來面對瓦蘇爾。

「跟你的關係大了，因爲你的指紋。」

「指紋？什麼指紋？搞什麼——」

電話鈴響打斷了他的話，但他沒有停下來。卡繆接聽時，瓦蘇爾轉向阿蒙和路易。

「哪來什麼指紋？」

路易的回應是困惑地看看他，意思是我也不清楚；阿蒙根本沒抬頭——他忙著從三個菸蒂裡收集菸草，用一張薄紙捲成自製菸。

瓦蘇爾轉回去看接電話的卡繆，卡繆望著窗外，專心地聽對方講話。瓦蘇爾趁卡繆沉默時喝水；這一刻似乎無比漫長。終於，卡繆放下話筒，抬頭看瓦蘇爾——我們剛說到哪裡？

「什麼指紋？」瓦蘇爾說。

「喔，對……呃，顯然是指愛麗絲的指紋。」卡繆說。

瓦蘇爾愣了一下。

「她的指紋怎麼了？」

不得不說卡繆有時講話很難懂。

「那是她的房間啊，」瓦蘇爾說，笑得有點太大聲。「在裡面發現她的指紋很正常。」

卡繆鼓掌，顯然同意。

「呃，事情是這樣子。」他停止拍手，「她的指紋大多不見了。」

瓦蘇爾看得出這裡面有問題，但他不知道是什麼。卡繆用和善的語氣開口幫他。

「我們在室內發現的愛麗絲指紋很少，所以……我們認為有人想要消除他自己的指紋，這麼一來，也擦掉了愛麗絲的。不是全部，而是大多數。有的特別明顯。例如門把。跟愛麗絲在現場的人一定摸過……」

銅板已經擲出。瓦蘇爾不知道會落在哪一面。

「我要說的是，瓦蘇爾先生，自殺的人不會到處擦掉自己的指紋；這很不合理！」

瓦蘇爾猛嚥口水，心亂如麻。

「於是，」卡繆說，「我們認為愛麗絲死亡時，房裡還有別人。」

他給瓦蘇爾時間去消化這個資訊；從他的表情看來，可能要花一陣子。卡繆改用賣弄的語氣。

「從指紋的觀點看來，威士忌酒瓶又是另一個問題。愛麗絲幾乎喝掉了半公升威士忌。酒精會強化鎮靜劑的藥效；幾乎是死定了。問題是，酒瓶的指紋被仔細擦掉了——上面的纖維來自我們在門邊沙發上發現的T恤。更怪的是，我們發現的愛麗絲指紋很扁平，彷彿有人用她的手指強壓在玻璃上。可能在她死後。讓我們以為她拿著酒瓶。你對這點有什麼話說？」

「什……我哪有什麼話可說。我毫不知情。」

「喔，但是你一定知道，瓦蘇爾先生，」卡繆挑釁地說，「因為你就在房間裡。」

「絕對沒有。我沒進過她房間。我已經說過，我回家了。」

卡繆短暫沉默片刻。雖然身高有限，他盡力向瓦蘇爾俯身。

「如果你不在場，」他冷靜地說，「你怎麼解釋我們在愛麗絲房裡發現了你的指紋，瓦蘇爾先生？」

瓦蘇爾啞口無言。卡繆坐回他的椅子上。

「正因爲我們在她死亡的時間與現場發現你的指紋，我們才認爲你謀殺了愛麗絲。」

瓦蘇爾的肚子和喉嚨之間某處發出怪聲，像悶聲喊叫的聲音。

「不可能！我沒踏進過那房間！所謂指紋在哪裡？」

「在害死令妹的鎮靜劑藥瓶上。你可能忘了擦掉。我猜想是太驚慌了。」

瓦蘇爾像雞一樣東張西望——說不出話來。突然，他大叫：「我懂了。我看過那個瓶子！粉紅藥丸！我跟愛麗絲處理掉了！」

意味不明。卡繆皺起眉頭。瓦蘇爾嚥口水，想要冷靜地解釋，但是壓力與恐懼影響了他。他緊閉起眼睛，握緊拳頭，慢慢深呼吸一下，努力專心。

卡繆鼓勵地點頭，彷彿想幫他解釋。

「我見到愛麗絲的時候……」

「嗯。」

「……是指上次……」

「什麼時候？」

「我不記得。三週前，或許一個月前。」

「OK。」

「她給我看過藥瓶。」

「眞的？在哪裡？」

「在我公司附近的咖啡館。現代咖啡館。」

「OK，瓦蘇爾先生，你怎麼沒向我們說過？」

這時他呼吸比較緩和了。一扇窗終於開啓。一切都會沒事。他可以解釋；這是很簡單的說明——他們非接受不可。藥瓶這件事情，太愚蠢了。你不能用這種小事成立案件。他努力放慢，但他的喉嚨緊縮。他清楚地說出每個字。

「大約一個月前。愛麗絲要求見面。」

「她想要錢嗎？」

「不是。」

「那她想要什麼？」

瓦蘇爾不知道。其實，她沒告訴他爲什麼要見他——他們的會面突然結束。愛麗絲點了咖啡，他點了啤酒。她就是那時候拿出藥瓶。瓦蘇爾問她裡面是什麼。OK，他承認當時有點暴躁。

「看到她服用那種鬼東西……」

「顯然你擔心自己小妹的健康。」

瓦蘇爾假裝沒聽懂其中影射——他掙扎著解釋，希望盡快結束。

「我搶過她的藥瓶，拿在手上。所以上面才有我的指紋！」

意外的是警探們似乎不相信。他們等著，思索他的話，彷彿一定還有隱情，彷彿他還沒說完。

「那瓶藥叫什麼名字，瓦蘇爾先生？」

「我沒看藥名！我開了蓋子，看到一些粉紅藥丸。我問她是什麼東西，如此而已。」

警探們放鬆。案情可能有新的發展。

「ＯＫ，」卡繆說，「我想我懂了。那不是同一瓶藥。愛麗絲吃的藥丸是藍色。不是粉紅色。」

「那有什麼關係？」

「因爲這表示可能不是同一瓶藥。」

「不，不，不！」瓦蘇爾又激動起來，在空中揮舞手指，說不出話來。「這兜不攏，這一點兒不攏。」

卡繆站了起來。

「你不反對的話，我們重來一遍。」他扳著手指計算重點，「你有強烈的動機。愛麗絲勒索你；她已經勒索了兩萬歐元，可能打算要求更多錢，她才能在國外過活。你沒有不在場證明：你欺騙老婆接到的電話內容。你宣稱去了一個沒人看到你的地址。稍後你承認你去了愛麗絲的旅館見她，有兩名證人可以證實這一點。」

卡繆讓瓦蘇爾體會問題的嚴重性。

「這些都不是證據！」

「這已經給了我們動機，沒不在場證明，你去過犯罪現場。如果我們加上愛麗絲頭部受過重創的事實，你在現場的時候她的指紋被擦掉，聽起來就有相當多含意……」

「不，不，不……這樣不夠！」

但無論他怎麼猛搖手指，這個陳述背後顯然有個疑問。或許因此促使卡繆補充說：「我們也在現場發現了你的ＤＮＡ，瓦蘇爾先生。」

瓦蘇爾完全目瞪口呆。

「愛麗絲床邊的地上找到一根頭髮。你想要清除所有在場的痕跡，但清理得不夠徹底。」

卡繆站到他面前。

「所以，瓦蘇爾先生，這下我們有你的ＤＮＡ，你想這樣足夠嗎？」

到目前爲止，湯瑪斯．瓦蘇爾一直非常衝動。范赫文探長這句話應該足以讓他跳起來。但他沒動。大家看著他，不知如何反應，因爲瓦蘇爾完全退縮；他在努力思索，不理會別人發問——他已經心不在焉。他手肘撐在膝蓋上，動作急促地一直互碰指尖，彷彿暗自鼓掌。他望著地板，緊張地點腳尖。他們幾乎擔心起他的精神狀態。然後他突然跳起來，瞪著卡繆，靜靜站著。

「她是故意的……」

他聽起來好像自言自語，但其實是向他們說話。

「她設了這個局來陷害我……就是這樣，對吧？」

他從天堂跌落到地獄。激動得聲音顫抖。在普通情境下，警方應該對這種指控顯得驚訝，但這次不一樣。路易在慢慢地重新整理檔案夾；阿蒙用紙夾小心地清理他的指甲。唯有卡繆仍在對話中，但沒什麼話好說，雙手抱胸等待著。

「我打過愛麗絲……」瓦蘇爾說。

他語氣平淡。他望著卡繆，但彷彿在自言自語。

「在咖啡館裡。當我看到她服藥，我很生氣。她想讓我冷靜下來，她用手指摸我頭髮，但她的戒指卡住了……她縮手時，會痛。有頭髮卡在裡面。我打她耳光——那是反射動作。我的頭髮……」

瓦蘇爾從茫然中醒來。

「她從一開始就設計好了，對吧？」

他看看周圍求助，沒人幫他：阿蒙、路易、卡繆都只是望著他。

「這是個長期陷阱；不折不扣的陷害，你們很清楚！所有東西——蘇黎世的機票，新旅行袋，預約的計程車……都是要讓你們以爲她在逃亡。她無意自殺。她安排在沒人看得見的地方跟我碰面，她用頭猛撞洗臉台，她擦掉自己的指紋，留下有我指紋的藥瓶，把我的頭髮丟在地上……」

「恐怕你所說的很難證明。在我們看來，你在場，你想要除掉愛麗絲，你打過她，你強迫她喝威士忌同時吞藥。你的指紋和DNA都支持我們的說法。」

沉默片刻。

「我有好消息也有壞消息。好消息是拘留期已經結束。壞消息是你涉嫌謀殺被捕了。」

卡繆微笑。瓦蘇爾癱坐在椅子上，勉強抬起頭。

「不是我！你知道是她幹的，不是嗎？你明明知道！」

這次他直接對卡繆說。

「你明知道不是我。」

「你表現出相當喜歡黑色幽默，瓦蘇爾先生。」卡繆仍在微笑，「所以我覺得自己也可以稍微表現一下機智。我會說這次是愛麗絲惡搞了你。」

在辦公室遠端，剛把手捲菸插到耳後的阿蒙走出門外，同時兩名制服警員走了進來。

「很抱歉拘留了您這麼久，瓦蘇爾先生，」卡繆歉疚地說，「我了解兩天很漫長。但我們需要DNA報告，而鑑識實驗室忙得不可開交。這年頭啊，最少要等兩天。」

# 62

不知何故，引發頓悟的是阿蒙的菸。或許因為用舊菸蒂捲菸所暗示的辛苦。卡繆發現時目瞪口呆，他無法動彈。他一刻也沒有懷疑過——這點也無法解釋——他就是知道。

路易走過走廊；阿蒙跟在他後面，一直駝著背，拖著腳步，穿著同樣乾淨但破損的舊鞋。

卡繆回他的辦公室，開了張一萬八千歐元的支票。他的手在發抖。然後他拿起檔案夾，衝到走廊上。他感覺挫折，但晚點會有時間考慮這個動作有何意義。他很快來到阿蒙的桌子前。他把支票放在他面前。

「你眞體貼，阿蒙。我很感動。」

阿蒙的嘴作出O型，他咬著的牙籤掉下來。

「不要，拜託，卡繆。」他聽起來有點不悅，「禮物，那是禮物。」

卡繆微笑。點點頭，左右換腳站。他翻找公事包，拿出裱框好的繪畫照片遞出去。阿蒙收下。

「喔，眞貼心，卡繆。感激不盡。」

他眞的很高興。

勒關站在樓梯上，卡繆的下方兩步。天氣又變冷了，時候也不早；好像提早來臨的冬夜。

「幹得好，兩位。」法官說，跟分局長握手。他退後一步向卡繆伸出手。

「探長……」

卡繆和他握手。

「瓦蘇爾可能會宣稱這是陰謀，設計陷害，法官大人。他堅稱他會『要求眞相』。」

「嗯，我也聽說了。」維達說。

有一陣子他似乎在斟酌這個想法，然後把它甩掉。

「唉，眞相、眞相………有誰能說什麼才是眞相呢，探長？在我們看來，重要的不是眞相，是正義──對吧？」

卡繆微笑向他點點頭。

# 致謝

感謝Samuel無盡的寬容、Gérald總是不斷閱讀及幫忙修潤這本書、Joëlle關於醫療事務的忠告，還有我的熱情贊助者Cathy。感謝Albin Michel公司的全體團隊。

最後但是同樣重要的，感謝Pascaline。

照例，我虧欠許多其他作家。

我要誠摯地感謝——按照姓氏字母順序——Louis Aragon、Marcel Aymé、Roland Barthes、Pierre Bost、Fyodor Dostoevsky、Cynthia Fleury、John Harvey、Antonio Muñoz Molina、Boris Pasternak、Maurice Pons。Marcel Proust與其他人讓我到處借鏡取材。

藍小說 197
籠子裡的愛麗絲

作者—皮耶・勒梅特
譯者—李建興
主編—嘉世強
編輯—黃嬿羽
美術設計—莊謹銘
責任企劃—林貞嫻
校對—陳錦生、黃沛潔

董事長—趙政岷
出版者—時報文化出版企業股份有限公司
108019台北市和平西路三段二四〇號一至七樓
發行專線—（〇二）二三〇六—六八四二
讀者服務專線—〇八〇〇—二三一—七〇五
（〇二）二三〇四—七一〇三
讀者服務傳真—（〇二）二三〇四—六八五八
郵撥—一九三四四七二四時報文化出版公司
信箱—10899台北華江橋郵局第九十九信箱

時報悅讀網—http://www.readingtimes.com.tw
電子郵件信箱—liter@readingtimes.com.tw
法律顧問—理律法律事務所　陳長文律師、李念祖律師
印刷—勁達印刷有限公司
初版一刷—二〇一四年四月十八日
初版五刷—二〇二二年六月十四日
定價—新台幣三四〇元


時報文化出版公司成立於一九七五年，
並於一九九九年股票上櫃公開發行，於二〇〇八年脫離中時集團非屬旺中，
以「尊重智慧與創意的文化事業」為信念。

籠子裡的愛麗絲 / 皮耶・勒梅特（Pierre Lemaitre）著；李建興譯. --
初版. -- 臺北市：時報文化, 2014.04
面；　公分. --（藍小說；197）
譯自：Alex
ISBN 978-957-13-5926-7（平裝）

876.57　　103004106



ISBN 978-957-13-5926-7
Printed in Taiwan